La collection
ROMANICHELS
est dirigée par
André Vanasse

Du même auteur

Le pavillon des miroirs,
Montréal, XYZ éditeur, 1994
• Prix de l'Académie des lettres du Québec, 1994
• Grand Prix du livre de Montréal, 1994
• Prix Québec-Paris, 1994
• Prix Desjardins du Salon du livre de Québec, 1995

Negão et Doralice,
Montréal, XYZ éditeur, 1995

Errances,
Montréal, XYZ éditeur, 1996

Les langages de la création,
Québec, Nuit blanche éditeur, 1996

L'art du maquillage,
Montréal, XYZ éditeur, 1997
• Grand Prix des lectrices de *Elle Québec*, 1998

Un sourire blindé,
Montréal, XYZ éditeur, 1998

La danse macabre du Québec,
Montréal, XYZ éditeur, 1999

Le maître de jeu,
Montréal, XYZ éditeur, 1999

Saltimbanques,
Montréal, XYZ éditeur, 2000

Kaléidoscope brisé,
Montréal, XYZ éditeur, 2001

Le magicien,
Montréal, XYZ éditeur, 2002
• Prix Québec-Mexique, 2003

Les amants de l'Alfama,
Montréal, XYZ éditeur, 2003

L'amour du lointain,
Montréal, XYZ éditeur, 2004

La gare,
Montréal, XYZ éditeur, 2005

Le fou de Bosch

La publication de cet ouvrage a été rendue possible grâce à l'aide financière du ministère du Patrimoine canadien par l'entremise du Programme d'aide au développement de l'industrie de l'édition (PADIÉ), du Conseil des Arts du Canada (CAC), du ministère de la Culture et des Communications du Québec (MCCQ) et de la Société de développement des entreprises culturelles (SODEC).

Dépôt légal : 3e trimestre 2006
Bibliothèque et Archives Canada
Bibliothèque et Archives nationales du Québec
ISBN 10 : 2-89261-466-X
ISBN 13 : 978-2-89261-466-4

Distribution en librairie :
Au Canada :
Dimedia inc.
539, boulevard Lebeau
Ville Saint-Laurent (Québec)
H4N 1S2
Téléphone : 514.336.39.41
Télécopieur : 514.331.39.16
Courriel : general@dimedia.qc.ca

En Europe :
D.E.Q.
30, rue Gay-Lussac
75005 Paris, France
Téléphone : 1.43.54.49.02
Télécopieur : 1.43.54.39.15
Courriel : liquebec@noos.fr

Droits internationaux : André Vanasse, 514.525.21.70, poste 25
andre.vanasse@xyzedit.qc.ca

Conception typographique et montage : Édiscript enr.
Maquette de la couverture : Zirval Design
Photographie de l'auteur : Nicolas Kokis
Illustration de la couverture : Sergio Kokis, *Autoportrait en fou de Bosch*, huile sur bois, 2003
Illustration des pages de garde : gribouillis

Sergio Kokis

Le fou
de Bosch

roman

XYZ
éditeur

Romanichels

À la petite Héloïse Kokis

La route de l'excès mène au palais de
la sagesse.

WILLIAM BLAKE

Chaque homme a en lui un fou et une
canaille : le fou est le sentiment et la
canaille la raison.

MAXIME GORKI

Le courage ne se mesure pas par la
force que l'on affronte mais par la
peur que l'on ressent en l'affrontant.

VERGILIO FERREIRA

1

Tout commença par un radieux après-midi du début de juillet, quand le commis de bibliothèque Lukas Steiner revint de sa pause-café passée dans le grand parc en face de son lieu de travail. Au contraire de ses collègues, il évitait autant que possible la conversation insipide et le piètre café maintes fois réchauffé de la minuscule et malpropre cafétéria des employés, sise dans l'entresol de la vieille bibliothèque de la ville. En fait, Steiner — c'est ainsi qu'il se faisait appeler, car il n'aimait pas son prénom — méprisait d'un mépris acide, corrosif autant que silencieux, tous ses compagnons de travail, depuis le directeur général jusqu'aux femmes de ménage. Il les méprisait presque autant qu'il détestait la foule morne, irritante et souvent pleine d'arrogance des lecteurs qui, quotidiennement et avec un sans-gêne déplorable, remplissaient les tables de lecture de la vénérable institution.

Plus tôt, pendant qu'il fumait en faisant les cent pas dans les allées extérieures du parc, quelque chose d'insolite avait déjà attiré son attention. Mais c'était quelque chose de si curieux et absurde, que cela lui prit quelques semaines avant qu'il en saisisse la signification. D'ailleurs, la véritable valeur de cette bizarre prémonition lui apparut dans toute sa clarté seulement après le développement des graves événements de cette journée cardinale, alors que toute son existence se trouvait déjà transfigurée. Il se souviendrait à ce moment-là de la scène avec l'amorce d'un sourire aux lèvres, comme quelqu'un qui se remémore les petits détails anodins d'une journée de jeunesse avant de grandes catastrophes. Ce n'était pas quelque chose de très spectaculaire, mais en s'approchant du grand enclos que la ville réservait aux chiens et à leurs promeneurs, Steiner avait eu la nette impression que deux des chiens qui s'y trouvaient étaient en fait en train de converser, non sans animation. Oui, converser, bavarder comme deux personnes qui se connaissent, pendant que leurs maîtres longeaient machinalement la clôture comme si c'étaient eux les vrais chiens. Non seulement Steiner eut l'impression que les deux animaux — un labrador noir et un basset tacheté — échangeaient des propos sérieux, mais à la façon dont ils semblaient vouloir se dissimuler en le voyant s'approcher, il eut le net soupçon qu'ils parlaient de lui. Qu'ils parlaient vraiment de lui, qu'il s'agissait d'une affaire importante dont ils étaient au courant, même si, de toute évidence, ils ne semblaient pas avoir le désir de s'en mêler.

Pendant qu'il observait les manières des deux bêtes, une pensée absurde frôla son esprit :

Peut-être qu'ils me connaissent et qu'ils m'ont déjà maintes fois surveillé durant mes promenades.

Il chassa aussitôt cette idée de sa tête, comme quelque chose de ridicule. D'un naturel très observateur, il était persuadé de ne jamais avoir remarqué ces chiens-là auparavant, ni dans le parc ni dans la rue. Qui plus est, leurs maîtres ne paraissaient pas se connaître, ou alors ils étaient de véritables experts dans l'art de faire semblant. Il conclut donc que c'était impossible, qu'il s'agissait d'une simple coïncidence, d'autant plus que les chiens ne parlent pas comme les humains. N'empêche que sa première impression avait été si précise qu'il prit soin de bien mémoriser le visage et l'apparence tant des chiens que de leurs maîtres, au cas où il aurait besoin de les identifier ultérieurement.

Ce petit incident d'aspect anodin, voire cocasse, eut cependant le don de gâcher passablement le plaisir de sa promenade et même de sa cigarette, qu'il fuma à la hâte dans l'excitation du moment. C'était sans doute un mauvais augure, qui s'ajoutait à ceux qu'il avait depuis déjà très longtemps et qui empoisonnaient littéralement son existence. En fait, sans se l'avouer ouvertement, peut-être par simple superstition ou par crainte devant les conclusions qu'il serait alors obligé d'en tirer, Steiner vivait chaque jour de plus en plus dans une sorte d'état d'alerte. Beaucoup de petits incidents se succédaient autour de lui, apparemment sans lien entre eux, isolés, et qui étaient pourtant prémonitoires de quelque chose d'une extrême importance se dessinant sur fond d'avenir. Pris un à un, ces événements pouvaient presque être ignorés, même si sa nature profonde n'était pas celle d'un homme trivial ou insouciant, bien au contraire. Mais s'ajoutant les uns aux autres, ces presque riens revêtaient un aspect autrement plus sinistre et inquiétant. Jusqu'alors, Steiner avait adopté le parti de continuer sa routine comme si de rien n'était, pour ne pas révéler au monde sa totale lucidité au sujet de ses plus graves appréhensions.

Avant même l'épisode des chiens bavards — étaient-ils simplement d'oisifs médisants ou étaient-ils soucieux de le mettre en garde sans que leurs maîtres s'en aperçoivent ? —, déjà ses promenades au parc, volées à ses heures de travail à la bibliothèque, se trouvaient pour ainsi dire infectées par cette atmosphère chargée qu'il percevait autour de sa personne. Il est vrai qu'aussi loin qu'il se souvînt, ses cieux avaient toujours été passablement gris, menaçants, mais il avait réussi jusqu'à récemment à tenir le monde extérieur à distance respectueuse. Il était aidé en cela par son physique imposant, par ses silences et par son regard perçant capable de paralyser ses interlocuteurs les plus impudiques. Ce poste modeste qu'il occupait à la bibliothèque depuis une bonne vingtaine d'années lui avait aussi servi de carapace ou de grotte profonde où il pouvait lécher ses plaies sans être aperçu. Dans les innombrables couloirs souterrains, dans les entrepôts oubliés des greniers, perdu entre les immenses étagères d'archives que le temps se chargeait de transformer en poussière, enfin dans tous les recoins de cette labyrinthique bibliothèque d'un temps passé, remplie de vieux papiers et de rats, Steiner pouvait se cacher de lui-même et de la vie. D'ailleurs, ses collègues de travail s'étaient habitués à le voir disparaître chaque jour durant des heures dans les entrailles de l'énorme édifice, à la recherche de documents ou de livres oubliés qu'un lecteur oisif ou un chercheur délirant désirait opiniâtrement tenir entre ses mains. Sans compter la cohorte d'avares qui venaient là pour lire gratuitement les ouvrages d'auteurs morts de faim et qu'il fallait servir avec gentillesse. Et puisque Steiner acceptait sans protester d'être celui qui descendait sans cesse dans les gouffres remplis de saleté, peuplés aussi d'araignées aveugles et de cloportes, on le laissait en paix. Peut-être qu'ils le pensaient fou, ou du moins illuminé par une quelconque lubie extravagante, mais ils ne disaient rien, en tout cas en sa présence. Car évoquer devant lui les quolibets de Quasimodo, de Fantôme de l'Opéra ou même de Dracula, qui faisaient frémir la gent féminine de l'institution, était impensable à la vue de ses poings et de ses bras capables sans doute d'assommer un bœuf d'un seul coup.

Avec le temps, ses compagnons de travail s'étaient habitués à lui et tentaient de faire semblant qu'il n'existait pas ou qu'il était un faible d'esprit qu'il ne fallait pas provoquer. Il savait pertinemment qu'on disait de lui qu'il était le sale Newfie, l'Anglais venu de loin pour manger le pain des Québécois, l'incarnation de l'ennemi de toujours. Mais il fallait le tolérer, puisqu'il était un des rares vrais bilingues de cet endroit soi-disant voué à la culture. Et il en était ravi, surtout que personne ne convoitait alors son poste de plongeur dans la saleté des bas-fonds littéraires et des paperasses inutiles.

Comment en était-il venu à s'établir dans ce trou si propice à ses rêveries de fauve blessé ou de loup solitaire ? Difficile à dire. Il avait peut-être simplement échoué là par hasard après avoir été ballotté comme une épave à la surface de la vie. Il n'avait pas une instruction formelle qui l'aurait destiné au travail de commis de bibliothèque, ni à quoi que ce fût d'autre d'ailleurs. Du moins, c'est ce qu'on savait de lui. Steiner avait sans doute été engagé autrefois comme homme à tout faire à cause de sa force physique ; il était resté parce qu'il était devenu indispensable comme le vieux monte-charge pour les livres, ou comme les encombrants chariots du temps où les volumes trop gros, reliés en peau, lourds d'une lourdeur de papier de qualité, devaient être déplacés à l'aide de roues. Tout était si vieillot dans cette bibliothèque qu'un être comme Steiner se fondait parfaitement dans le décor sans attirer l'attention. Et cette situation convenait à merveille à sa nature farouche et à ses besoins de songeur. Par ailleurs, sa passion de l'ordre et du classement trouvait à la bibliothèque municipale un exutoire approprié. Non pas de n'importe quel ordre, naturellement, car il ne se serait jamais vu en train de ranger ou de classer des marchandises quelconques comme le fait le commis d'un magasin ou d'un entrepôt. Il classait des livres, ces objets nobles, et cette matière première comblait aussi son besoin d'éternité. Oui, pour étrange que cela puisse paraître, Steiner avait besoin d'éternité, de permanence, comme d'autres ont besoin de se divertir ou de se faire bronzer au soleil. En fait, il ne se serait jamais senti à sa place en train de classer des articles périssables comme les aliments, ou frivoles et temporels comme des vêtements ou des disques. Il aimait les livres avec la passion confuse et presque religieuse des autodidactes, de ceux qui n'ont pas eu accès à la culture embouteillée et prête à digérer des bancs d'école. Et la présence de ces objets de culte remplissait sa vie et ennoblissait son humble travail de commis dans les tréfonds du vieil édifice. Steiner se sentait comme le gardien d'un temple, le serviteur des seules choses éternelles qu'il avait jamais rencontrées. L'inexorable ravage du temps, des rongeurs et des insectes, transformant chaque jour le papier en poussière, dont il était le témoin privilégié, n'ébranlait aucunement son sentiment d'éternité face aux livres. Il savait que les mots contenus dans ces pages avaient été écrits par des consciences, par des âmes pensantes comme la sienne, et il se doutait qu'ils persistaient en une forme quelconque, quelque part dans l'univers, même des millénaires après la disparition de leur support périssable. En tout cas, une conception de ce genre existait confusément dans son for intérieur. Sans s'y attarder, il s'en servait pour continuer à admirer la pérennité de ces objets magiques malgré l'état lamentable des entrepôts les plus profonds de la bibliothèque.

Pourtant, cet homme détestait viscéralement tous les lecteurs, ce qui, de prime abord, peut paraître paradoxal.

N'était-il pas lui-même un lecteur vorace quoique bizarrement éclectique, pour ne pas dire fantasque dans ses choix? C'est que la présence même des lecteurs dans un lieu aussi sacré qu'une bibliothèque offensait son sens de l'ordre, du classement parfait et donc de l'éternité. Steiner déplorait le désordre causé par tant et tant de demandes d'emprunt ou de consultation de livres que les clients de la bibliothèque ne cessaient d'effectuer, jour après jour, ce qui transformait la noble tâche du rangement des volumes en une besogne absurde et sans fin. Tout cela était à tel point déraisonnable que jamais, dans toute son existence, la bibliothèque ne serait une seule fois complète, en pleine possession de tous les éléments qui composaient sa classe logique selon sa définition. Jamais les livres ne seraient tous là, bien rangés sur les étagères et dans un silence propice aux célébrations intemporelles. Qui plus est, la faune des lecteurs lui paraissait si hétéroclite qu'il devenait même impossible de prédire l'état des collections du jour au lendemain, de prévoir ce qui serait emprunté ou remis, et l'on nageait dans un déplorable état de dispersion. Sans compter la masse toujours grandissante des volumes qui devaient recevoir les attentions des relieurs, car les lecteurs manipulaient les livres avec un dédain à faire frémir. Les livres volés ou simplement oubliés par des emprunteurs peu soucieux de l'ordre aggravaient son chagrin au point de déclencher chez lui des rêveries de châtiments exemplaires pour ces individus sans scrupules.

Steiner gardait ces réflexions pour lui tout seul, certes, car il savait pertinemment que ses soucis et son amour singulier des livres n'étaient pas partagés par les autres fonctionnaires de l'institution. Et depuis longtemps il avait appris à taire sa tristesse devant le continuel éparpillement de sa chère bibliothèque. Lui, au moins, il s'efforçait de lire les livres avec une préoccupation rigoureuse de l'ordre en dépit du désordre essentiel qui y régnait. Du moins, c'est ce qu'il se disait en empruntant les livres qui suscitaient sa convoitise ou en les consultant à la sauvette durant ses longs séjours dans les entrailles de l'édifice. Mais il est vrai aussi qu'il ne prenait jamais un livre sur une étagère complète pour ne pas l'entamer; il maintenait ainsi un semblant de complétude, ne fût-ce que sur une seule parcelle de l'ensemble. Il se bornait toujours à prendre des livres sur les étagères où des espaces vides témoignaient d'une agression préalable à l'ordre en raison du caprice d'autres lecteurs. En outre, il avait développé un système complexe et toujours en évolution à partir des dimensions, de l'épaisseur, des couleurs de la couverture et même de la taille des caractères des volumes qu'il empruntait. Cela lui permettait de lire beaucoup, en ayant le sentiment profond de ne pas trop ajouter au désordre général. Ensuite, il les remettait soigneusement à leur place, avec amour et gratitude. Et il se permettait même de rapprocher certains titres selon son propre système, lorsqu'il estimait que leur classement usuel ne leur rendait pas entièrement justice. Comme il était pratiquement le seul commis à descendre dans les souterrains, il pouvait ainsi les retrouver à sa guise, ses livres fétiches, et même les protéger au besoin d'emprunteurs malveillants ou trop curieux. Car, ce n'était pas tout de les classer adéquatement pour pouvoir les récupérer au besoin; il fallait aussi les protéger, faire en sorte que certains d'entre eux soient cachés à jamais parmi la multitude poussiéreuse des autres livres pour lesquels il n'avait pas éprouvé assez d'attirance. Et les entrepôts sombres et oubliés étaient l'endroit idéal pour faire disparaître un individu livre, tout en le conservant bien à la vue du premier passant. C'est que toute forme de classement complexe est le lieu idéal pour les meilleures cachettes: il suffit de le déplacer un tant soit peu le long de sa propre série, et l'objet devient introuvable. Cette sagesse, apprise par le rangement des livres, était d'ailleurs celle que Lukas Steiner appliquait à sa propre vie. Il se déguisait d'apparences anodines, à peine distinctes de sa nature essentielle, pour mieux se dissimuler et disparaître aux yeux du monde.

Avec le passage des ans, Steiner avait édifié un véritable sanctuaire à son usage personnel dans les souterrains de la vieille bibliothèque. Des centaines et des centaines de livres y étaient reclassés par ses soins et selon ses propres critères affectifs, tandis que d'autres qu'il jugeait néfastes avaient disparu pour toujours derrière les tas de volumes que personne ne consulterait jamais. Il se sentait dans son élément en descendant dans les profondeurs de ces entrepôts, loin du bruit et de la fureur de la rue, loin du regard vide des lecteurs et de ses compagnons de travail. Là, dans les recoins les plus perdus, seuls connus des rats et des âmes en peine d'anciens auteurs, il se sentait protégé, en paix avec ses propres spectres, et il reprenait de l'énergie pour pouvoir revenir à la surface des choses sans qu'on s'aperçoive de ses étranges cauchemars.

Voilà pourquoi cet homme solitaire redoutait tant les petits signes prémonitoires qu'il ne cessait de percevoir alentour et qui menaçaient sa tranquillité durement acquise. Dire que tout commença cet après-midi fatidique de juillet est donc trop simplifier pour les besoins d'une narration complexe. Il vaudrait mieux dire que tout se précipita à ce moment-là, imprimant une vitesse vertigineuse à ce qui avait été jusqu'alors une existence passablement discrète. Ce n'est d'ailleurs pas par hasard que son attention avait été attirée par le manège ridicule des deux chiens et de leurs maîtres en ce jour précis. En fait, Steiner était déjà aux aguets depuis le début du printemps de cette année suspecte. Il flairait le danger un peu partout, car trop de coïncidences se succédaient autour de sa personne, trop d'événements insolites qu'il n'arrivait pas à dissocier les uns des autres. Quelque chose allait lui arriver, c'était devenu une certitude. Il lui manquait seulement la conscience des détails de cette catastrophe appréhendée, la raison de cette agression qui viendrait de quelque part ou de partout. Mais d'où ? L'absence même de motif apparent n'était-elle pas déjà un signe précis de la perfidie qui se tramait contre lui ? Sinon, pourquoi n'arrivait-il pas à y voir clair, pourquoi n'arrivait-il pas à mieux déterminer la nature réelle des menaces ? De là à conclure à un complot, il n'y avait qu'un pas qu'il n'était pas encore prêt à franchir. Puisque, complot de qui, pourquoi et, surtout, dans quel but ? Même en fouillant avec obsession au plus profond de ses souvenirs, il n'arrivait pas à y dénicher la trace de ses ennemis actuels. Il était un homme trop renfermé, dont la seule richesse — immense, certes, mais impossible à partager — était sa vie spirituelle et son mépris colossal pour une foule d'individus souvent étrangers à son univers quotidien. Steiner n'avait pas de biens matériels significatifs et menait une vie frugale dont seuls les livres de la bibliothèque constituaient les excès. Il n'avait ni parents ni amis, rien enfin qui fût susceptible d'attirer la cupidité d'ennemis aussi redoutables.

Pourtant, il se sentait surveillé, suivi, guetté de manière sournoise sans qu'il pût en déterminer la cause. Et cette incertitude même était la source d'une angoisse parfois envahissante. Il est vrai qu'au mois d'avril, après la fonte des neiges, les maudits cyclistes s'étaient mis à circuler de nouveau un peu partout dans la ville. C'est alors qu'il avait eu la première d'une série de contrariétés subséquentes. Avec leurs manières anarchiques de rouler dans toutes les directions sur la chaussée et sur les trottoirs, ces pédants du sport maintenant reconnus par les autorités s'acharnaient sur les piétons en toute impunité. Sans doute qu'ils cherchaient à se venger ainsi des humiliations infligées autrefois par les automobilistes, lorsqu'il n'y avait pas encore de pistes cyclables. Steiner avait réfléchi à cette situation et avait alors conclu qu'il s'agissait bel et bien d'un exemple clair de racisme. C'était comme quand les mulâtres, à peine acceptés par les Blancs, se mettaient à mépriser ouvertement les plus noirs qu'eux, tout en s'identifiant à leurs agresseurs originaux. À deux ou trois reprises, il avait lui-même failli être renversé par des cyclistes en plein trottoir, et il avait dû encaisser leurs insultes, puisque les lâches avaient pédalé ensuite à toute vitesse pour ne pas affronter sa juste colère. Une autre fois, se voyant sur le point d'être frappé par un de ces livreurs fous à bicyclette, Steiner eut la présence d'esprit d'assommer son assaillant avant la collision. Le cycliste en question vola une dizaine de mètres dans les airs et alla s'écraser contre un poids lourd. Steiner ne s'attarda pas sur la scène et repartit discrètement, assez content de son coup et en se promettant de le perfectionner et de le refaire à la première occasion. Malheureusement, la bonne occasion ne se présenta pas, comme si les cyclistes s'étaient passé le mot de se méfier en sa présence. Ensuite, les fantaisies au sujet des cyclistes assommés, renversés à coups de barre de fer ou simplement poussés devant les voitures par des badauds commencèrent à occuper fréquemment son imagination.

Tout cela était bien compréhensible, car Lukas Steiner était essentiellement un piéton. Avec un minimum de discipline et d'attention, il arrivait même à ignorer le monde des automobilistes. Mais comment ignorer les cyclistes ou les patineurs devenus trop provocateurs, qui envahissaient impunément son espace de promeneur? C'était la guerre, inévitablement, surtout que les cyclistes pouvaient surgir à l'improviste, silencieux, sans qu'il s'en aperçoive, et être en mesure de le surprendre sans qu'il puisse se défendre. Ils gâchaient ainsi son seul grand plaisir, la promenade pédestre dans la ville. Alors, tant pis si des innocents allaient payer pour les coupables.

Les incidents avec les cyclistes ne se répétèrent plus de tout l'été, mais Steiner devint trop conscient de leur présence délétère dans la ville et il se mit en devoir de rester attentif à leurs agissements. Ce faisant, il fut témoin de leurs nombreux méfaits, du désordre que leur seule présence imprimait au trafic et à la circulation des passants. Il ne put s'empêcher de les haïr davantage, ni de s'imaginer des punitions et des accidents spectaculaires les concernant. Et ces fantaisies agressives eurent un effet stimulant sur son propre état d'alerte, avec pour conséquence une nervosité croissante, des rêveries sanguinolentes et un continuel sentiment d'inquiétude. Il rêva aussi, à diverses reprises, de cyclistes, hommes et femmes, qui cherchaient à se venger de lui pour faire cesser ses fantaisies de piéton frustré. La police, comme d'habitude, fermait l'œil sur ces excès et s'était même mis en tête de former des patrouilles cyclistes, au mépris du ridicule le plus élémentaire. À quand, se demandait-il, les patrouilleurs en patins à roues alignées ou en trottinettes?

La belle saison partit ainsi d'un très mauvais pied. Ces incidents gâchèrent par ailleurs définitivement un autre plaisir discret qu'il avait jusqu'alors cultivé en marchant, celui de contempler le popotin des filles cyclistes. Doré-navant, même les exemplaires les plus jolis de femmes à bicyclette étaient devenus des ennemis, et elles avaient toutes été corrompues à jamais par le désordre inhérent à ceux de leur espèce. Il se fit donc un devoir de ne plus contempler que les fesses des piétonnes, avec de rares exceptions pour de jolies passagères de motocyclettes. Dans le fond, il regrettait les temps plus innocents des beaux culs flottant dans l'air, quand il n'avait pas encore reconnu les ravages causés par les bicyclettes.

Et puis, même un homme comme lui, perdu dans son propre monde spirituel, ne pouvait pas rester insensible aux nouvelles inquiétantes qui venaient de partout, à propos des attentats terroristes, des intégrismes religieux, des astéroïdes menaçants, du réchauffement de la planète ou des grippes orientales. Tout allait de travers. Et son esprit déjà porté à un souci exacerbé se laissait aller volontiers à des myriades d'enchaînements morbides qui le laissaient ensuite épuisé et proche de la panique. Car à quoi bon garnir sa porte d'entrée de ferrures de renfort et de serrures scandinaves, si le premier astéroïde sorti de sa trajectoire pouvait à sa guise provoquer une nouvelle période glaciaire ? Et que penser de l'insouciance des autorités chinoises, dont les poulets pouvaient causer des pandémies mortelles ? Déjà qu'on n'arrivait pas à en savoir plus long sur le prion de la vache folle, qui pouvait se cacher derrière le plus innocent des steaks ou des hamburgers, pour venir ensuite ronger le cerveau et s'emparer de l'esprit de ses malheureuses victimes…

Le monde était soudainement devenu trop complexe, et Lukas Steiner n'arrivait plus à penser la vie en dehors de ces suites obsédantes de menaces quotidiennes. C'est aussi que l'étau de la fatalité commençait à se resserrer autour de sa propre vie privée, et il ne pouvait plus se cacher le fait qu'il était maintenant personnellement visé. Car c'est une chose bien différente de se voir comme une victime anonyme parmi des milliards à cause d'un astéroïde fou ou d'une nouvelle souche de grippe, et d'avoir au contraire la certitude que sa personne est menacée en tant que personne singulière, en tant qu'individu dans ce qu'il a de plus intime. Justement, ces catastrophes appréhendées par l'humanité exacerbaient son état d'alerte et le mettaient en position de mieux scruter son entourage, pour être à l'affût des agressions ou des complots dirigés contre Lukas Steiner en tant qu'homme concret.

Sa concierge, madame Arsenault, par exemple, était peut-être le maillon le plus avancé de tout un vaste réseau destiné à l'envelopper pour le paralyser et corrompre sa vie spirituelle. Sinon, pourquoi se serait-elle mise à lui faire subitement de l'œil? Quand son mari était encore vivant, cette jolie femme aux chairs dodues n'avait jamais remarqué les regards de biais ni l'attitude polie que Steiner avait toujours envers elle. Soudain, au beau milieu du printemps, elle l'aborda avec le sourire le plus mouillé du monde et, sous prétexte de lui annoncer la fin de son deuil, elle ajouta cet étrange commentaire sur l'odeur de son tabac à pipe:

— Ah! monsieur Steiner, je sais toujours que vous êtes passé dans le couloir pour aller au travail! C'est si rassurant… Votre tabac sent si bon que l'eau me vient à la bouche.

Sur le coup, il fut ébranlé, car dans son imagination trop féconde en fantaisies la concierge l'avait maintes fois rejoint au lit, même du vivant de son mari. Steiner était d'ailleurs certain de pouvoir décrire en détail ses formes rondes sous la robe légère, surtout qu'elle avait pris soin, ce matin-là, de porter un décolleté particulièrement avantageux. Il lui sourit et lui adressa un bonjour chaleureux; il se souvenait même d'avoir fait un commentaire sur l'agréable chaleur du printemps. Une fois dans la rue, il se réjouit d'abord de cette rencontre matinale qui augurait sans doute des rapprochements plus intimes et très convenables, car la veuve, sa voisine de palier, était vraisemblablement dans de bonnes dispositions. Chemin faisant, cependant, après avoir joué mentalement avec les scènes d'autres rencontres chaque fois plus intimes et plus torrides avec la concierge, l'impact initial de l'incident fit place à sa lucidité coutumière. Steiner se rappela alors qu'il ne fumait pas la pipe ce matin-là en sortant de l'appartement, et que la remarque de madame Arsenault était inadéquate, en contradiction évidente avec les faits. Cette étincelle ralluma aussitôt dans son esprit l'état d'alerte, avec l'enchaînement inéluctable de doutes et de questionnements. Certainement, la veuve l'avait attendu exprès derrière sa porte, en guettant ses pas pour apparaître sur le palier en même temps que lui, comme par hasard. Et son commentaire sur le tabac était une piètre excuse. Pourquoi ce besoin de prétextes mensongers si elle avait en vérité seulement voulu lui faire des avances ? Que pouvait-il y avoir d'autre derrière cette rencontre qu'elle avait déguisée pour la faire paraître fortuite ? Quoi donc ? En fait, il pensa aussi qu'il ne fumait jamais la pipe en dehors de chez lui, et que son tabac était plutôt amer que parfumé. Comment avait-elle su qu'il fumait la pipe, la sorcière, sinon en allant fouiller en cachette dans son appartement ? Il avait changé encore le tambour de la serrure de la porte d'entrée, et ce, sans l'avertir et sans lui fournir le double de la nouvelle clé, à l'encontre des règlements de la maison. Mais il se fichait des règlements abusifs émis par des concierges trop curieux, trop indiscrets. Est-ce qu'elle avait été dans son appartement par le passé, à l'aide d'un passe-partout fourni par ses employeurs ? D'étranges questions… Ou voulait-elle plutôt insinuer qu'elle était au courant du changement de serrure ? Si tel était le cas, pourquoi n'avait-elle pas posé ouvertement la question en lui demandant un double de la nouvelle clé ? Son mari l'avait fait, autrefois ; Steiner lui avait alors remis une mauvaise clé. Elle n'ignorait donc pas que la clé dont elle disposait n'était plus bonne. Comment avait-elle fait alors pour fouiller durant son absence ? Sa nouvelle serrure suédoise qui coûtait une fortune était censée être à l'épreuve des crocheteurs. Mais sait-on jamais de quels moyens disposent certaines organisations pour arriver à leurs fins ? La rencontre du matin pouvait tout aussi bien signifier qu'elle changeait de tactique, la sorcière, ou qu'elle montait d'un cran sa surveillance en se rapprochant physiquement de lui. Une garde rapprochée, comme disaient les services d'intelligence ? Ça pouvait aussi vouloir dire qu'elle savait que sa clé n'était plus bonne et qu'elle cherchait d'autres moyens pour l'espionner. Est-ce qu'elle avait peur d'être démasquée et tentait de gagner du terrain par des moyens féminins ? Qui pouvaient être ses mandants ? Par ailleurs, naturellement, elle disait que son mari était mort dans un hôpital, à la suite d'un accident ;

ni Steiner ni aucun autre des locataires n'avaient vu le cadavre. Était-il vraiment mort ou s'était-il éclipsé opportunément pour permettre à sa complice de changer de tactique ? Et si elle l'avait tué pour l'écarter du chemin ? L'emploi d'agents féminins séduisants est une tactique immémoriale dans l'espionnage, c'est bien connu. Les fesses opulentes de madame Arsenault lui vinrent alors à la mémoire, associées comme souvent dans son esprit au mot anglais *arse*, et il pensa qu'il les avait imaginées souvent sur un siège étroit de bicyclette, débordant de chaque côté. Était-ce prémonitoire ?

À mesure qu'il marchait dans la ville, l'enchaînement de doutes et de questions se déroula à toute vitesse dans sa tête, d'abord comme de simples fantaisies, puis devenant peu à peu des hypothèses de travail qui méritaient une investigation approfondie. Ainsi, Steiner n'arrivait plus à les chasser de son esprit, tant leur beauté logique et leur richesse narrative s'imposaient lorsqu'il s'y attardait. Bien sûr, la veuve — en admettant qu'elle fût réellement veuve — pouvait tout simplement être attirée par lui, un homme mûr, sérieux et travaillant, célibataire aux allures timides mais assez présentable. Ce n'était pas impossible, il le reconnaissait volontiers, et souhaitait sincèrement que ce fût ainsi. Sauf que cette hypothèse un peu trop naïve à ses yeux péchait par son abus de simplicité, par son recours trop primaire aux seules coïncidences. Son cerveau n'y trouvait pas de prise et repartait en balade vers d'autres associations autrement plus complexes, autant fascinantes que rassurantes, car elles permettaient des liens avec d'autres événements pour former des trames beaucoup plus cohérentes. Steiner préférait mille fois se tromper par excès de zèle plutôt que par insouciance, surtout qu'il détenait déjà plusieurs preuves irréfutables d'une menace réelle se déployant à l'horizon. De toute manière, la concierge suivrait son plan à elle, et s'il s'avérait qu'elle était innocente, au moins l'incident lui aurait servi pour voir plus clair dans sa situation globale. Par ailleurs, se pouvait-il qu'elle fût innocente à ce point-là, tout en se servant d'artifices et de coïncidences si grossiers ? Que voulait-elle enfin ? Serait-ce trop risqué de lui permettre d'autres intimités ? Que savait-elle au juste sur lui et qu'il ignorait encore ? Au fait, est-ce qu'il n'avait pas oublié de fermer sa porte à clé en allant au travail ?

Des doutes, des doutes, toujours ce lacis oppressant de doutes qui parfois le paralysait littéralement au seuil d'une porte, devant les boutons de la cuisinière à gaz ou au moment de dissimuler ses papiers dans l'une ou l'autre de ses nombreuses cachettes. Ce matin-là, Steiner dut fournir un gros effort, en répétant furieusement son mantra durant un long moment, pour résister au désir impérieux de retourner sur ses pas et d'aller inspecter la serrure de son appartement. Mais pour y parvenir, il dut interrompre sa marche et s'asseoir sur le banc d'un jardin public jusqu'à retrouver ses esprits. Dans ces moments de panique, quand il n'arrivait plus à arrêter le train infernal de son cerveau déchaîné, la seule façon de s'en sortir consistait à utiliser son mantra à la manière d'un corps à corps, en bloquant le flux diabolique d'une raison devenue folie. Heureusement, il avait toujours gagné ce combat, qu'il qualifiait de bagarre entre l'ange des sentiments et le démon de la raison. Mais il était conscient que la lutte devenait sans cesse plus difficile, comme si ses affects et même sa volonté s'affaiblissaient devant la fascination des chaînes associatives déraillées.

Depuis sa tendre enfance, Steiner avait appris à se servir d'une vieille berceuse en guise de mantra pour la méditation, et il arrivait ainsi à refaire le vide dans son esprit et à contrer un peu l'angoisse. Par le passé, il croyait être capable de se maîtriser en toute situation, de garder le calme selon sa volonté et de pouvoir rester de manière uniquement tangentielle à la surface des choses et de la vie. Dernièrement cependant, il se sentait perdre du terrain, et de plus en plus secoué par les événements, car tout se succédait autour de lui avec une vitesse enivrante. Il craignait de partir à la dérive comme autrefois, du temps de son adolescence, avec les mêmes conséquences funestes. Mais à la différence de jadis, où seules la révolte et la colère avaient accompagné ses gestes, il se voyait maintenant envahi par des tristesses soudaines, par une douce mélancolie qui pouvait le conduire jusqu'aux larmes, sans motif apparent. Et puis, cette lassitude immense qui suivait ses fuites dans son mantra, ce véritable spleen que seul l'alcool arrivait à diluer. Cela avait des conséquences dangereuses : avec l'abaissement de sa garde provoqué par la boisson, d'autres étranges fantômes l'assaillaient à leur tour sous la forme de cauchemars éveillés ou de terreurs nocturnes. Et la crainte de sombrer dans la folie s'accompagnait alors du désir d'en finir une fois pour toutes, avec des rêveries de suicide d'une précision à faire frémir. Il s'agissait d'un étrange mélange de peur et de fascination, parfois si intense qu'il se passait entre les larmes et les rires à la fois, grotesque et convulsif comme la pantomime d'un cirque d'horreurs. Steiner se débattait toujours, mais il n'arrivait plus à chasser le soupçon qu'il serait tôt ou tard charrié par les courants souterrains qu'il entendait ronfler dans son cerveau.

Toutes ses lignes de défense s'effritaient. Chaque jour, quand il se rendait au travail à la bibliothèque municipale ou quand il en revenait, ses pas le conduisaient machinalement jusqu'au bord de ce qui était déjà un gigantesque trou, un trou qui ne cessait de grandir et qui un jour prochain engloutirait ses derniers espoirs de tranquillité. Même durant ses longues promenades nocturnes, quand il cherchait à anéantir le bavardage incessant dans son esprit par la fatigue des muscles, il aboutissait malgré lui à ce gouffre fatidique de ses obsessions. Il fallait qu'il surveille ce maudit chantier qu'il détestait tant et qu'il craignait au point de le parcourir dans ses rêves. Ce chantier maintes fois imaginé, scruté, étudié, à la recherche de ses points faibles en vue de sa destruction. Mais en vain, puisque le formidable trou se déployait, puissant, insolent même dans son modernisme malfaisant, grossissant de jour en jour sur la grande avenue, juste à côté de la gare centrale des autocars. Il était devenu impossible de l'ignorer, de faire semblant ; les rumeurs de la construction de la nouvelle bibliothèque étaient plus que de simples rumeurs. Cet immense trou bétonné, carré, disgracieux, tel un sordide dépotoir atomique deviendrait inexorablement le parking souterrain d'un bâtiment moderne, sans cave ni grenier, sans recoins où se cacher, entièrement informatisé, illuminé de partout, envahi de lecteurs avides et indisciplinés qui se serviraient à leur guise et sans scrupules des livres chers à son cœur. S'il conservait son emploi, ce qui n'était pas encore décidé, que ferait-il alors pour survivre au sein d'une telle institution, sans replis où se protéger et sans lieux de fuite? Comment ferait-il pour se camoufler entre ces murs lisses de béton et de verre? Allait-on le garder en dépit de ses piètres qualifications, lui qui ne pouvait pas traiter avec le public et qui craignait l'informatique comme la peste? Avant même la fin de la construction de cette nouvelle bibliothèque de malheur, sa tranquillité se trouvait assaillie par la cohorte incessante de nouveaux règlements. Steiner voyait comment certains fonctionnaires férus d'ordinateurs commençaient déjà à prendre des poses, à devenir arrogants en évoquant cet avenir prochain où tout le classement et le rangement des livres serait régi par les maléfices numériques. D'ailleurs, il savait que ses camarades de travail parlaient de lui derrière son dos, qu'ils souriaient en mentionnant les dinosaures jetés aux ordures pendant le déménagement dans le nouvel édifice. Ce serait la fin…

Parfois, surmontant son angoisse, Lukas Steiner se révoltait contre son sort par de longs monologues exaltés qu'il tenait en marchant d'un pas ferme.

Des balivernes! Tout cela, c'est de la pure folie! Qui peut avoir besoin d'une bibliothèque plus grande si le nombre de lecteurs ne fait que diminuer et si les budgets pour les achats de livres rétrécissent comme peau de chagrin? Des ordinateurs et une vidéothèque! Merde! Les gens savent de moins en moins lire ou écrire, et voilà que ces imbéciles du gouvernement, tels des narcotrafiquants, veulent aggraver l'analphabétisme en donnant leur aval à ces idioties de la modernité. Des postes pour écouter de la musique et pour regarder des films! Du jamais-vu dans une bibliothèque. Est-ce que les salles de concert ou les cinémas ont des cabinets de lecture? Des locaux plus vastes, des fauteuils plus confortables, en voilà des idées pour attirer d'autres parasites qui vont flâner et s'assoupir la journée durant. Les parasites, je les connais très bien, je les vois chaque jour, ces oisifs et ces paresseux qui ne lisent même pas les livres qu'ils empruntent. Des vagabonds qui préfèrent les journaux et les revues pleines de photos. Pourquoi ne pas y installer aussi un McDonald's, puisque ce sera comme un immense centre commercial ? Je parie qu'ils pensent déjà à des animations débiles, à de la musique de fond, à des panneaux publicitaires, des salons du livre, du disque et de la mode, même de l'automobile ! Et des marionnettes pour les enfants !

Steiner se morfondait ainsi, en s'imaginant des autobus scolaires vomissant continuellement des multitudes bruyantes d'écoliers qui envahiraient les allées de lecture comme des hordes de vermine. Et les clowns, les amuseurs publics, les vendeurs de ballons, les stands de pop-corn, de barbe à papa et d'autres cochonneries pour salir les livres, dans une sorte de Luna Park surréaliste. Sans compter les caméras de télévision, les émissions en direct, les poètes qui viendraient réciter leurs caquetages, les musiciens, les revendeurs de drogue, les clochards, jusqu'aux putains du voisinage qui viendraient s'y réchauffer durant l'hiver. Et cet immonde cirque, sans commune mesure avec l'acte solitaire de la lecture, attirerait une foule de badauds friands de spectacle, dans un va-et-vient infernal propice à toutes sortes de méfaits et de complots.

Ces visions baroques se déployaient dans sa tête de manière luxuriante sans qu'il pût les en empêcher. Elles s'accompagnaient de bribes de propos inquiétants glanées ici et là dans les conversations entre des clients de la bibliothèque. Steiner avait entendu l'un d'entre eux dire : « On peut maintenant aspirer à l'éternité, du moins virtuelle, dès qu'on a dépassé les dix mille entrées dans Google. Avec le progrès des hyperliens, c'est mathématiquement impossible de disparaître après avoir atteint ce seuil numérique de noblesse. » Un autre avait dit : « Avec les progrès de l'informatique, Big Brother contrôlera enfin les esprits rebelles, et on pourra prévoir avec une bonne marge de certitude quels livres auront un succès de vente. » Une vieille poufiasse habillée comme une folle avait un jour remarqué, au bord des larmes, que le monde en viendrait à regretter, mais trop tard, la disparition des fiches sans identification d'emprunteur à la dernière page des livres de bibliothèques. Et que dire de ces rumeurs hallucinantes au sujet du vol d'identité par Internet, de ces victimes si dépouillées de tout repère personnel par les pirates informatiques que même leurs proches parents ne les reconnaissaient plus ? Sans compter que bientôt, paraissait-il, dès que la nouvelle bibliothèque serait inaugurée, l'administration informatisée pourrait savoir tout, mais absolument tout sur le passé des employés, histoire de protéger le public contre des fonctionnaires suspects. Serait-ce seulement à son intention qu'on avait comploté tout ça ?

Lukas Steiner se sentait donc traqué, le dos contre les murs poussiéreux des souterrains de la vieille bibliothèque, et sans savoir que faire pour se préserver. Sa vie durant, il s'était tapi au fond de son trou, naïvement, de plus en plus rassuré par la cachette constituée par cette façade humble de simple commis. Mais il avait négligé de se bâtir aussi plusieurs sorties de secours. Devant cette impasse, il revenait avec obstination aux paroles maintes fois relues de la fable d'un auteur tchèque ; c'était l'histoire d'une taupe incapable de se cacher dans son trou tentaculaire parce qu'elle avait peur d'un hypothétique prédateur et qu'elle se devait de le guetter depuis l'extérieur pour ne pas être surprise. Il était devenu comme cette taupe angoissée, puisque sa propre cachette de toujours allait disparaître, en le laissant à nu et sans lieu de fuite devant la vie. Et il ne trouvait aucune solution à sa détresse. Naturellement, l'idée de mettre le feu à la bibliothèque municipale avant le déménagement dans le nouvel immeuble lui venait souvent à l'esprit. Sa connaissance des méandres profonds remplis de paperasse lui permettrait de créer un feu de joie impossible à éteindre. Steiner était prêt à mourir le premier dans ses chères cachettes, mais il hésitait encore. L'idée qu'il n'arriverait jamais à garder tous les lecteurs et les autres fonctionnaires dans l'édifice en flammes lui était trop pénible, et la perspective de mourir en laissant cette faune malfaisante en vie paraissait trop stupide. Quant au sinistre chantier de la nouvelle bibliothèque, un simple coup d'œil à son amas de béton, d'acier et de verre suffisait pour se rendre à l'évidence que cette horreur moderniste serait à l'épreuve des incendiaires.

C'est dans cet état de confusion et d'alerte que le commis Lukas Steiner finit de fumer hâtivement une deuxième cigarette à l'orée du parc, un après-midi de juillet, et s'apprêta à revenir à la bibliothèque municipale. Il avait l'espoir de pouvoir descendre dans les souterrains de l'édifice pour y rester discrètement jusqu'à la fin de son quart de travail. La matinée avait été terrible, il savait qu'on avait parlé de lui un peu partout dans les salles; peut-être même qu'un ou plusieurs lecteurs malveillants avaient l'intention de déposer quelque plainte à son sujet auprès de la direction. Ça ne pouvait être que ça. Sinon, pourquoi faisait-il si chaud ce jour-là, et pourquoi le directeur avait-il tenu cette réunion extraordinaire avec les chefs de section au sujet des caméras de surveillance? Tout paraissait se précipiter, et Steiner n'aurait pas été surpris de voir apparaître là sa concierge accompagnée de ses agents. Il valait mieux se cacher.

2

En entrant à la bibliothèque, Steiner eut d'abord la déception de ne pas pouvoir disparaître aussitôt dans les souterrains comme c'était son désir le plus intense à ce moment-là. C'était l'été, la période des vacances de plusieurs employés, et son chef de section lui demanda — avec une politesse que le commis jugea excessive et donc suspecte — s'il ne pouvait pas assurer la surveillance de la grande salle de lecture en même temps que le service du prêt. Cette demande n'avait rien d'exceptionnel, puisque c'est ainsi que les commis se relayaient d'habitude en cas de besoin, mais elle contraria profondément Steiner, qui avait en outre horreur d'être en présence des lecteurs oisifs et présomptueux. Ces derniers, la tête baissée sur un livre ou sur un périodique, pouvaient, en faisant semblant de lire ou de somnoler, contrôler à leur guise les allées et venues du commis en charge. Et que penser des idées saugrenues ou des propos fielleux que ces mêmes têtes en repos apparent pouvaient receler ? Que d'infamies et de turpitudes ne seraient-elles pas justement en train de concocter à cette heure chaude de l'après-midi ?

Steiner rassembla toutes ses forces, en se concentrant sur son mantra, et il prit place sans protester derrière le comptoir du prêt attenant à la grande salle de lecture. Protester n'était pas dans sa nature, puisqu'il se fichait de tout dans la mesure où sa solitude essentielle n'était pas menacée. Il acceptait généralement en silence la tâche qu'on lui imposait, ou il la refusait carrément sans aucune explication, accompagnant son refus de marmonnements si offensés et agressifs que son interlocuteur n'insistait pas et n'en demandait jamais les motifs. Et là, de son poste d'observation, il s'attela de façon intense à la besogne de surveiller attentivement le troupeau de lecteurs feignant l'innocence. Dans son esprit, et ce, depuis toujours, ce n'était pas pour rien que la direction de la bibliothèque avait jugé bon de garder un œil attentif sur les agissements des lecteurs. N'avait-on pas, à plus d'une occasion, pris sur le fait des masturbateurs impénitents, des racoleurs et d'autres pervers en train de donner libre cours à leurs bas instincts en pleine salle de lecture, sous la protection des immenses tables? Ou les gourmands, aux doigts gluants de graisse et de sucre, sans cesse en train de grignoter en cachette, et qui salissaient irrémédiablement les volumes les plus précieux? Les avares et les voleurs, qui cherchaient à arracher les images des livres ou plusieurs pages à la fois, quand ce n'était le portefeuille de leur voisin, méritaient aussi une attention très particulière.

S'il détestait cette corvée, Lukas Steiner était cependant l'homme qu'il fallait pour veiller à l'ordre, non seulement à cause de sa vigilance naturelle mais aussi à cause de son physique imposant qui arrivait à paralyser de peur le premier malfrat venu. Osseuse et très longue, aux mâchoires et aux pommettes proéminentes, avec ses yeux presque fiévreux au fond d'orbites creuses dont les arcades sourcilières épaisses accentuaient l'intensité, sa figure ne passait pas inaperçue. Son long nez et ses cheveux d'un roux clair coupés en brosse n'arrivaient pas à adoucir son apparence de brute, puisqu'on devinait de prime abord que ses mains puissantes et ses bras tissés de tendons étaient des armes redoutables. Même les rares fois où un sourire effleurait ses lèvres pulpeuses, c'était plutôt un ricanement, presque un rictus destiné à dévoiler des dents chevalines prêtes à mordre.

La première demi-heure se passa sans incident. Avec la chaleur, les quelques lecteurs qui s'étaient obstinés à venir à la bibliothèque s'assoupissaient enfin après de longs bâillements, et ils restaient là à somnoler sans aucune intention apparente. Ceux qui tentaient toujours de lire paraissaient ralentis, plongés dans une sorte d'hébétude sans objet, simplement avachis. Les mouches elles-mêmes, d'habitude si nombreuses et irritantes, semblaient gagnées par la léthargie de la grande salle.

Entraîné bien malgré lui par cet immobilisme ambiant et par la mélodie apaisante de son mantra, Steiner baissa aussi quelque peu la garde et se mit même à gribouiller de façon automatique sur un des formulaires trouvés sur le bureau. Il évitait autant que possible d'avoir recours au gribouillage en public, car cette activité était pour lui une sorte de mantra visuo-moteur ; le fait de gribouiller l'aidait à se calmer lorsqu'il était associé à son mantra, mais c'était aussi très dangereux parce qu'il laissait des traces visibles. Et Steiner croyait que des yeux perçants, entraînés au déchiffrage de signes, d'hiéroglyphes ou de codes secrets, pourraient arriver à y décrypter ses plus intimes états d'âme. Il possédait de nombreuses liasses de ces feuilles gribouillées, quelques-unes vieilles de plus d'une dizaine d'années, qu'il conservait soigneusement dans des cachettes à l'épreuve de toute curiosité, dans l'espoir de pouvoir un jour mieux les étudier et de comprendre davantage les mystères de son esprit. Il prenait aussi soin de garder jalousement les feuilles et les bouts de papier gribouillés hâtivement hors de chez lui, sans la rigueur qu'il mettait normalement dans cette activité, pour qu'ils n'aboutissent pas devant des témoins hostiles. Mais également parce que ces bribes de documents sur le vif de son existence spirituelle, produits à la sauvette et souvent en plein danger, devaient rejoindre les feuillets de gribouillis plus systématiquement exécutés dans la paix de son appartement. Ces lambeaux esquissés dans des moments de crise apportaient — il en était persuadé — la fraîcheur de clés critiques et d'instants lumineux à l'ensemble. Tandis que ses œuvres plus soignées et de plus grande envergure étaient au contraire plus descriptives qu'explicatives du cheminement quotidien de son esprit. Il appelait ces gribouillis les runes ou les traces incandescentes laissées par les démons dans la neige pure de son âme. De ce fait, les liasses de ces empreintes lui paraissaient être des radiographies successives de ses nombreuses cicatrices existentielles. Un peu à la façon des photos de particules subatomiques, des électroencéphalogrammes ou des tracés des sismographes — qui pour le vulgaire ressemblent uniquement aux vagues gribouillis d'une main oisive pendant une conversation téléphonique —, Steiner était convaincu que les traces laissées par sa main sur le papier pendant qu'il entendait son mantra étaient fécondes de révélations autrement plus ésotériques.

Décrite de la sorte pour les besoins de la narration, cette activité graphique à laquelle le commis Lukas Steiner se consacrait depuis son adolescence peut paraître insignifiante, voire ridicule. Pourtant, hors des moments où il s'abandonnait à la lecture ou aux promenades, sa vie était pratiquement vouée au gribouillage. Il pouvait passer des heures, même des jours ou des nuits à noircir du papier avec des suites interminables de frises décoratives aux motifs divers : en bâtons rompus, en écailles, en grecques, en méandres, en chevrons, en damiers, en tresses ou en torsades. Selon le moment, ces enchevêtrements graphiques pouvaient être très bien organisés et bien dessinés, avec des franges, des figures lobées, des rinceaux et des acanthes très détaillés, ou encore des fougères baroques, comme s'il s'agissait de cartons pour des tapisseries orientales. D'autres jours, sa main gagnant de la vitesse et un léger tremblement nerveux, les figures finissaient par disparaître dans un véritable cafouillis de traits disparates se noircissant les uns les autres jusqu'à perdre entièrement leur identité initiale. Parfois les traits étaient clairsemés et distincts, tout à fait comme des inscriptions runiques, ou ils devenaient extrêmement complexes, rappelant alors d'étranges cristallisations coralliennes ou des lettrines pâtissant d'excès calligraphiques monstrueux. Certaines feuilles remplies de zigzags allant dans toutes les directions pouvaient très bien représenter le mouvement brownien de particules dans un fluide surchauffé et prêt à exploser. Il dessinait aussi beaucoup de mandalas, carrés, circulaires ou labyrinthiques, dont la facture accentuait ou diminuait l'effet géométrique de perspective ou de gouffre, et dont la main de l'auteur décorait ensuite le pourtour, encore et encore, infatigablement, d'autres frises, d'autres embranchements crénelés, de fleurons multiples ou de curieuses végétations, jusqu'à remplir complètement la feuille de papier. Avec un grand effort d'imagination, un observateur attentif pourrait penser y distinguer des forêts filiformes se déployant à l'infini, ou des nuages, des diagrammes électriques d'une extrême complexité ou encore des fourmilières en folie. Mais ce serait une erreur de jugement que d'y chercher des images précises ; Steiner ne visait en fait aucune représentation, il se contentait de l'itération de modèles géométriques des plus abstraits. Aussi, sur certains des feuillets, l'effet final pouvait-il ressembler à une écriture cursive que la vitesse d'exécution aurait rendue illisible à jamais, ou même à des équations mathématiques et à des formules chimiques dans un idiome et un alphabet inconnus. Là encore, seul l'effet graphique paraissait lui importer, sans intention sémantique proprement dite. De toute façon, ces suites aux apparences d'écriture ne se limitaient pas aux lignes horizontales ou verticales du papier ; elles allaient plutôt dans toutes les directions de la feuille, s'entrecroisant ici, se juxtaposant là, pour aboutir à un véritable treillis de traits ininterrompus. L'effet graphique final pouvait être extrêmement expressif et contrasté, mais pouvait aussi être d'une confusion uniforme, comme de formidables taches d'encre. Steiner utilisait du papier de divers formats et qualités pour ses œuvres exécutées à la maison, mais il se servait de n'importe quel bout de feuille arrachée de n'importe quoi, même de morceaux de journaux, pour ses gribouillis de crise, quand la nervosité du moment l'exigeait. Le crayon à mine était son outil de travail préféré, et il avait toujours quelques crayons et porte-mines dans ses poches pour les situations d'urgence.

À la bibliothèque, le temps avançait, aussi visqueux que la chaleur de l'après-midi. Un peu assoupi à son tour, les yeux baissés sur la feuille de papier et avec une expression presque paisible sur son visage, Steiner gribouillait de façon automatique et avec beaucoup de lenteur une sorte de grille ondoyante de tiges et de formes lobées qui allait à merveille avec la lourdeur régnant dans la grande salle de lecture. Soudain, en levant à peine les yeux, il aperçut un type assis au fond en train de l'observer. Aucune erreur possible, car pris sur le fait, l'individu détourna aussitôt le regard et fit mine de retourner à son livre. C'était suffisant pour déclencher l'état d'alerte chez un être aussi sensible que Lukas Steiner.

Qu'est-ce qu'il me veut, celui-là ? Est-ce qu'il prépare un mauvais coup, ce bonhomme ridicule ?

Le lecteur en question, un homme petit, chauve, d'aspect insignifiant et portant une barbichette qui commençait à blanchir, n'était pas un des clients habituels de la bibliothèque. De ce simple fait, il méritait une attention particulière. Steiner feignit de reprendre son gribouillage, mais le dessin sur la feuille perdit son allure paisible. Le trait devint nerveux et un peu confus, puisque sa main était passée au pilotage automatique pendant que sa pensée se focalisait activement sur l'individu louche. Habitué à guetter, Steiner ferma presque les yeux pour donner à l'autre l'impression qu'il somnolait à son pupitre et se mit en état d'attente. Quelques instants après, en effet, il surprit le petit homme en train de le dévisager de nouveau.

Il me cherche, ce type-là. Il me cherche, il n'y a pas de doute. Il me regarde, moi, personnellement... Je crois qu'il ne surveille pas le commis ici. Il me regarde plutôt. Et je suis certain de ne pas le connaître. Il me regarde à la sauvette, ce qui est plus que suspect, comme s'il m'examinait. Peut-être pour me graver dans sa mémoire. Dans quel but ?

Il ne se trompait pas. Se croyant inaperçu, le soi-disant lecteur l'examinait en effet, et si attentivement que Steiner eut l'impression d'être scruté. En outre, et même si cette idée pouvait paraître absurde, il lui sembla nettement que l'homme cherchait à le comparer avec une image contenue dans le livre devant lui. Son regard allait du livre au commis et vice-versa, de manière aussi curieuse que systématique, tout à fait comme quelqu'un qui cherche des ressemblances ou des preuves. Avait-il une photo de Steiner cachée dans les pages de son livre ?

Étranges manières, pensa Steiner sans relâcher son attention et en s'efforçant de ne pas trahir sa propre surveillance par un regard d'affrontement. Une fois qu'il fut convaincu que l'individu était bel et bien là dans le dessein de l'observer — avec quelles intentions et mandé par qui ? —, Steiner se sentit entièrement éveillé, les muscles crispés et prêts au combat.

Ce type ne sait peut-être pas encore qui je suis, sinon il ne s'exposerait pas de manière aussi naïve. Tentons de ne pas l'effrayer et il finira par dévoiler son jeu. Si ce n'est qu'un pervers, je le saurai assez vite. Sinon...

Steiner fit alors mine de bâiller, il s'étira et se leva d'un air nonchalant, comme s'il s'absentait momentanément pour aller aux toilettes. Empochant sa feuille de gribouillis d'un geste discret, il monta plutôt à la mezzanine, d'où il savait qu'il pourrait mieux regarder le suspect sans être vu. Ce n'était d'ailleurs pas la première fois qu'il se servait de cet endroit pour avoir une vue plongeante sur les lecteurs et leurs activités louches. Dissimulé derrière une colonne, il étudia attentivement le personnage sans cependant rien trouver de bien anormal chez lui. Il est vrai que ce prétendu lecteur semblait guetter le retour du commis à son bureau, mais il n'esquissait aucun geste insolite envers les autres gens dans la salle ; ses deux mains étaient aussi bien en vue sur la table. Il feuilletait par moments le livre posé devant lui, une sorte de gros livre d'art, se limitant à regarder superficiellement les images sans prêter attention au texte. En outre, il n'avait pas de serviette ni de sac à dos en sa possession, et paraissait habillé de façon assez convenable malgré la chaleur de la journée. Non, il ne présentait aucun intérêt, sauf le fait assez inquiétant qu'il s'intéressait trop à la personne de Lukas Steiner.

Le commis redescendit pour reprendre sa place et son guet, et le même manège reprit. L'homme en question s'intéressait vraiment à lui, et ce, de façon trop dissimulée pour être purement accidentelle.

Il ne ressemble pas à un pervers, surtout qu'il évite soigneusement mon regard. Il cherche à passer inaperçu, c'est évident. Il ne veut pas dévoiler ses intentions, ou c'est peut-être encore trop tôt pour le faire. Il paraît vouloir se rassurer sur quelque chose, comme s'il n'était pas certain de son coup. Je me demande pourquoi il est

venu justement aujourd'hui, et comment il savait que je serais ici,
au bureau de la grande salle. À moins que... Oui, Bilodeau, le chef
de section, l'a mis au courant. C'est bien cela : ils sont plusieurs
dans le coup, d'où sa gentillesse de tout à l'heure. Le salaud ! Qui
sont-ils et que cherchent-ils au juste ? Celui-ci, par exemple, quel est
son rôle ? Un simple espion, sans doute, car il ne fait pas le poids
comme homme de main. Il veut de l'information, uniquement, cette
petite crapule, comme s'il voulait me graver dans sa mémoire pour
des développements futurs. Est-ce que je ferais bien de l'affronter ?
S'il attend jusqu'à quatre heures, je vais ensuite le suivre, quitte à
le tabasser si je tombe sur une bonne place tranquille... Non, c'est
préférable de garder un œil sur lui sans dévoiler mon jeu ; je con-
serverai l'initiative. Il faut que j'en sache plus sur leur combine. Ne
pas paniquer, ce n'est pas le moment d'avoir des faiblesses. Garder
le calme à tout prix, jouer l'innocent, les attendre mine de rien,
attendre mon heure patiemment... Mon avantage est qu'ils ne
soupçonnent pas que je sais. Surtout, ne pas trahir le fait que je me
sens traqué, ne pas montrer des signes de peur pour ne pas
précipiter les événements. Les laisser venir... Au fait, agit-il seul ou
a-t-il des complices dans la salle ?

Les autres lecteurs paraissaient effectivement endormis et
ne prêtaient aucune attention à l'homme suspect. La chaleur
de la journée estivale faisait que la fréquentation de la bibliothèque était à son plus bas, et rares étaient les clients qui se
présentaient pour emprunter des livres. Le calme total, en
somme, et seul le petit chauve à la barbichette semblait
trouver qu'il se passait des choses excitantes.

Ou il est venu sonder le terrain pour son propre compte, la
petite crapule, et, me trouvant ici par hasard, il a monté d'un cran
sa surveillance. Non, ce serait trop simple, trop élémentaire de me
fier aux seules coïncidences. Il n'y a jamais de coïncidences quand
on est face à des intentions aussi claires que les siennes. Ce type est
venu ici exprès... Et si, au contraire, il cherchait plutôt à me mettre
en garde ? Non, il est trop rusé dans sa dissimulation. Il n'est pas
de mon bord, bien au contraire ; il est là contre moi, sans aucun
doute. Sinon, pourquoi cette façon perfide de me guetter comme on
guette une proie ? Tant pis pour lui, ce sera moi le chasseur doré-
navant.

Quand le suspect se leva et s'apprêta à partir, la main de Steiner avait déjà noirci entièrement une nouvelle feuille de papier, dont il avait déchiré les marges ici et là avec des coups de crayon frénétiques. Le type redressa d'abord son tronc en se frottant le bas du dos comme s'il se sentait ankylosé, sans plus regarder du côté du bureau, et quitta la grande salle en laissant son livre sur la table. Exactement comme un innocent lecteur l'aurait fait après une séance de lecture. Steiner le suivit des yeux et le vit se diriger vers la sortie de la bibliothèque ; ensuite, il alla à la fenêtre juste à temps pour distinguer le petit homme déjà sur le trottoir de la rue Sherbrooke, qui marchait comme un simple badaud en direction du centre-ville.

Sur le coup, Steiner éprouva un étrange mélange de déception et de rage impuissante du fait qu'il ne pouvait pas le suivre immédiatement. Mais il se raisonna et se réjouit de résister à l'envie de se lancer aux trousses du type ; autant rester là pour ne pas dévoiler prématurément son propre jeu. Et puis, peut-être qu'en dépit des apparences cet incident n'était qu'un fait isolé, sans signification précise. Il lui fallait encore d'autres éléments et des développements plus substantiels avant d'arriver à se faire une idée d'ensemble.

L'important est que je sois prévenu sans qu'ils le sachent. Ne pas trahir mon état d'alerte. Je dois attendre son retour. J'ai le visage de cette petite crapule à barbichette bien gravé dans ma mémoire. S'il est vraiment en train de me surveiller, il reviendra, lui-même ou l'un de ses acolytes, ici à la bibliothèque ou dans la rue. Je trouverai le moyen d'en attraper un avant que les choses se précipitent. Et il parlera, le salaud, j'en suis sûr.

L'incident et ces pensées eurent l'effet paradoxal de le calmer, comme s'il était enfin soulagé de voir la menace se matérialiser après une si longue expectative. C'était en effet rassurant de ne plus être la victime passive d'une angoisse diffuse et de savoir qu'on pouvait se défendre.

Je les ai, enfin... Pas encore tout à fait, mais je les vois déjà venir. Je dois maintenant connaître leurs intentions, jouer la proie facile pour qu'ils dévoilent leur jeu sans se douter de rien. Lui, en tout cas, ne m'échappera pas si je le tiens dans une impasse déserte,

la nuit. J'ai uniquement besoin de patienter, de ne pas m'affoler.
Quant à Bilodeau, mon petit boss gentil, je le tiendrai à l'œil. À
moins de m'avoir fait pister, il ne sait pas où j'habite. Mon adresse
au bureau du personnel n'est plus bonne depuis déjà cinq ou six ans.
Mais on ne sait jamais avec ces gens-là. Voilà peut-être pourquoi ils
me surveillent ici, à la bibliothèque. Je ferai attention en retournant
chez moi, au cas où Barbichette voudrait me suivre. Ils finiront par
faire un faux pas, ce n'est qu'une question de temps.

Steiner feuilleta distraitement le livre laissé sur la table
par l'espion. C'était un livre d'art sur l'œuvre d'un peintre
appelé Jérôme Bosch, avec des reproductions de tableaux
apparemment religieux, des monstres ridicules et des scènes
de guerre. Des tableaux très anciens, sans aucun intérêt. Ce
livre-là n'avait rien à voir avec les intentions du petit homme,
c'était sans doute un livre qu'il avait pris au hasard, comme
excuse pour être là et le surveiller. En effet, le soi-disant
lecteur ne l'avait pas emprunté, il avait simplement demandé
à le consulter, ce qui lui permettait de rester incognito. Il
n'était sûrement pas abonné à la bibliothèque, et un livre
d'images était le camouflage idéal pour faire le guet. Steiner
prit malgré tout note du titre et de l'auteur, par simple souci
de recueillir systématiquement tous les éléments de l'incident. Charles de Tolnay : *Jérôme Bosch*, Bâle, 1939. Qui plus
est, il s'agissait d'un grand livre, et le suspect aurait pu s'en
servir comme d'un paravent pour son regard si jamais le
besoin s'en était fait sentir.

Très bien pensé. Sauf qu'il est trop maladroit, Barbichette, et
que la salle est trop calme pour une véritable mission de
surveillance. Sauf... Sauf s'il avait voulu au contraire me lever
comme on lève un oiseau à la chasse. Dans quel but ? Que peuvent-
ils vouloir de moi ?

Sans rien laisser transparaître de l'agitation intérieure qui
le gagnait au fur et à mesure de ses nombreuses questions
sans réponse, Steiner regagna son bureau et se résigna à
attendre la fin de son quart de travail. Mais il n'était plus
question de mantra ni de gribouillage ; serrant fortement ses
puissantes mâchoires et frottant entre elles ses molaires pour
contrer l'angoisse, il était désormais en état de combattre.

Avant de quitter la bibliothèque, il inspecta discrètement les divers bureaux et constata que les chefs de section n'étaient pas encore partis. Bilodeau paraissait travailler de façon concentrée et ne le remarqua pas. Cela voulait dire qu'il ne serait pas suivi par les gens de la bibliothèque, puisque les autres commis n'étaient plus là. Il s'agissait simplement de se méfier en chemin ; surtout, ne pas semer à la légère un hypothétique suiveur mais bien l'induire en erreur vers d'autres quartiers que le sien et, si possible, l'attraper.

Comme c'était son habitude, Steiner pénétra d'abord dans le grand parc boisé en face de la bibliothèque, qu'il connaissait comme la paume de sa main. Il savait se dissimuler adroitement parmi les nombreux sentiers et gagner de la sorte de multiples points de vue pour déjouer toute filature possible. Le parc avait aussi l'avantage de s'ouvrir dans plusieurs directions à la fois, ce qui permettait à Steiner de varier continuellement son trajet vers la maison et de confondre toute personne curieuse de ses allées et venues. Il protégeait ainsi le secret de son domicile tout en s'adonnant au plaisir des longues marches qui le tranquillisaient et le divertissaient tant.

Il y avait beaucoup de gens çà et là, couchés sur le gazon, certains profitant de l'ombre et d'autres se faisant bronzer presque nus au soleil. Des enfants aussi, bruyants et agités, dans une atmosphère de vacances. Mais Steiner ne se laissait pas distraire par ces apparences trompeuses, et il avançait de son pas décidé en surveillant attentivement les alentours à la recherche de détails insolites ou de présences suspectes. Il le faisait automatiquement, avec un sens raffiné de l'attention issu d'une très longue discipline. Vu de loin, son corps longiligne et démesuré, sa démarche aux grandes enjambées et ses bras ballants lui donnaient l'allure d'un athlète pressé d'arriver quelque part. Encore là, c'était une fausse impression. Steiner n'était jamais pressé, et s'il marchait ainsi, c'est qu'il ne savait pas faire autrement. Son rythme de marche était aussi le fruit d'une longue habitude. Comme il n'était pas pressé, il lui arrivait de parcourir ainsi de grandes distances et d'effectuer tant de déplacements compliqués que son chemin devenait un véritable labyrinthe pour tout importun qui aurait voulu le suivre. Sans compter que ce plaisir de marcher lui assurait une excellente connaissance de la ville, de ses recoins et de ses cachettes, aussi bien que des quartiers louches où un homme dans le besoin pourrait toujours trouver refuge. En fait, il n'avait pas encore eu besoin de fuir ou de se cacher, mais la progression des événements et son sentiment d'angoisse croissant le faisaient redoubler de prudence et de prévoyance.

La clarté du jour était rassurante et il avançait à grands pas, bifurquant vers l'est au bout du parc pour se rendre ensuite dans les ruelles encombrées de maisons, avant de se retourner et de prendre la direction du centre-ville. Il comptait se perdre parmi la foule qui remplissait les artères commerciales, de manière à pouvoir réfléchir calmement au curieux épisode qu'il venait de vivre. L'étrange certitude que l'étau se resserrait autour de sa personne ne le quittait plus. La vague impression d'une menace, le simple inconfort oppressant d'autrefois se précisait ainsi de manière évidente dans son esprit. Sauf qu'il n'arrivait pas à relier les divers éléments de ce puzzle, à savoir le suspect à la barbichette, la construction de la nouvelle bibliothèque, les dangers informatiques, l'odieuse prolifération des cyclistes et l'impudeur soudaine de sa concierge. Tout se précipitait, c'était clair, mais de façon apparemment si désordonnée qu'il était impossible d'y voir clair. Cette complexité même suggérait l'astuce de ses persécuteurs et la gravité du moment. Et il y avait aussi cette tristesse qui l'envahissait à mesure que la marche accélérée et pleine de détours brouillait ses pistes. Une tristesse venue de nulle part, une drôle d'envie de pleurer sans motif apparent dès qu'il se sentait protégé au milieu de la foule compacte des passants, des touristes et des badauds attirés par les scènes extérieures du Festival de jazz.

C'est du remords, cette tristesse s'appelle remords et rien d'autre. Du remords… Mais que diable ! Qu'est-ce que j'ai fait et que je n'arrive pas à me confesser ? Je n'ai rien fait, merde ! C'est trop infantile de me sentir ainsi mou comme une guenille. Pourquoi cette tristesse gluante dès que je me sens en paix ? dès que je n'ai pas besoin de cogner ? Qu'ils viennent vite, ces salauds ! J'ai besoin de mes poings face à cette maudite tristesse. Je les écraserai tous, un à un, à mains nues pour faire durer le plaisir. Ces ordures, ces lâches qui se cachent pour mieux comploter... Peut-être que c'est uniquement de la frustration, de la rage, et ça va durer tant que je ne les aurai pas tous, ces salauds.

Mais l'ignorance même de la nature de ce complot et de l'identité de ses ennemis était plus corrosive qu'une agression réelle. Il nageait parmi les hypothèses les plus bizarres, sans trouver une cohérence. Seules subsistaient la certitude de la menace et la présence bouleversante de cette tristesse qui emplissait son existence d'une grisaille et d'une fatigue indolente. Steiner appelait « remords » cette insupportable sensation de perte de sa propre substance. Il avait l'impression, par moments, que la surface de son être n'était plus étanche et laissait alors s'écouler son identité vers le dehors, tout en absorbant des éléments étrangers qui le polluaient et l'empêchaient de penser avec clarté. Envahi et vidé à la fois, chaque jour davantage, tant qu'il n'aurait pas trouvé une cible pour sa rage essentielle. C'était en effet du remords, mais une sorte indéfinissable de remords carencé de causes, qu'il cherchait en vain, par des efforts d'imagination, à fixer sur une faute postulée se dérobant sans cesse.

En avançant parmi les passants, submergé par l'émotion, il se souvint alors de Cindy, la jeune prostituée au corps frêle qui s'était blottie contre lui à la fin de l'hiver.

Je ne l'ai pas tuée, je ne l'ai pas tuée ! Combien de fois dois-je me répéter cela pour m'en convaincre ? Ce n'est pas moi qui l'ai tuée, en tout cas. Elle est morte, la pauvre petite, mais ce n'est pas moi qui l'ai tuée. Et je n'ai aucun lien avec elle. Ils sont sans doute arrivés à elle avant que je m'en aperçoive, les ordures, pour la tuer en me visant. Je ne pouvais pas savoir, j'ignorais alors tout de leur complot, comme je l'ignore encore. Lâches crapules ! C'est trop absurde de ressentir du remords pour un crime que je n'ai pas commis. Ou est-ce que je me trompe ?

Une incertitude de plus qui s'ouvrait, toute grande, parmi tant d'autres. Steiner évitait de penser à Cindy à cause d'une désagréable tendresse qui l'envahissait en présence de ce souvenir singulier dans son existence de vieux garçon. Il recourait au service des putes du boulevard Saint-Laurent lorsque son désir se faisait pressant au point de déranger jusqu'à son mantra. Il y allait rarement, il est vrai, et toujours avec un sentiment de honte mêlé de répugnance et de consternation respectueuse. Sans qu'il sache pourquoi et malgré sa nature méfiante, les putains étaient pour lui des êtres dépourvus de danger, des êtres anonymes et pratiquement dénués d'âme, qui n'offraient pas de résistance et qui ne risquaient pas de l'envahir. Des êtres neutres pour ainsi dire et, de ce fait, situés en dehors de la sphère inquiétante de la vie. Il avait même une fois pensé que les filles qui se prostituaient pouvaient être les âmes en peine des sœurs qu'il avait peut-être eues par le passé, mais dont il n'avait pas été informé de l'existence. Elles arrivaient ainsi à le délester de son désir d'une manière presque innocente, ou en tout cas amorphe, inoffensive. Et c'était ainsi que cela s'était toujours passé jusqu'à sa rencontre avec Cindy. C'était une putain maigrichonne et très pâle. En tout cas, bien différente de celles qu'il choisissait volontiers, les grassouillettes, celles capables de bien répondre à son étreinte aussi puissante que courte, presque désespérée, juste avant l'abandon dans l'abîme de l'oubli. Les chairs abondantes lui paraissaient rassurantes ; le foisonnement de formes, de plis, de rondeurs où plonger ses mains lui permettant de se perdre dans le corps étranger sans jamais risquer la rencontre avec l'autre, il gardait alors intacte sa propre intimité. Les femmes corpulentes ne constituaient jamais une menace, elles n'étaient que des masses de chair qui répondaient au toucher par des rires obscènes, par des gémissements feints ou des protestations de mise. Étant de simples volumes dans l'espace lui donnant l'occasion de jouer et de jouir, elles relevaient du pur théâtre et ainsi ne faisaient pas partie intégrante de la vie. Et quand Steiner se décidait à aller jouer chez les putes, c'était par pure nécessité physiologique, pour fatiguer le corps, comme quand il marchait ; il pouvait alors se soulager sans dire un seul mot et en gardant souvent la mélodie rassurante de son mantra dans la tête.

Il se passa quelque chose d'autre avec la jeune Cindy. Cette rencontre, bien curieusement, déclencha peut-être l'avalanche de perturbations affectives qui se bousculaient encore dans l'esprit du commis Lukas Steiner. Il l'avait rencontrée à la fin de janvier au coin de Sainte-Catherine et de Saint-Dominique ; elle grelottait seule sur le trottoir gelé, nu-tête, en bottines de vinyle rose et minijupe au ras du sexe. C'était la seule fille en vue, tard dans une nuit glaciale, alors qu'il avait déjà abandonné l'idée de se chercher une pute. Elle tentait de s'abriter du vent dans le vestibule encombré de débris d'une maison incendiée et l'interpella d'une voix faible pour lui demander du feu. Maigre et chétive, d'une blancheur presque maladive se confondant avec les reflets de la neige et maladroitement maquillée, elle avait plutôt l'air d'une marionnette décatie. Steiner alluma sa cigarette et, dans un rare geste de sympathie, il lui demanda si elle n'avait pas froid.

— Oui, je gèle, répondit-elle. Emmène-moi à l'hôtel, tu ne le regretteras pas. Je te promets tout ce que tu voudras.

Mais il ne voulait rien et cette pauvre fille n'était pas de celles qui apaisaient son désir. Pourtant — et il se demandera ensuite tant de fois pourquoi —, il la saisit par le bras et se dirigea vers l'hôtel de passe qu'il fréquentait habituellement. Elle se laissa conduire de façon passive, avec les membres ankylosés et la tête penchée pour se protéger de la bise. Une fois dans la chambre surchauffée, Steiner commença aussitôt à se déshabiller. La fille, assise sur le lit, paraissait soudainement trop endormie et ne bougeait pas. Sans savoir quoi faire, et peut-être par pure pitié devant un animal souffrant, il pensa alors qu'il valait mieux repartir tout de suite, en la laissant là, quitte à payer en bas la nuit complète pour qu'elle restât à l'abri. Mais elle ne le voulut pas. Au contraire, elle s'efforça aussitôt d'enlever ses vêtements, en s'excusant et en l'implorant de rester, de ne pas la laisser seule et, surtout, de ne pas la maltraiter.

— Ne me fais pas mal, s'il te plaît, insista-t-elle avec une moue craintive.

Étrange demande, pensa Steiner, en se rendant compte que cette pauvre créature pouvait avoir peur de lui, de son allure bourrue.

— As-tu peur de moi ?

— Oui, répondit-elle sans lever les yeux.

— Si tu as peur, pourquoi alors m'avoir invité à monter ?

— J'avais plus froid que peur, fit-elle avec l'esquisse grotesque d'un sourire. Maintenant, je ne sais plus... Tu n'as pas besoin d'être méchant, je vais être très gentille. Reste...

Il resta. Ils firent l'amour d'une façon presque tendre, la fille cherchant maladroitement à lui plaire pendant qu'il faisait attention pour ne pas la broyer entre ses bras. Ensuite, pendant qu'il fumait une cigarette, plongé dans d'étranges pensées, elle s'endormit, couchée sur sa poitrine, comme si c'était la chose la plus naturelle du monde. Elle s'appelait ou disait s'appeler Cindy. Steiner se souviendrait toujours de sa respiration calme, de son corps fragile et de sa bouille barbouillée de maquillage qui lui donnait l'air d'un clown ayant pleuré. Mais, surtout, il se souviendrait toujours de son envie aussi soudaine qu'absurde de l'étouffer ainsi dans son sommeil pour qu'elle n'ait plus jamais froid. Une envie idiote, bien sûr, qui ne dépassa pas le stade d'une simple idée pendant qu'il s'efforçait de ne pas bouger pour ne pas la réveiller. Oui, l'étouffer ou lui casser la nuque sans qu'elle s'en rende compte, vite et sans douleur, comme on noie un chaton pour qu'il cesse de souffrir. C'était une sorte d'élan de solidarité envers un être désemparé, aussi solitaire que lui ; ou peut-être même un sursaut de tendresse. Mais il n'alla pas au bout de cette réflexion.

Il ne fit rien. Lorsqu'elle dormit profondément, il glissa de l'argent dans son sac à main et s'en alla, sans oublier de payer au comptoir pour qu'on ne la dérange pas le restant de la nuit. Cindy...

Steiner repensa sans cesse à cette rencontre et, quelques jours plus tard, il se mit à arpenter le quartier des putes à sa recherche. Non pas dans l'intention de faire l'amour, car Cindy n'était vraiment pas son genre de femme et il n'avait pas trouvé bon de la baiser. Il pensait simplement l'inviter à prendre un café ou une bière, avec l'idée de l'observer dans une situation neutre et ainsi de se débarrasser définitivement de son souvenir gênant. C'est que la fille revenait souvent à sa mémoire, accompagnée parfois d'une émotion doucereuse qui l'irritait par sa saveur de dépendance. Steiner ne se rappelait jamais ses putes et se faisait un devoir de ne pas répéter la rencontre avec l'une d'elles en particulier, fût-elle la plus délicieuse de toutes. Il changeait de partenaire à la fois par souci de discrétion et par amour de la nouveauté, et cela lui permettait de ne jamais s'impliquer au delà de son corps. Étrangement, il voulait revoir Cindy aussi pour s'assurer qu'elle était toujours en vie, pour être certain de ne pas l'avoir tuée. Il ne doutait pas de ses souvenirs de cette curieuse nuit. Il savait très bien qu'il l'avait laissée vivante et paisiblement endormie. Mais cette rencontre l'avait tellement impressionné qu'il se retrouva à diverses reprises en train de la revivre en imagination, de plusieurs façons, y compris en étouffant la fille dans le but de la protéger. Cette habitude de ressasser les événements marquants était trop ancrée dans sa nature, au point de devenir obsédante. Même si les images mentales pouvaient être répugnantes ou offensives, entièrement contraires à son désir, il les subissait parfois jusqu'à l'écœurement. Et la triste figure de la petite Cindy le hantait, accompagnée souvent du remords de ne pas l'avoir aidée davantage ou, encore, libérée une fois pour toutes de sa destinée. Certaines des scènes du meurtre imaginaire étaient si saisissantes qu'il en arrivait presque à se demander s'il ne l'avait pas assassinée pour de vrai.

À force de patience et de persévérance, il la retrouva l'un des soirs suivants, cette fois comme un chien mouillé sous une pluie verglaçante. Elle le reconnut et, en feignant une allégresse presque enfantine, elle le convainquit de l'accompagner de nouveau à l'hôtel. En quelques jours à peine, elle semblait avoir acquis de l'expérience et jouait à la pute avec plus de désinvolture malgré son corps toujours sans charmes. Ils firent l'amour de la même façon maladroite et sortirent ensuite prendre un verre dans un bar attenant. Steiner était content de cette rencontre, en particulier du moment qu'ils passèrent assis dans le bar ; ce souvenir lui servirait ensuite de caution d'innocence chaque fois qu'il s'imaginerait en train de lui serrer la gorge. Cindy était bavarde et lui parla de son village gaspésien, qu'elle décrivait comme un trou sans aucun avenir pour une fille pleine de vie comme elle. Des balivernes, naturellement, pensa Steiner, puisque cette fille tristounette était en train de crever à Montréal à force de travailler comme esclave pour l'un ou l'autre des souteneurs qui sirotaient leur bière assis au comptoir du même bar. Sa Gaspésie ne pouvait pas être si mauvaise qu'elle le disait, mais cela ne l'intéressait pas. Il avait uniquement besoin de la voir vivante à l'extérieur de la chambre pour continuer à vivre paisiblement ses affreuses fantaisies.

Au moment où ils allaient se quitter cependant, peut-être pleine de gratitude envers cet homme rude mais pas méchant, elle se hissa sur la pointe des pieds, s'accrocha comme une gamine à son cou et l'embrassa sur la bouche. Un petit geste mignon, inattendu, qu'elle accompagna d'un balbutiement : « mon nounours ». Steiner fut saisi d'une telle confusion qu'il aurait pu démolir le bar et massacrer les autres clients si jamais quelqu'un avait lancé la moindre remarque en cet instant magique. Il se figea sur place l'espace d'une seconde, grava la figure de la jeune femme dans son esprit et repartit en trombe, complètement bouleversé.

Il vécut les jours et les nuits suivants dans un état de grande agitation, tiraillé entre le désir et la peur de la revoir. Dans son esprit, les moments les plus tendres et les plus sensuels en compagnie de Cindy côtoyaient d'atroces images sadiques, où la fille subissait des agressions multiples de la part de ses clients pour finir étouffée comme un oisillon entre ses mains. D'autres scènes étaient presque bucoliques, entièrement nouvelles pour lui, où ils se promenaient main dans la main dans des champs ; des scènes qu'il brouillait compulsivement à l'aide de son mantra pour ne pas sombrer dans la mélancolie. Curieusement, il ne ressentait aucune méfiance à son égard ; au contraire, dans toutes ces scènes imaginaires, elle avait uniquement le rôle de victime innocente et ayant besoin de protection. Il se reprochait parfois de l'avoir laissée dans ce bar louche, de ne pas l'avoir kidnappée et même de ne pas l'avoir tuée. À d'autres moments, il tentait de se raisonner en se disant que tout cela n'était que des mièvreries, qu'il ne savait rien d'elle, qu'elle ne s'appelait peut-être pas Cindy — un prénom des plus ridicules, diminutif de Cendrillon —, et qu'elle était en fin de compte une pauvre idiote rachitique qui n'avait trouvé mieux que de se faire pute en plein hiver.

Rien n'y fit. Au bout d'une semaine, il repartit à sa recherche, plus confus encore qu'auparavant. Steiner eut beau arpenter le quartier des putes plusieurs nuits d'affilée, questionner ici et là tant les filles que leurs immondes souteneurs, il ne put obtenir aucune information valable au sujet de Cindy. Elle était partie à Toronto, ou à Vancouver, c'est ce qu'on lui répondait, ou elle était morte d'une surdose, ou tombée malade, ou avait reçu une raclée, tout comme elle pouvait s'être suicidée ou avoir été assassinée. Tout pouvait leur arriver sans que les gens se sentent incommodés ; d'ailleurs, les filles changeaient souvent de ville pour ne pas se faire trop remarquer par la police. Les putes qui se souvenaient d'elle, de son allure maigrichonne, lui répondaient qu'elle était sans doute morte, car les natures fragiles soit s'éteignaient d'elles-mêmes à la fin des hivers rigoureux, soit se faisaient défoncer par des clients pervers en quête de sensations fortes. Trop déconcerté par ses propres fantaisies meurtrières, il n'osa pas questionner les policiers qui patrouillaient habituellement dans le quartier. Steiner dut alors se résigner à l'idée qu'il l'avait perdue à jamais.

Après quelque temps, il fut persuadé de sa mort et commença à éprouver les crises de langueur mélancolique qu'il en vint à appeler remords. À cause de son imagination souvent d'une horrible netteté, il se surprenait parfois en train de vouloir se convaincre par toutes sortes d'arguments qu'il ne l'avait pas assassinée de ses propres mains. Ou il se reprochait au contraire de ne pas l'avoir fait dès la première nuit, quand elle dormait sur son épaule. Steiner étudiait minutieusement durant des heures tous les arguments pour ou contre ce geste insensé, ou plutôt ces arguments revenaient d'eux-mêmes à son esprit comme des spectres pour accroître son sentiment de faute. Ce qui auparavant avait été des crises sporadiques de tristesse immotivée devenait alors des crises de remords mêlées à des crises de regrets.

Et voilà qu'elle se laisse enfin entrevoir, cette crapule à barbichette, au bout de plusieurs mois d'attente. Il était temps! Ils ont eu la peau de Cindy, les ordures, et ils resserrent maintenant l'étau. Mais je les attends, cette fois, et je suis prêt. Le calvaire tire à sa fin et je me battrai en terrain découvert. Je connaîtrai enfin la signification cachée de toutes leurs combines. Et je commence à comprendre un peu: ils avaient besoin d'un adversaire de taille, à la hauteur de leurs sinistres desseins. Les fils de pute! Ne vous y trompez pas! Je vous attends...

Cette pensée combative le rassura et lui permit de contrer les élans de tristesse qui subsistaient encore pendant qu'il s'éloignait des rues animées du centre-ville. Steiner remonta dans l'axe du boulevard Saint-Laurent de son pas ferme, en zigzaguant continuellement par les rues latérales, toujours aux aguets, retournant sur ses pas chaque fois qu'il croyait reconnaître des visages dans la foule ou qu'il soupçonnait un passant d'accorder son rythme de marche avec le sien. Mais il avançait vers le nord, sûr de lui et de son aptitude à semer n'importe quel poursuivant. Ne les avait-il pas tous semés jusqu'à présent, depuis son adolescence?

À mesure que Steiner empruntait les rues moins fréquentées, son état d'alerte surpassait automatiquement ses émotions et il se sentait de nouveau en pleine possession de ses moyens. Il bifurqua sur l'avenue du Mont-Royal, en direction de la rue Hutchison; là, juste à côté de la petite rue Bérubé, il savait qu'il trouverait un magasin tenu par des Pakistanais. C'était une échoppe minuscule et peu éclairée, où il acheta deux boîtes de sardines portugaises, une boîte de sauce tomate mexicaine et du riz indien pour son souper. C'était aussi une autre de ses habitudes exigées par son continuel souci de survivre dans la jungle urbaine: il n'allait jamais dans les supermarchés et cherchait à varier au maximum les endroits où il effectuait ses achats, de manière à ne pas se laisser repérer. Ainsi, personne d'autre que lui ne pouvait connaître ses habitudes alimentaires. Ces dernières étaient d'ailleurs très frugales, même s'il se faisait un devoir de ne consommer que des produits étrangers. Ce détail, d'une grande importance pour sa tranquillité d'esprit, rendait

presque impossible tout empoisonnement dirigé expressément contre sa personne ; et comme il variait constamment les
pays d'origine de ses provisions, cela assurait à son avis
l'impossibilité pratique de tout algorithme malicieux. Seule sa
bière était canadienne, mais avec la profusion de marques et
de types différents sur le marché, il était certain de pouvoir
varier suffisamment ses choix pour confondre quiconque
aurait cherché à définir ses préférences. Par ailleurs, comme
c'était le cas avec les putes, Steiner ne se méfiait pas des autres
boissons alcooliques ni du tabac, qu'il considérait comme des
produits neutres, en dehors des sphères menaçantes de la vie.

Steiner mit ses provisions dans sa besace déjà lourde de
livres et, toujours en zigzaguant, il prit la direction de son
appartement dans la rue Drolet. Il était presque dix-neuf
heures, mais la lumière des longues journées d'été était encore vive, ce qui l'obligea à une approche relativement longue
de son immeuble, avec des arrêts tactiques pour surveiller les
environs ainsi qu'un tour du pâté de maisons pour inspecter
les ruelles attenantes. Ces manœuvres l'agaçaient un peu ; il
préférait de beaucoup rentrer chez lui à la noirceur, naturellement, pour profiter à la fois de l'acuité de sa vision
nocturne et des rues vides. Mais ce jour-là, l'envie de voir
apparaître le suspect à la barbichette était si grande qu'il prit
plaisir à prolonger l'observation des lieux dans l'espoir de le
surprendre.

Non seulement les rues mais aussi l'entrée de son immeuble étaient désertes, sans même la présence fouineuse de
madame Arsenault. Il grimpa silencieusement les escaliers et,
après s'être assuré que sa porte et sa serrure étaient intactes,
il s'enferma à double tour. Une inspection minutieuse des
lieux le rassura quant à l'absence d'intrus. Il ajusta enfin la
barre de fer qu'il avait conçue pour l'entrée de l'appartement ;
c'était à la fois un dispositif assez ingénieux, fixé sur le cadre
de la porte pour l'empêcher de s'ouvrir de l'extérieur, et une
arme très convenable, au cas où il aurait besoin de se
défendre en pleine nuit.

Une fatigue bienfaisante s'empara de lui dès qu'il se sentit
de nouveau en sécurité, même si son état d'alerte ne cédait

pas pour autant. Se sentant sans trop d'appétit après tant
d'émois et d'épreuves, il décida de ne pas se faire à manger et
de boire simplement quelques bières en grignotant les
sardines avec des restes du pain de la veille. De la sorte, il ne
perdait pas de temps et pouvait aussitôt passer systématiquement en revue tous les événements de la journée. C'est ce
qu'il fit, des heures durant, jusque tard dans la nuit, en
s'aidant d'abord de cigarettes et de gribouillages, et ensuite
de sa pipe et de son mantra. Malgré tout, il n'arriva à aucune
nouvelle hypothèse explicative. Steiner s'avoua alors trop
noyé dans la confusion et préféra ne pas ressortir cette nuit-là
pour une autre de ses randonnées solitaires. Et il finit par
s'assommer avec de la vodka sinon pour s'endormir, du
moins pour faire cesser les orages dans sa tête.

3

Steiner passa une nuit affreuse. La chaleur humide, presque suffocante, et l'excès d'alcool eurent comme effet de le laisser littéralement trempé de sueur, tandis que ses soucis se changèrent en d'étranges cauchemars. Un peu avant cinq heures du matin, il renonça au repos et, étonnamment éveillé, il se réjouit d'être enfin arrivé à ce lendemain qui lui paraissait fécond en révélations essentielles. Avec effort mais plein d'enthousiasme, il exécuta les nombreuses flexions de bras, de jambes et des muscles abdominaux avec lesquelles il commençait ses journées, forçant la cadence jusqu'à percevoir les battements accélérés de son cœur dans ses oreilles. C'était sa façon de revenir à la vie, comme il disait, de reprendre le contrôle de son corps après l'intermède toujours abyssal de la nuit. Steiner craignait le sommeil, ces pertes de soi visqueuses pendant lesquelles il tâtonnait dans le brouillard, secoué comme le petit garçon d'autrefois, et devenait la proie sans défense de multiples agressions. Il bâillerait et somnolerait à volonté une fois plongé dans les frais souterrains de la bibliothèque, seul et protégé par la vétusté répulsive de l'endroit.

Après les exercices, il se doucha longuement à l'eau froide, en se laissant bercer par la mélodie apaisante de son mantra. Il se frotta ensuite avec une serviette très rêche pour finir de s'éveiller. Il savonna son visage, battit son rasoir sur le ruban de cuir attaché au mur, essaya avec le sourire le fil de la lame sur l'ongle de son pouce et entreprit de se raser. En contemplant son visage dans la glace, il se demanda sérieusement s'il ne ferait pas mieux de se raser aussi le crâne, comme

le personnage d'un film de guerre qui l'avait beaucoup impressionné.

*Une allure de moine oriental irait à merveille avec la journée
fatidique qui s'annonce, dans laquelle je trouverai soit la mort, soit
la transfiguration. Ou les deux ?*

Mais il abandonna aussitôt cette idée, puisqu'une transformation aussi radicale pourrait mettre en alerte ses ennemis. Steiner ne voulait rien laisser transparaître de sa lucidité
concernant le moment magique qu'il appréhendait.

*Mieux vaut jouer l'innocent, du moins jusqu'au dernier
moment ; et là, frapper sans hésiter comme un fauve bondissant sur
le chasseur étonné.*

Il sourit pour montrer ses dents et s'amusa à faire des
grimaces à la glace, tout en esquissant des gestes avec son
rasoir comme s'il allait se trancher le cou. Après le rasage, très
satisfait de son visage glabre, il nettoya soigneusement la
lame et la battit encore une fois sur le cuir pour bien l'affiler.
Il avait l'intention de l'emporter dans sa poche pour se
défendre, comme il le faisait fréquemment dans ses sorties
nocturnes, car il était convaincu que tout se passerait en
chemin ou à l'intérieur de la bibliothèque.

Une fois habillé, il se fit du thé très foncé — sombre et
amer comme la vie, pensa-t-il —, qu'il accompagna de pain
rassis tartiné de miel et d'huile d'olive. C'était son petit-
déjeuner habituel, qu'il variait uniquement en troquant le
miel pour du sel et du poivre. Il mangea lentement, sans se
laisser distraire par des hypothèses inutiles. Le temps des
hypothèses était révolu. Il s'en allait vers la vérité.

Le jour commençait à peine à poindre, et le ciel teinté de
mauves et de verts très pâles le fit penser à des couleurs cada-
vériques. Mais il chassa cette idée sinistre et se dit simplement
qu'il allait faire très chaud. Les rues étaient vides et les immeubles projetaient alentour des ombres propices aux guets-
apens. Ce n'était donc pas le moment d'avoir des idées
mélancoliques mais bien d'être dans un état maximal d'alerte.

Après avoir fait le tour du pâté de maisons et des ruelles
voisines pour s'assurer que tout était en ordre, Steiner se
dirigea d'abord vers le nord pour passer sous le viaduc ferro-

viaire franchissant la rue Saint-Denis. Il se disait que cet endroit et le viaduc de la rue Saint-Laurent étaient des endroits convenables pour une embuscade, et que ses ennemis pourraient très bien les avoir choisis pour l'attendre ce matinlà. Empressé de les voir face à face, il tenait à y passer d'un air insouciant et avec son rasoir à portée de la main. Mais il ne trouva personne sur son chemin, même pas un clochard endormi, et il se résigna à descendre d'abord le boulevard Saint-Laurent et ensuite l'avenue du Parc jusqu'au centreville. La vue du parc du mont Royal encore très sombre lui donna l'idée de s'y installer sur un banc, à l'orée des arbres, pour fumer une cigarette et offrir ainsi l'apparence d'une proie facile. S'ils projetaient leur agression pour ce jour, rien de mieux que ce parc désert et cette silhouette solitaire occupée à fumer en regardant le lever du soleil. C'est ce qu'il fit, sans succès cependant, puisque non seulement ses ennemis ne profitèrent pas de la situation, mais des coureurs matinaux se mirent à apparaître de partout, accompagnés de promeneurs de chiens et même de cyclistes.

Ou ce sont des imbéciles, ou ils préfèrent m'attendre à la bibliothèque, ces ordures. Je ne vois pas d'autre possibilité. Pourtant, une agression à la bibliothèque fera un esclandre, et je suis certain qu'ils cherchent à agir avec discrétion. Sinon, pourquoi se cachent-ils avec autant de soin ? Alors, comment s'y prendront-ils ? S'ils cherchent au contraire uniquement à m'humilier, peut-être que la bibliothèque sera vraiment la meilleure place. Bilodeau m'attend peut-être pour me congédier… Il ne sait pas ce qui l'attend, lui. Pourvu que le chauve à la barbichette soit aussi de la partie. J'aurai au moins la peau de ces deux-là, ce qui est un excellent début. Ils peuvent aussi vouloir me kidnapper… Mais dans quel but ? Merde ! Ce doute est assommant à la longue. Qu'ils montrent leur jeu une fois pour toutes !

Il longea l'orée des arbres et descendit vers la rue University pour aller acheter du tabac à cigarettes au kiosque à journaux de la Gare centrale. Ce détour lui permettait de surveiller les voyageurs dans la salle des pas perdus comme si lui aussi s'apprêtait à partir. Les fantaisies de départ étaient celles que Steiner affectionnait le plus ; et s'il ne partait jamais, même pas en vacances, il avait tout de même son vieux sac de marin toujours prêt, avec un minimum de vêtements de rechange, son passeport et une certaine somme d'argent, dans l'éventualité où il lui serait indispensable de fuir. Encore là, il se demanda en vain pourquoi partir et, surtout, quand et où trouver le bon refuge. Heureusement, il se sentait de plus en plus convaincu que ses incertitudes trouveraient toutes un dénouement prochain.

La grande salle de la gare avait son air morose habituel des heures matinales, avec des voyageurs ensommeillés qui attendaient leurs convois parmi les troupeaux de zombies cravatés sortant des trains de banlieue. Steiner n'y trouva pas de pitance pour harnacher son angoisse diffuse, et repartit peu après. Il avait assez de temps pour aller inspecter une fois encore le chantier de la nouvelle bibliothèque avant de se rendre au travail. Montréal se réveillait sous un ciel qui annonçait un jour magnifique et très chaud. La présence rassurante de son rasoir dans sa poche et l'absence de visages suspects sur son chemin lui firent accélérer le pas pour mieux goûter la marche revigorante. Curieusement, même les cyclistes avaient l'air de dévier de son chemin, ce qui lui parut un augure de plus au sujet du caractère exceptionnel de cette journée.

Il arriva à la bibliothèque municipale avant l'ouverture, dans un état de grande exaltation. Les clients ne seraient pas admis avant une bonne heure, ce qui lui permit de descendre aussitôt dans les archives souterraines pour y méditer et calmer son esprit. À cause du fatras poussiéreux qui y régnait et des innombrables amoncellements de vieux documents éternellement à classer, Steiner avait toujours l'excuse de s'y perdre sans éveiller de soupçons ni susciter de remontrances.

Se sentant protégé dans cette immense tanière, il fit d'abord le tour de ses cachettes de livres fétiches. Il inspecta aussi méticuleusement tous les rangements qu'il avait faits ces derniers jours, à la recherche du moindre signe d'intrusion. Mais il ne trouva rien de suspect ou d'insolite. Tout était tel qu'il l'avait laissé, y compris quelques piles effondrées de paperasses historiques au milieu de certaines allées et qu'il fallait enjamber adroitement pour ne jamais les déranger. De toute évidence, aucun visiteur importun n'était descendu là en son absence, et aucun des commis n'était venu troubler la tranquillité de sa caverne.

Tout se passera là-haut, c'est évident. Ou, au plus tard, à mon retour à la maison. Il faut me préparer. Surtout, garder mon calme, ne rien laisser transparaître.

À la façon de Musachi, le samurai zen dont il avait lu l'histoire avec passion, Steiner s'assit sur ses talons pour méditer et se mettre ainsi dans l'état de vide mental propice au combat appréhendé. Le dénouement prochain d'une lutte vieille de plusieurs années le remplissait d'une immense satisfaction; si elle n'était pas exactement paisible, au moins elle était réconfortante. Alors, bercé par son mantra, il se concentra d'une façon telle qu'il perdit la notion du temps. Lorsqu'il fut dérangé par des rats en course folle autour de ses jambes, il sortit de sa torpeur par un véritable saut, au point de se faire mal en se frappant contre les étagères métalliques. La nuée de poussière produite par le choc voila momentanément la faible lueur des ampoules et provoqua chez lui des éternuements.

Paperasses de merde! Saleté des enfers! Il faudra que je mette quand même le feu à toute cette pourriture avant de m'en aller. Heureusement que je ne serai plus là quand ils voudront déménager cette horreur dans le nouveau bâtiment. Qui sait s'il y aura encore quoi que ce soit à déménager? Sans ce trou ancestral où se tapir, les rats vont envahir les maisons environnantes et peut-être même l'hôpital Notre-Dame. Ça va être la débandade...

Steiner remarqua avec surprise que sa montre indiquait dix heures du matin. Il avait donc somnolé longtemps. Mais loin de se fâcher, il trouva que ce repos était le signe d'une force intérieure de bon augure. Et il remonta dans la salle de lecture, prêt pour n'importe quel combat.

En haut de l'escalier, Bilodeau, son chef de section, l'attendait d'un air concerné.

— Steiner! s'exclama-t-il à la vue du commis très empoussiéré. Mais vous en faites trop, Steiner, et par une telle journée de canicule. Regardez-vous! Ces archives sont une véritable honte et vous, toujours aussi dévoué.

— Les rats, monsieur Bilodeau, les rats… répondit Steiner, réellement surpris par l'accueil amical de son supérieur. C'est infesté de rats en bas.

— C'est effrayant, Steiner. De grâce, faites attention à vous. Allez vous laver et prenez une longue pause-café au grand air. Cette poussière risque même d'être toxique.

— Elle l'est, monsieur Bilodeau, répondit Steiner en tentant de garder le même ton de camaraderie pour ne pas se trahir. Des siècles de crottes de rats et de poussière de moisissures. Ça ne doit pas faire de bien. Mais je suis costaud. Il est grand temps qu'on déménage dans le nouvel édifice, sinon les précieux documents de notre belle province risquent de devenir de la poussière toxique. Les générations futures pourraient croire que le passé n'a été que de la merde, monsieur Bilodeau, ajouta-t-il en tâtant son rasoir dans sa poche.

— C'est vrai, Steiner. Si au moins les politiciens pouvaient être aussi zélés que vous. Allez, au repos. Promenez-vous un peu pour mieux respirer. Il y a encore des caisses à descendre aux archives, et je ne voudrais pas vous voir malade. Je me demande pourquoi ils ne cessent pas de tout nous envoyer ici, de partout, au lieu d'attendre la nouvelle bâtisse. Nous ne sommes pas en mesure d'absorber cet engouement soudain pour les documents oubliés.

Il veut m'éloigner d'ici, c'est clair. Ça saute aux yeux. Sa gentillesse est cousue de fil blanc. Jouons les imbéciles.

— Je descendrai ces caisses tout à l'heure, monsieur Bilodeau. Il me faut encore faire de l'espace en bas pour qu'on soit en mesure de passer. Mais avant, un verre d'eau et une cigarette ; j'ai la gorge remplie de poussière.

— Soignez-vous, Steiner. C'est l'été, après tout. Nous devons tous durer jusqu'à l'inauguration de la Grande Bibliothèque nationale. Il n'y aura plus de rats là-bas.

Je sais, les rats vont rester ici, peut-être même aujourd'hui. Mais peut-être pas les rats que vous pensez, crétin.

Steiner se lava les mains et le visage, et alla surveiller la salle de lecture. À sa grande satisfaction, le petit homme chauve à la barbichette était assis là, absorbé dans la contemplation des images des deux livres ouverts devant lui. Vus de loin, ils avaient l'air d'ouvrages sur la peinture, y compris le grand livre de la veille. Steiner observa l'homme durant un bon moment sans se laisser voir et sortit fumer sa cigarette dans le parc. De l'autre côté de la rue, il avait une excellente vue de l'entrée de la bibliothèque ; il n'y avait donc pas de danger que le suspect pût filer sans être aperçu. Il prit le temps de fumer calmement deux cigarettes, sans trop savoir comment il aborderait l'individu, ni s'il devait l'affronter ouvertement. Les étranges chiens aperçus la veille n'étaient pas là, et le parc lui parut dangereusement calme malgré la belle journée.

En rentrant à la bibliothèque, Steiner fut saisi par la rencontre face à face avec son persécuteur. En effet, l'homme à la barbichette s'apprêtait à s'en aller, le plus innocemment du monde, comme si de rien n'était. À la vue du commis, l'individu parut aussi surpris ; mais d'un élan spontané, comme s'il connaissait Steiner depuis longtemps, il le salua d'un geste courtois de la tête, accompagnant le tout d'étonnantes paroles : « Bonjour, monsieur. Il fait trop beau pour être enfermé en compagnie de livres. Passez une bonne journée. » Et il s'en alla, d'une démarche que le commis qualifiera de primesautière en pensant plus tard à la scène.

Steiner ne sut comment réagir sur le moment, puisque son interlocuteur paraissait réellement de bonne humeur, sans aucune trace de disposition hostile. Pire encore, il s'était comporté comme s'il le connaissait. Impossible donc de l'étrangler sur place ou de lui trancher la gorge sur le parvis de la bibliothèque, d'autant plus que, debout, le personnage avait vraiment l'air minuscule, inoffensif et tout à fait sans importance. En repensant à lui, Steiner était même incapable de le mépriser ou de le détester, tant il lui avait paru paisible et presque sympathique.

Était-ce un simple messager ? Mais que voulait-il me confier ? Et d'où me connaît-il ? Je ne me souviens pas de l'avoir jamais vu avant-hier. Est-ce que ma mémoire me joue des tours ?

Quand Steiner reprit le contrôle de lui-même, l'étrange personnage avait déjà disparu. Steiner se raisonna aussitôt et conclut qu'il ne valait pas la peine de le poursuivre, car l'homme à la barbichette ne pouvait en aucun cas jouer un rôle d'importance dans les événements le concernant. Autant attendre la suite, et le plus discrètement possible pour ne pas trahir son état d'alerte. Avec un grand effort de concentration, il alla d'abord prendre les deux livres laissés par le suspect sur la table de lecture ; il descendit ensuite aux archives, dans la cave, en emportant aussi une des caisses de documents que Bilodeau avait signalées plus tôt.

C'est ce qu'ils attendent de moi en ce moment. Il faut agir comme ils le veulent, mine de rien, en toute innocence. Barbichette m'a laissé ses livres et Bilodeau veut que je retourne en bas. Voyons à quoi cela mène. Mais attention ! Il y a sans doute un piège quelque part.

Dès qu'il se sentit de nouveau protégé par la fraîcheur de sa caverne, Steiner entreprit de feuilleter minutieusement les deux livres à la recherche d'un message caché ou de signes pour mieux s'orienter. C'est alors qu'il reçut le choc de sa vie, comme une révélation foudroyante en effet, même s'il ne comprit pas immédiatement toute l'énormité devant laquelle il se trouvait. Les deux livres étaient des ouvrages sur le même peintre, Jérôme Bosch. Sur la couverture du plus mince d'entre eux — Walter Bosing : *Tout l'œuvre peint de Jérôme Bosch*, éditions Taschen —, Steiner reconnut nettement, sans l'ombre d'un doute, l'image de Cindy attaquée par un serpent et un dragon, parmi une frénésie de démons en train de torturer d'innombrables victimes. C'était tout un panorama d'une espèce d'enfer, comme si le peintre avait voulu illustrer d'un coup, en un seul tableau, toutes les sortes de tortures possibles et imaginables. Dans une richesse assommante de détails, plus précis les uns que les autres, il pouvait aussi distinguer une myriade de monstres sortis d'une imagination mirobolante de fécondité. Et là, toute frêle et s'offrant en sacrifice, Cindy en personne, telle qu'il l'avait connue, même si le peintre avait cru bon de la représenter avec une longue chevelure. La référence identifiait l'image comme étant un détail du tableau central du triptyque *Le jugement dernier*, conservé dans un musée de Vienne. Encore un peu incrédule,

Steiner chercha la reproduction intégrale du tableau dans le livre pour s'en faire une meilleure idée. Mais quelle ne fut pas sa surprise, en feuilletant les pages, d'y trouver aussi le portrait de l'inconnu à la barbichette qu'il avait croisé en personne quelques minutes auparavant. Là encore, aucun doute possible : sur le tableau *Le chemin de croix*, du musée des Beaux-Arts de la ville de Gand, voilà que Barbichette se cachait dans la foule, l'air très innocent mais évidemment complice des harcèlements que les autres personnages faisaient subir au Christ. Il fut aussitôt saisi par un étrange frisson devant ces images spectrales qui paraissaient sortir de la fin du Moyen Âge pour venir le tourmenter. Pourtant, c'était très clair : l'homme à la barbichette s'était introduit dans ce tableau ancien contre toutes les attentes du bon sens et de la chronologie. Et ce n'était pas une coïncidence ou une illusion des sens. En examinant encore les autres visages agressifs qui remplissaient l'image, Steiner reconnut aussi Bilodeau, son chef de section, même si celui-ci s'était déguisé pour la pose avec une longue coiffe noire et des boucles d'oreilles. Non, c'était trop précis pour n'être qu'une pure coïncidence, puisque dans la marge droite du tableau, en tête du cortège, Steiner reconnut aussi de manière indiscutable le visage gras, haineux et rempli d'arrogance de l'ancien premier ministre Jacques Parizeau. Le tout était d'une grande cohérence, c'était trop évident pour n'être que le fruit du hasard. Steiner détestait ce politicien, qu'il qualifiait volontiers de paradigme du grand bourgeois fat, impertinent et proche du racisme par sa haine des étrangers. Sans compter qu'il le soupçonnait aussi d'être l'un des concepteurs de cette nouvelle bibliothèque de malheur. Or, le fait qu'il était là sur le tableau, déguisé d'un heaume de paladin et avec son éternel rictus sous sa moustache, ne pouvait en aucun cas relever du pur accident. Jésus-Christ, dans sa sérénité, ne pouvait représenter autre chose que l'étranger sur une terre de mépris et d'intolérance.

Fasciné par l'image et bouleversé par cette découverte saugrenue, Steiner, encore dans un état d'extrême confusion mentale, s'abandonna enfin à une évidence encore plus

terrifiante : le Christ, c'était lui-même. Le peintre l'avait représenté de façon précise, à ne pas s'y tromper, même si, pour les
besoins de la scène, il lui avait apposé une barbe et une
couronne d'épines. Mais la transparence même de cette barbe,
qui révélait de façon indiscutable son visage actuel, n'était-
elle pas à elle seule un indice certain que le peintre avait
voulu le donner à voir dans son apparence de tous les jours ?

Une sorte d'indolence infinie s'empara de lui à la vue de
ce visage noble et doux à la fois, aux paupières baissées,
résigné à porter sa croix malgré la foule agressive et remplie
de laideur : son visage, le même visage que tant et tant de fois
il avait contemplé dans la glace à la recherche de son sens
caché et des bribes d'une révélation. Elle était là, devant ses
yeux, la révélation mystérieuse : le peintre l'avait choisi, lui, le
commis de bibliothèque Lukas Steiner, pour représenter la
souffrance essentielle de l'homme sur la terre. Il se sentit
soudainement trop fatigué et trop ému devant ces pensées
étranges, presque apaisé dans sa mélancolie et rempli
d'espoir.

Avec une grande pudeur, en voulant que tout cela ne fût
qu'une simple illusion, Steiner revint au début du livre pour
le regarder respectueusement. Hélas ! il ne se trompait pas.
Jérôme Bosch l'avait bel et bien choisi — lui-même ou l'un de
ses ancêtres ? — pour représenter la figure du Christ sur tous
ses mystérieux tableaux. Impossible de continuer à en douter,
car non seulement Steiner ressemblait trop au Christ, mais
dès les premières images il reconnaissait aussi des gens de
son entourage. L'homme à la barbichette était encore une fois
dans le groupe de juifs enragés qui conspuaient le Christ dans
le tableau *Ecce homo*, conservé à la Städtische Galerie à
Francfort. Jacques Parizeau était aussi dans ce tableau, et
encore plus fourbe, puisqu'il avait rasé sa moustache pour
tenter de se dissimuler. D'autres commis ainsi que des
lecteurs assidus de la bibliothèque y figuraient de manière
saisissante. Et ça continuait, image après image, avec la
présence révélatrice de gens qu'il avait rencontrés autrefois,
même du temps de son enfance. Tous, y compris le curé de
l'orphelinat Mount Cashel de Saint John's, à Terre-Neuve,

celui-là même qui lui avait raconté pourquoi ils avaient changé son prénom barbare pour celui de l'évangéliste. Ils y étaient tous, tels que Steiner les avait connus et gardés dans sa mémoire, comme si l'œuvre de ce peintre se voulait un procédé mnémonique fantastique de sa propre existence. Cindy revenait à diverses reprises, ainsi que Carole, une ancienne copine, et plusieurs prostituées qui avaient croisé son chemin. Même madame Arsenault, sa lubrique concierge, dont les chairs abondantes étaient en train de se faire enfourcher par des démons lascifs et des monstres débauchés.

C'était donc ça que l'inconnu voulait me dire... Il me comparait hier avec les images pour être certain qu'il ne se trompait pas. Et il est revenu aujourd'hui pour les étudier encore. Est-ce qu'il le savait d'avance ou est-ce qu'il l'a découvert par hasard en me voyant assis au pupitre de la salle de lecture ? Non... Non ! Il n'y a pas de hasard dans des coïncidences aussi précises et providentielles. Elles sont nécessaires, logiques, elles découlent des faits. Donc, il savait. Peut-être même qu'il me cherchait dans toute la ville, et depuis longtemps. Au fait, qui est-il ? Et que cherche-t-il en me mettant ainsi face à ma destinée ?

Trop ébranlé par cette découverte, Steiner referma le livre avec une peur superstitieuse. C'en était trop, il n'était pas en mesure de tout absorber d'un seul coup. Et, dans son for intérieur, une crainte plus profonde, d'ordre métaphysique, lui faisait penser qu'il ne serait jamais capable de comprendre les mystères qui venaient de se présenter à lui. Se pouvait-il que ce fût vrai, une révélation formidable au point de ne tenir compte ni de l'espace ni du temps ? L'idée qu'il pouvait s'agir simplement non pas de lui-même mais d'un parent très éloigné ayant servi de modèle pour le peintre était alléchante et bien plus probable. Mais les autres, et Cindy, que faisaient-ils là ? Est-ce qu'ils étaient vraiment représentés sur les tableaux ou n'étaient-ils que des illusions produites par son cerveau surmené ? Est-ce qu'il n'était pas en train de sombrer dans la folie ? La folie, justement, c'était peut-être ce que souhaitaient le plus ses ennemis, pour ensuite mieux s'approprier son âme après l'avoir enfermé dans un de ces asiles d'où l'on ne sort jamais.

Trop de questions angoissantes côtoyaient la conscience des responsabilités qui découlaient de cette révélation, tandis qu'il se débattait seul, oscillant entre une grande tristesse et une exaltation agressive contre tous ses ennemis. Steiner ressentait une sorte de tendresse bizarre, venant de nulle part, qui était presque de la reconnaissance envers le petit homme à la barbichette qu'il avait pensé égorger tout à l'heure. Soudainement, il se sentit petit, très seul avec sa force devenue ridicule face à la gravité de ce qu'il venait d'apprendre.

Est-il un ange ou un démon? Que cherchait-il au juste en me provoquant comme il l'a fait? Je finirai par croire aux spectres si je reste ainsi, en pleine confusion. Est-il mandaté par quelqu'un d'autre ou agit-il pour le seul plaisir de me tourmenter?

Rassemblant toutes ses forces, Steiner décida de rentrer chez lui au plus vite, sans oublier d'emporter les deux livres incriminants dans sa besace. Il chercherait plus tard d'autres ouvrages sur Jérôme Bosch à la bibliothèque, pour les faire disparaître. Ce qu'il venait à peine d'entrevoir était trop complexe; il avait besoin de se recueillir, d'étudier attentivement ces livres et ces images avant de tirer des conclusions. Cela pouvait très bien n'être qu'un immense piège de la folie, et seule la solitude de son appartement serait propice à une telle méditation.

Il secoua alors fortement les vieilles étagères pour provoquer un épais nuage de poussière et se fit littéralement couvrir de saleté. Il remonta ensuite en feignant une interminable quinte de toux pour impressionner à la fois son chef et les autres commis.

— Steiner! s'exclama encore Bilodeau. Êtes-vous blessé?

— J'étouffe, balbutia-t-il entre deux accès de toux. Trop de poussière toxique. Je ne me sens pas bien.

— Venez boire de l'eau et lavez-vous le visage, mon cher Steiner.

— Je ne me sens pas bien du tout, monsieur Bilodeau. J'ai un peu le vertige, aussi. Les nouvelles caisses sont encore plus poussiéreuses que les anciennes. C'est le bordel le plus absolu en bas. Il me faudra des semaines avant d'y mettre un peu d'ordre. Mais là, je ne me sens pas bien; un peu asphyxié, à moins que ce ne soit le début d'une crise d'asthme. Je dois partir, je ne me sens pas bien du tout, et je crois que je vais me mettre à vomir.

— Vous en faites trop, Steiner, et vous voilà en plein accident de travail, mon cher. Voulez-vous qu'on vous amène à l'urgence de l'hôpital ? C'est juste à côté, et votre état peut être grave.

— Ce n'est pas nécessaire, monsieur Bilodeau. Vous êtes vraiment trop gentil. Gardons pour nous la honte de ces souterrains infectés. J'y mettrai de l'ordre dès demain matin. J'ai seulement besoin d'air frais, et ça va passer. Je prends l'après-midi pour me reposer et je serai là, en forme, demain matin. Comptez sur moi.

Les gens qui n'avaient jamais vu Steiner se plaindre de quoi que ce soit furent tout à fait convaincus qu'il souffrait d'un malaise, d'autant plus que l'état empoussiéré de sa personne témoignait d'un ensevelissement certain. Ils l'aidèrent à se nettoyer un peu, lui conseillèrent de porter plainte au syndicat, de se reposer et de ne pas s'en faire, et il s'en alla, très content de son coup.

Une fois dehors, Steiner fut d'abord saisi par la beauté de la journée estivale. Aussitôt, et pour la première fois de sa vie, il éprouva un sentiment de gratitude envers son chef de section. Il chassa cependant cette faiblesse en tentant de se convaincre que Bilodeau n'était qu'une petite crapule bureaucratique, une sorte de rond-de-cuir arriviste, et qu'il était sans doute de mèche avec tous les autres pour lui nuire. Mais rien n'y fit. La journée était trop belle pour tolérer des sentiments de haine, et Steiner s'en alla d'un pas calme, en dégustant encore l'immense cadeau que constituait la révélation des tableaux de Jérôme Bosch. Il s'agissait de quelque chose de trop grandiose, d'un mystère trop profond pour qu'il fût désormais facilement incommodé par les créatures sans lustre qu'étaient ses camarades de travail.

Étrangement serein devant les responsabilités dont il se sentait maintenant investi, Steiner décida de s'en aller directement chez lui, sans détours ni méandres.

À quoi bon les semer s'ils sont tous au courant de tout ? Qu'ils me suivent si bon leur semble. Je ne me laisserai pas perturber pour si peu, de toute manière. S'ils veulent s'en prendre à moi, ils ne choisiront pas une si belle journée. Et puis, si ce que je soupçonne est vrai, comment feraient-ils pour détruire toutes ces images dans les musées européens ? Non, ils vont attendre. Barbichette voulait seulement attirer mon attention, pour le moment. L'affaire est bien plus importante que la simple agression que je redoutais. Quelle ignorance de ma part ! Ça frôle l'insouciance d'avoir côtoyé ces livres hermétiques tant d'années durant sans me rendre compte de leur rôle dans ma propre vie. Je rêve peut-être, mais les ressemblances sont trop importantes pour que j'écarte à la légère un message d'une telle profondeur. Je me demande ce qu'ils vont faire maintenant que je suis au courant de tout. C'est évident qu'ils savent déjà que je sais, sinon Bilodeau n'aurait pas agi comme il l'a fait. Ils désirent sans doute que je boive jusqu'à la lie ma condition de personnage de Bosch. Mais pourquoi Bosch et non pas Picasso ? Il faut absolument tout étudier en détail, ne rien laisser au hasard, avant de tirer des conclusions. Est-ce qu'ils vont me laisser le temps ou agiront-ils précipitamment à partir de maintenant ? Si je retrouve Barbichette, je devrai le malaxer un peu pour qu'il crache ce qu'il sait. Il ne sait peut-être pas grand-chose, mais tout détail devient important à partir d'aujourd'hui.

Serrant sa besace qui contenait son trésor, Steiner s'en alla, hésitant entre le doute et un agréable sentiment d'exaltation. Il était très empressé d'arriver chez lui pour étudier les livres, mais cette fois sans l'agitation mentale qui l'assaillait d'habitude lorsqu'il envisageait de nouvelles hypothèses et les singulières connexions entre les faits qui l'entouraient. Au contraire, il sentait que ses idées étaient claires, sans aucune trace de la mélancolie visqueuse qui le plongeait d'ordinaire dans une angoisse diffuse et en pleine confusion. Il décida alors de passer chez un marchand de produits photographiques et de se procurer une loupe puissante pour mieux scruter l'infinité de détails dans les peintures de Bosch. Ensuite, très satisfait de cet achat qui assurait à son avis l'objectivité de sa recherche de vérité, il ressentit un appétit soudain et tout à fait exceptionnel. La tension du matin lui avait fait oublier de préparer son lunch.

Alors, se réjouissant de cet oubli et à la vue d'un restaurant italien, il décida de s'offrir une pizza. Manger au restaurant durant la journée ne faisait pas partie de ses habitudes plutôt frugales, mais il avait envie de fêter sa découverte. Par ailleurs, ce qui était vraiment extraordinaire pour un homme méticuleux comme lui, c'était d'entrer ainsi dans le premier restaurant dont la vue avait éveillé son désir. Normalement, durant ses promenades nocturnes, si par exemple l'envie de manger des mets chinois lui venait à l'esprit à la vue d'un restaurant chinois, il évitait soigneusement cet établissement, possédé par une vague crainte du pouvoir que ce dernier devait détenir pour l'avoir ainsi influencé. Il ne renonçait pas à son désir du moment, cependant ; il choisissait plutôt au hasard un chiffre de un à trois et optait ensuite pour le premier, le deuxième ou le troisième restaurant chinois qu'il trouverait sur son chemin. Et jusqu'à ce jour, il n'avait jamais dérogé à cette règle fondamentale de sécurité. Cela veut dire qu'il était soudainement devenu non pas insouciant mais un peu flegmatique depuis qu'il avait pris conscience des liens qui l'unissaient à Jérôme Bosch.

Malgré ces dispositions d'esprit qu'il aurait qualifiées de frivoles par le passé, Steiner s'installa tout de suite dans le fond de la petite salle déserte, le dos contre le mur, de manière à avoir une vue d'ensemble sur le restaurant et sur sa terrasse bondée de clients. Il ne s'attablait jamais à une terrasse, par souci de garder son intimité mais aussi par souci de sécurité. En effet, il se demandait souvent comment faisaient les gens pour manger ou boire en paix pour ainsi dire en pleine rue, si près des passants et des automobilistes qu'ils constituaient une cible parfaite pour n'importe quel attentat.

Il attendit sa pizza en fumant et en sirotant sa bière, mais en se gardant bien de sortir les livres de sa besace dans ce lieu public. Les étaler là lui semblait un affront à la modestie. Il se contentait de revoir en imagination quelques-unes des reproductions, sans pouvoir s'empêcher de sourire devant le merveilleux secret qu'elles renfermaient.

Quelque chose de si candide et de si terrible à la fois. Je n'aurais jamais pu m'imaginer une telle destinée. Elle était là, la vérité lumineuse, depuis des siècles, et n'attendait que mon regard. Diable que j'ai été distrait !... Les meilleures cachettes sont souvent les plus naïves, exactement comme la lettre volée de la nouvelle de Poe. Pourtant, le nom de ce peintre ne m'était pas inconnu. Mais il y a tant et tant de peintres... L'idée même de cette découverte me paraît encore si loufoque que, sans l'intervention de Barbichette, j'aurais passé toute ma vie sans en prendre conscience. Rien que cette possibilité m'effraye... Il m'a rendu un grand service malgré ses autres intentions que j'ignore. Se pourrait-il qu'il ait tout trouvé par hasard, en feuilletant oisivement le livre pendant que j'étais là, aussi par hasard ? Cela fait trop de hasards pour un événement aussi exceptionnel. Il y a sans doute une intention cachée, un dessein qui m'échappe encore, surtout que j'avais le net pressentiment qu'il allait arriver quelque chose de grand, de terrifiant même. Mais pas quelque chose d'aussi angélique.

Steiner mangea sa pizza de bon appétit et commanda une autre bière pour continuer ses rêveries. Il célébrait, certes, mais il ajournait aussi le moment fatidique où il affronterait l'ensemble des révélations que ces livres pouvaient contenir. La tranquillité de ce restaurant lui servait de refuge en attendant ce qui pouvait très bien ne pas être uniquement exaltant. Et Steiner doutait, comme toujours, de la surface des choses apparemment agréables, car il savait que le fond de mélancolie et de remords était tapi quelque part, attendant son heure pour rebondir et le faire suffoquer. Pour le moment, la découverte qu'il était —, et ce, depuis des siècles ! — sinon un personnage, du moins un modèle privilégié du peintre Jérôme Bosch, lui paraissait trop délicieuse et apaisante. En fait, cette possibilité rachetait à elle seule bien des malheurs et des humiliations subies, tout en lui redonnant, intacte, une identité à laquelle il avait toujours rêvé en vain. C'est pour cela qu'il prolongeait l'attente avec autant de nonchalance.

Si le garçon n'avait pas montré autant de zèle, Steiner serait resté là tout l'après-midi. Mais la sollicitude du serveur ralluma sa vigilance naturelle et il s'en alla, sans toutefois se presser. Comme il savait que l'étude des livres pourrait durer longtemps, et qu'il avait une bonne excuse pour s'absenter du travail le lendemain, il acheta des provisions en chemin, y compris du tabac et de la vodka, de façon à ne pas être obligé

de ressortir avant d'avoir approfondi son enquête. Si ses
ennemis tramaient quelque complot, il serait bien mieux ren-
seigné en revenant à la bibliothèque.

Une fois chez lui, et après s'être assuré que tout était en
ordre, il osa enfin regarder attentivement les images de Bosch.
Les deux livres contenaient les mêmes reproductions, car
l'œuvre du peintre ayant survécu jusqu'à nos jours compte
seulement une trentaine de tableaux et de retables, et à peine
quelques dessins. Mais la qualité des photographies variait
d'un livre à l'autre, et chacun montrait des agrandissements
et des détails différents. Ensemble, ils donnaient un excellent
panorama de cette œuvre, avec suffisamment de précision
pour dépasser toutes les attentes d'un homme sensible
comme Lukas Steiner. Il découvrit d'abord avec émotion et
gratitude que le peintre l'avait choisi comme unique modèle
pour toutes ses peintures de Jésus-Christ adulte. Les diffé-
rences de tableau en tableau étaient minimes et relevaient
plutôt du contexte de la scène. Il était toujours facilement
reconnaissable en dépit de la barbe, des longs cheveux et de
la maigreur extrême que l'artiste avait cru bon d'attribuer au
Christ. Ce n'étaient là que de simples variations, que Steiner
pouvait ignorer, puisqu'un Christ avec sa carrure, ses cheveux en brosse ou même sa taille aurait paru déplacé dans un
chemin de croix ou dans une crucifixion. Bosch avait aussi,
naturellement, adouci le visage et l'intensité du regard de son
modèle pour l'adapter à l'image du fils de Dieu. Par ailleurs
— et ce détail attendrit Steiner au point de le faire pleurer —,
dans les trois tableaux représentant le Christ enfant, le peintre
avait eu la gentillesse d'inclure malgré tout le visage de
Steiner : en tant que deuxième Roi mage dans les deux *Épi-
phanie*, celle de Philadelphie et celle du Prado, et comme le
saint lui-même dans le *Saint Christophe* de Rotterdam.

Steiner se sentit petit, humble, dépassé par ces honneurs
et envahi par un remords corrosif à la pensée de sa vie réelle
telle qu'elle s'était déroulée en dehors des peintures de
Jérôme Bosch. À l'aide de sa loupe, il cherchait opiniâtrement
à contredire cette certitude qui s'imposait à son esprit et qui
offensait son sens naturel de la modestie. En vain, cependant.

Tout était d'une clarté extrême, et les diverses comparaisons
qu'il faisait en s'aidant du miroir de la salle de bains ne
faisaient qu'accentuer l'impact de cette révélation. Il était
inutile de s'obstiner à douter. Bosch s'était servi de lui ou,
plutôt, il était le Christ de Bosch. La signification de cette
énormité lui échappait toujours, même s'il devait dorénavant
se soumettre humblement à cette évidence et en supporter les
conséquences.

Après ce choc initial, tandis qu'il s'attardait davantage au
détail de certaines images, sa confusion ne fit qu'augmenter à
cause du caractère occulte de tout ce qu'il découvrait. Par
exemple, dans *Les noces de Cana*, du musée de Rotterdam, il
figurait en tant que Christ mais aussi en tant que jeune époux
d'une Cindy virginale et bien moins maigrichonne que celle
qu'il avait connue. Saint Jacques de Compostelle en habit de
pèlerin, dans un panneau latéral du *Jugement dernier*, à
Vienne, était aussi représenté avec ses traits, mais en plus
vieux, courbé de fatigue et, curieusement, avec les cheveux et
la barbe bouclés. Steiner se reconnut par ailleurs dans
diverses images d'Adam, même s'il paraissait beaucoup plus
jeune et plus frêle, souvent en compagnie d'une Ève-Cindy
ou d'autres prostituées. Étonnamment, dans quelques-uns
des tableaux, il était à la fois le Christ et Adam. Bosch le
montrait par ailleurs beaucoup plus vieux, avec les cheveux
et la barbe blancs, amaigri et au regard très doux, dans ses
deux tableaux intitulés *Le voyageur*, celui de Rotterdam et
celui au dos du triptyque *Le chariot à foin*, de San Lorenzo.
Sans qu'il sache trop pourquoi, ces deux images de lui-même
en voyageur et celle de saint Jacques en pèlerin lui firent
aussitôt penser qu'il allait peut-être devoir partir dans un
avenir prochain, pour fuir dans des circonstances pénibles,
comme l'indiquaient bien la souffrance et les hardes des
personnages. L'idée que ce voyage ou cette fuite pouvaient
avoir un rapport avec le salut de sa vie spirituelle fut vaguement renforcée par le tableau de saint Christophe portant
l'enfant Jésus. Mais aussi par l'étrange personnage en haut-
de-forme qui médite sur les tentations de saint Antoine à côté
d'un pied amputé, dans le triptyque de Lisbonne. Ce

personnage-là ne pouvait être que lui-même, évidemment, mais absorbé par son mantra au milieu des nombreuses visions d'horreur, pendant que sa concierge, habillée en religieuse, s'apprêtait vraisemblablement à forniquer avec un moine. Steiner revint alors hâtivement au début du livre et se reconnut aussi, à l'aide de la loupe, comme étant le personnage du voyageur assis au loin, cette fois avec le chapeau de saint Jacques, dans le *Ecce homo*, au musée de Francfort. Il se retrouva ensuite, à l'arrière-plan du triptyque de Vienne, toujours en train de méditer à côté des forgerons diaboliques. La chope de bière devant le petit personnage attablé dans une sorte de bar était très semblable à celle que Steiner venait de boire dans le restaurant italien, même si Bosch avait préféré le représenter en train de boire dehors, sur la terrasse.

Plus il scrutait les tableaux, plus les nombreuses connexions entre lui et les images se faisaient dans son esprit de manière aussi spontanée que nécessaire. Cela se passait de façon si réaliste, avec tant d'impressions de déjà-vu, que les hypothèses devenaient aussitôt probables et même évidentes. Il découvrait ainsi des rapports intimes entre les divers tableaux et sa propre existence réelle; peu à peu, en s'accompagnant du souffle d'une prophétie, tout devenait un panorama crypté des relations entre l'homme Lukas Steiner et le reste de l'humanité. Et à mesure qu'il avançait dans cette découverte, il oscillait entre les moments de grande sérénité et les accès de terreur devant l'immensité de la tâche dont il se soupçonnait investi. Qui plus est, une certitude étrange mais très captivante s'imposait à son esprit. Il avait la nette impression qu'il s'était attendu depuis toujours à une révélation de cette nature, sans toutefois avoir jamais osé s'y attarder. Mais il avait pressenti, sans vanité aucune, que sa vie trop modeste, presque ridicule, cachait un sens grandiose qui devait bourgeonner tôt ou tard, à la fois pour le venger, pour le dédommager et aussi pour faire de lui l'instrument de lourdes réalisations. Et voilà que tout se précipitait. Il se savait au seuil d'une transformation radicale dont il ne soupçonnait pas encore la nature et il ressentait seulement la frayeur devant l'abîme dans lequel il devrait plonger.

L'énigmatique dessin intitulé *Le champ a des yeux, la forêt des oreilles*, au cabinet des estampes à Berlin, lui revenait sans cesse à la mémoire comme un avertissement personnel de Bosch à travers les siècles, pour qu'il ne cesse pas de se méfier ni de faire attention à tout ; la présence crépusculaire du hibou caché au creux de l'arbre ne laissait aucun doute quant aux dangers qu'il aurait à surmonter.

La frénésie de cette première incursion dans l'œuvre du peintre dura le restant de la journée et une bonne partie de la nuit. Steiner se retint cependant de se laisser absorber par les images infernales remplies de monstres et de supplices, et ne les examina que très superficiellement. Il savait déjà que ces scènes atroces recelaient des messages occultes de grande importance, pour lesquels il n'était pas encore prêt. En se guidant plutôt sur sa longue expérience de réflexions par chaînes associatives, il se concentra d'abord sur la significa-tion de sa propre présence comme personnage central de ces tableaux. Il fallait aussi qu'il s'habituât à ce nouveau rôle et qu'il pût en déduire tous les rapports possibles avec les autres personnages avant d'avancer vers l'étude des grands retables et des triptyques. Il revint donc à toutes les apparitions et aux métamorphoses de sa propre image et de celle de Cindy pour mieux se les approprier en imagination.

Au fait, pourquoi Cindy revient-elle si souvent ? Ce n'était qu'une petite pute, après tout. Est-ce qu'elle a vraiment sa place ici ? Ou alors, cela voudrait dire qu'elle a joué un rôle quelconque dans ma vie… Est-ce possible ? Sans que j'en aie eu connaissance ? Et qu'est-ce qu'elle peut signifier, cette Cindy de malheur ?

Il cherchait aussi à identifier avec minutie un maximum de gens connus parmi la foule des personnages secondaires. C'était un travail ardu, il lui fallait presque deviner, car ces gens se présentaient souvent malicieusement déguisés, au point d'être méconnaissables. Mais il ne se décourageait pas pour autant ; au contraire, ces astuces lui montraient bien l'importance de décoder à fond l'ensemble de ce puzzle. En fouillant comme jamais auparavant sa mémoire la plus loin-taine, Steiner arrivait lentement à tisser des liens essentiels entre les personnes qui avaient joué un rôle dans sa vie depuis sa tendre enfance. Ils avaient beau tenter de se cacher, il les retrouvait là, tous sans exception, se dévoilant par les figurations qu'ils avaient dans les scènes des divers tableaux. C'était comme un théâtre muet mais très révélateur de son existence tant réelle qu'imaginée, et même de ses existences fictives telles qu'il les avait désirées. Tout à fait comme s'il devenait le spectateur du film de l'intégralité absolue et métaphysique de son séjour sur la Terre. Et cela était hallucinant.

Tard dans la nuit, épuisé et dans un état proche de la transe hypnotique, Steiner contempla avec un respect presque religieux les multiples feuilles de papier que sa main avait remplies automatiquement de gribouillis pendant sa réflexion. C'étaient des tracés en majorité circulaires ou en spirale, ce qu'il comprit comme annonciateur du besoin d'envisager des hypothèses d'allure circulaire plutôt que linéaire dès qu'il reprendrait ses recherches le lendemain. Satisfait de cette bonne inspiration, il déboucha la bouteille de vodka pour tenter de s'assommer malgré la luxuriance digne de Jérôme Bosch dans son cerveau.

4

Steiner se réveilla un peu avant neuf heures du matin, étonnamment frais et serein après sa courte nuit de sommeil. Il téléphona d'abord à la bibliothèque, en feignant une voix rauque et des accès de toux, pour se déclarer malade. La secrétaire du directeur ne parut pas étonnée d'apprendre cela, ce qui laissa Steiner songeur. Peu après sa conversation téléphonique, et pendant qu'il se demandait encore pourquoi la secrétaire avait fait mention de « tout ce que vous avez vécu hier », comme par hasard, l'avertisseur d'incendie de son appartement se mit à sonner par intermittence. L'appareil annonçait ainsi que sa pile était faible et qu'il fallait la changer. Steiner n'avait pas le temps de s'occuper de ces vétilles, sans compter que cette coïncidence juste à ce moment-là lui parut peu banale. D'ailleurs, depuis longtemps déjà, il avait une dent contre ce dispositif rendu obligatoire par les autorités de la ville, soi-disant pour la protection des citoyens. Mais une étiquette très discrète au dos de l'avertisseur indiquait qu'il contenait des éléments ni plus ni moins radioactifs, et qu'il ne fallait en aucun cas l'ouvrir. Cette mention pouvait très bien être apposée là pour décourager toute investigation qui révélerait peut-être d'autres propriétés moins innocentes que la seule détection de la fumée. Steiner avait toléré sa présence jusqu'à ce jour uniquement parce que l'appareil avait la malicieuse propriété d'émettre des petits cris aigus très bizarres lorsqu'on lui enlevait sa pile, et qu'il ne souhaitait aucunement attirer l'attention des concierges sur son logement. Mais là, c'était trop. Il était certain d'être désormais investi de responsabilités importantes, et la présence de cet appareil sonnant ainsi à l'improviste devenait très suspecte. Il le décrocha du plafond, enleva la pile et attendit sa réaction. L'étrange piaillement de détresse de l'appareil ne tarda pas à se faire entendre. Steiner l'enveloppa d'abord dans une couverture et l'enferma dans un tiroir, en supposant que la batterie de secours finirait par s'épuiser et que le dispositif se tairait pour toujours. Heureusement, son regard fut alors attiré par la marque laissée au plafond par l'avertisseur. L'absence de l'appareil lui fit alors comprendre que ces appels de détresse pouvaient au contraire être adressés à une quelconque centrale de contrôle dont il ignorait tout. Il hésita un moment et eut alors la lumineuse idée de noyer l'avertisseur pour le détruire sans laisser de traces apparentes. En effet, il remit la pile en place et, après avoir rempli l'évier de la cuisine d'eau chaude, il y jeta l'avertisseur d'incendie. Celui-ci émit un crissement de friture et se tut. Il était bien mort et n'émettrait plus le moindre signal. Steiner le récupéra, le sécha et le revissa au plafond.

Si jamais ils l'inspectent, ils devront conclure qu'il est mort de sa belle mort, leur bidule espion. Je dois être plus attentif à mon entourage, ne plus me comporter naïvement comme n'importe quel quidam. Qui peut savoir le sens ultime de toute cette histoire ?

Par mesure de prudence, il déconnecta le câble de télévision qu'il avait piraté par la fenêtre à partir du fil qui allait chez les voisins d'en haut et se souvint d'enlever aussi la prise murale de son téléphone. De cette manière, il s'assurait qu'aucune connexion connue n'existait entre son appartement et l'extérieur. Quant aux possibles micros et caméras cachés, il devait se résigner à être très circonspect concernant sa voix et ses gestes.

Satisfait de ces mesures qui auguraient à ses yeux le début d'une nouvelle période de sa vie, Steiner prépara son petit-déjeuner et se mit à table pour lire d'abord tout ce que les livres pouvaient dire sur Jérôme Bosch. Son imagination était encore possédée par les images étudiées la veille, et il préférait ne pas s'attaquer aux autres scènes sans avoir au préalable absorbé les commentaires sur la vie et l'œuvre de ce peintre. Il escomptait y trouver d'autres clés pour l'interprétation et peut-être même des renseignements sur sa propre personne.

Sa longue journée de lecture attentive ne lui apprit cependant pas grand-chose de substantiel au sujet de son dilemme. Il connaissait maintenant les noms des divers saints, quelques explications historiques sur les images et il pouvait aussi identifier les principaux personnages des scènes religieuses. Par contre, il eut un immense plaisir à découvrir que les nombreuses créatures qui constituent le bestiaire fantastique et démoniaque de Bosch ont des appellations savantes. Ce sont des grylles, des multicéphales ou des trifrons, des griffons, des stéthocéphales, des êtres nimbés, des gargouilles, des gorgones, des triquêtres, des ornitomorphes, des mascarons à pattes, des mandragores, des charançons, des scolopendres et même des drôleries. Friands de leur taxonomie personnelle, les érudits parlent d'un système d'hybrides ou d'un système tératologique pour définir les prodiges de cet univers grouillant et estropié à la fois. Enfin, à son grand étonnement, Steiner apprit aussi que Bosch ne les avait pas inventées, ces créatures, mais qu'il s'était inspiré de l'imagerie chinoise qui arrivait avec le commerce des épices pour concevoir ses visions de l'enfer. Steiner s'amusa alors un long moment à identifier et à classer plusieurs des petits monstres et diablotins des grands triptyques, ce qui lui permit d'évacuer une grande partie de l'horreur de ces scènes apocalyptiques. Il ne trouva malheureusement pas de classification savante pour la myriade de supplices et d'humiliations que les démons ne cessent d'infliger à l'humanité pécheresse dans ces tableaux.

Au sujet du peintre, les informations contenues dans les livres étaient extrêmement pauvres, car les savants ne possédaient pas beaucoup de détails sur sa vie. Il s'appelait Jeroen van Aken — Jérôme d'Aix-la-Chapelle —, et il était le fils et le petit-fils d'autres van Aken, tous maîtres peintres établis depuis longtemps dans la ville de 's Hertogenbosch dans le Brabant néerlandais. Il se faisait appeler indistinctement soit Jheronimus van Aken, soit Jeroen Maelder, soit encore Hyeronimus Bosch pour signaler son appartenance à la ville de 's Hertogenbosch. Comme le peintre, cette ville d'une certaine importance, fondée en 1185, est appelée aussi Bois-le-Duc, Forêt du duc de Brabant, Sylva Ducalis ou Buscoducis, ce qui parut à Steiner une bonne façon de brouiller les pistes. Bosch y est né aux alentours de 1450 et il y est mort possiblement de la peste noire en 1516. Ses funérailles auraient été payées par la Compagnie de Notre Dame, une corporation religieuse laïque dont il était membre. Il était l'époux d'une riche bourgeoise, dame Aleid van de Meervene. Voilà ce qu'on sait avec certitude de lui et de sa famille. La provenance de plusieurs des tableaux qu'on lui attribue fait toujours l'objet de querelles entre les historiens d'art. Quelques-uns d'entre eux contestent même son existence, tandis que d'autres le présentent comme pouvant avoir été un débauché appartenant à une secte reliée à l'hérésie des adamites.

Steiner fut davantage attiré par les tentatives d'interprétation de son œuvre, au sujet desquelles les savants semblent assez d'accord aujourd'hui. Selon les livres, Jérôme Bosch était en réalité un homme très religieux, presque mystique, influencé par le mouvement *Devotio moderna*, un des courants précurseurs de la Réforme, et donc très critique à l'égard de l'Église officielle. Il aurait en outre été influencé par les ouvrages de Guillaume de Déguilleville (*Pèlerinage de la vie humaine*) et de Thomas a Kempis (*Imitatio Christi*), qui décrivaient la vie comme un pèlerinage individuel vers le salut, et qui exhortaient le chrétien à une quête personnelle et intérieure indépendamment des institutions religieuses. Ses tableaux constitueraient des réflexions sur la nature du mal, sur la discipline personnelle et sur le monde extérieur comme étant essentiellement corrompu. Ainsi, le message de base de cette vision pessimiste serait celui que toute activité significative dans le monde perverti est vouée à l'échec, qu'il n'y a pas de raison de vouloir aider ceux qui sont esclaves de leurs sens puisqu'ils sont irrémédiablement condamnés à la destruction en enfer. Quant aux pauvres et aux misérables, ils seraient tout aussi dépravés que les riches et les avares, et ne mériteraient donc aucune compassion. Les uniques voies valables sur terre pour le juste seraient celle de l'ermite ou

celle du pèlerin solitaire, car seule la vie contemplative proté-
gerait l'âme contre la folie des hommes.

Steiner médita longtemps sur ces éléments d'interprétation, qui lui parurent particulièrement vrais du point de vue
moral, pleins de sagesse et toujours d'une grande actualité. Il
était aussi d'avis que le monde était un endroit dégénéré et
que la plupart des êtres humains étaient fourbes, corrompus
et surtout veules. Il se réjouit de ce point en commun avec
Jérôme Bosch. Et même s'il n'était pas croyant, il pouvait
comprendre les bienfaits d'une vision religieuse aussi austère
et rigoureuse. D'ailleurs, à sa manière, il était une sorte d'ermite dédié à la méditation sur sa propre personne.

*Puisque Dieu n'existe pas, je ne peux pas le contempler. Autant
me consacrer au mystère de ma propre existence qui semble déjà
assez complexe. Cette révélation que je suis au centre de l'œuvre de
Bosch ajoute des éléments majeurs et très énigmatiques à l'ensemble
de ma vie. J'arriverai peut-être à mieux saisir le sens de ma destinée
et même à me mettre en syntonie avec elle pour l'accomplir. C'est
très rassurant de savoir qu'un peintre génial comme lui trouvait
aussi que ses semblables étaient pour la plupart dégénérés. Il se
pourrait aussi qu'il ne soit pas mort de la peste noire, mais bien
tombé dans quelque guet-apens, ou encore qu'il se soit enfui à
temps. Une chose est sûre, il avait des ennemis. Sinon, pourquoi
aurait-il si bien effacé ses traces ? Il n'y a même pas de tombeau de
lui dans sa ville. Un type important comme lui ne disparaît pas
ainsi, par hasard, du jour au lendemain, sans qu'on se pose des
questions. Il y a là sans doute de sa part un message à retenir.*

Fatigué de ces pensées mais en ressentant une sorte de
calme bienfaisant, Steiner s'abandonna alors à l'examen des
images infernales. Elles ne lui paraissaient plus ni effrayantes
ni répulsives ; il avait bien compris qu'il s'agissait des
représentations de la folie des hommes qu'il détestait tant et
des supplices qui les attendaient. De ce fait, ces images devenaient agréables à regarder, instructives et divertissantes à la
fois, d'autant plus qu'il pouvait aussi imaginer que ses
contemporains en étaient les protagonistes. Il les étudia attentivement à l'aide de sa loupe, se délectant de cet imaginaire
qui foisonnait au point d'en devenir souvent comique. Il se

sentit cependant assez troublé par la sensualité qui se dégageait des figures féminines, de celles abandonnées à la cruauté des démons et de celles personnifiant des prostituées et des tentatrices. Steiner s'étonna du fait que la plupart d'entre elles avaient une ressemblance quelconque avec Cindy, tant par leur corps mince que par leur visage d'ange, mais il ne sut que faire de cette constatation. Par contre, la présence à diverses reprises de couples de chiens lui fit penser à la rencontre prémonitoire avec les deux roquets bavards, juste avant qu'il fasse la connaissance de Barbichette. Cette présence des chiens restait aussi très mystérieuse, même s'il n'y avait là rien de fortuit. D'ailleurs, par leur structure formelle de mondes circulaires enfermés en eux-mêmes, les grands triptyques de Bosch le renforçaient dans la certitude que le concept de coïncidence était une pure idiotie pour voiler notre ignorance des rapports intimes entre les événements.

Tout est en relation étroite avec tout. Il s'agit uniquement de percer les apparences trompeuses, d'avoir le courage de suivre les méandres de nos impressions les plus saisissantes. Il faut aller au delà de la simple logique coutumière et dépouillée d'émotions.

Les mondes de Bosch lui paraissaient être des mondes où les multiples réalités possibles interagissaient pour en créer de nouvelles, et ainsi dévoiler des significations jusqu'alors insoupçonnées. N'était-ce pas de cette façon que lui-même, Lukas Steiner, avait toujours procédé? Le fait qu'il était encore vivant et capable de se battre en dépit de toutes les menaces déjouées constituait à ses yeux une preuve suffisante du bien-fondé de cette attitude. Il retrouvait alors en Jérôme Bosch le vrai mentor qui lui avait fait péniblement défaut tout au long de sa vie, et dans ses tableaux une saisissante charte du monde qui l'aiderait dorénavant à cheminer avec une finalité.

C'était déjà la nuit. La journée avait passé sans qu'il s'en rendît compte, tant ce travail l'avait passionné. Steiner se sentait en quelque sorte libéré d'un grand fardeau, même s'il savait que le mystère demeurait entier. Une curieuse sensation, sinon de magnanimité, du moins d'indulgence envers le reste de l'humanité, pointait aussi dans son esprit depuis qu'il avait pris conscience de son rôle dans l'œuvre de Bosch. Même s'il ignorait encore tout de ce rôle, il ne pouvait tout de même plus se cacher qu'il y jouait un personnage de premier plan, donc investi d'une valeur qui le mettait à des lieues de distance des gens ordinaires, ces pervers destinés aux supplices. Et il se retenait de tisser ouvertement d'autres liens qui lui paraissaient aussi essentiels. Par exemple, seule la modestie extrême et une retenue pudique l'empêchaient de se reconnaître dans chacune des représentations de saint Antoine dans le triptyque de Lisbonne. Bosch l'avait peint vieilli, avec de longs cheveux et une longue barbe, mais un regard attentif et impartial ne saurait ignorer que le modèle avait été le même rouquin que pour chacune des représentations du Christ. Et que dire des autres saints ermites ? Il est vrai que le peintre avait cru bon d'accentuer la longueur du nez de saint Jean-Baptiste dans le tableau qui est à Madrid, mais c'était un détail sans importance. Ne seraient-ils pas tous aussi des portraits de cet humble et solitaire Lukas Steiner ? Il se promettait d'y revenir ultérieurement, car cette possibilité pouvait très bien receler une des clés de la grande énigme. Seuls les deux saints Jérôme, celui de Venise et celui de Gand, ne lui ressemblaient pas du tout. Mais pourquoi le peintre n'aurait-il pas eu la vanité de jouer lui-même au modèle lorsqu'il s'agissait du saint de son prénom ? Steiner trouvait qu'une telle facétie était très humaine, compréhensible ; surtout qu'elle donnait encore plus de poids à son interprétation actuelle, selon laquelle tous ces tableaux étaient un message adressé à travers les siècles à un homme en particulier. Il se contentait cependant d'incarner le Christ et les saints pèlerins pour le moment, tout en gardant en réserve les ermites pour le cas où il aurait besoin de se cacher quelque part.

Steiner médita alors, avec un profond sentiment de gratitude, sur l'homme réel qu'avait été Jérôme Bosch. Il n'arrivait pas à se faire une idée de sa vie ni des motifs pour lesquels Bosch l'avait choisi comme destinataire de son œuvre. Mais il comprenait le peintre par une sorte de fraternité lointaine, à commencer par cette habitude de se servir de plusieurs noms. Steiner aussi avait un autre prénom, qu'il ne pouvait plus porter. Comme le lui avait dit dans son enfance le père Stephen, à l'orphelinat de Mount Cashel, à Terre-Neuve, ce n'était pas un prénom chrétien ni un prénom favorable pour s'adapter dans un pays comme le Canada. Déjà qu'il était orphelin, il ne fallait pas compliquer les choses en se présentant en plus comme Vladimir. D'autant qu'avec un prénom aussi barbare, on aurait pu le prendre pour un communiste et un ennemi de la religion. Voilà pourquoi les bons curés de l'endroit l'avaient plutôt rebaptisé avec le prénom de l'évangéliste et saint patron des peintres, en ignorant ce qu'avait dit son père naturel quand celui-ci l'avait confié à l'orphelinat. Sa vie durant, Steiner avait cru que le saint patron des peintres allait plutôt lui jouer un sale tour, à l'exemple de la mauvaise passe qu'avait été sa vie à Mount Cashel. Et soudain, voilà que son salut venait justement d'un peintre, d'un peintre avec plusieurs noms et qui n'avait pour ainsi dire pas de véritable nom de famille.

Je devrai me faire une plaquette d'identification comme celle des soldats, pour qu'on puisse m'identifier au cas où mes ennemis m'achèveraient. Vladimir van Neufundland sera un nom très noble à porter, que saint Luc me pardonne. Le père Stephen, ce salaud, doit être en enfer, et je le retrouverai bientôt en cherchant mieux parmi les suppliciés de Bosch. Il a refusé de me parler de mon vrai père, en prétextant qu'il ne savait rien de lui. Un marin appelé Martin, c'est tout ce qu'il disait en savoir. Mais il le connaissait, j'en suis persuadé. Et maintenant, je ne serais plus surpris d'apprendre qu'il était un marin de passage, peut-être originaire d'Aix-la-Chapelle ou même du Brabant néerlandais. Vladimir van Aken serait à éviter sur ma plaquette, naturellement ; cela mettrait les gens sur une trop bonne piste. Il est préférable que je devienne Vladimir Neufundland, et merde une fois pour toutes à Lukas Steiner qui ne m'a jamais porté chance. Les autres ne sauront rien, comme ils ne pouvaient rien savoir sur ce brave Jeroen vaguement d'Aix-la-Chapelle. C'était un très bon coup de sa part, et je vais suivre son exemple. Une plaquette que je porterai à mon cou, avec une fausse adresse, naturellement, quelque part dans le Brabant pour leur compliquer la vie.

Plongé ainsi dans la nostalgie à l'envers d'une vie qu'il s'imaginait maintenant de toutes pièces, Steiner repensa à ce mythique marin dont le curé Stephen disait qu'il avait été son père. Ce Martin Steiner, tant et tant de fois maudit et quelques fois appelé en vain à l'aide. Il ne savait même pas si ce personnage avait vraiment existé ou s'il était le fruit de l'imagination du curé pour tenter d'ancrer un tant soit peu son pupille dans une réalité palpable, fût-elle fictive, pour tenter aussi de lui donner une direction à suivre dans la vie. En fait, Steiner, comme les autres enfants gardés à Mount Cashel, était peut-être tout simplement le fils d'une des prostituées du port de Saint John's ou d'une pauvre fille-mère qui devint ensuite pute à son tour. Mais ce nom de famille — comme ceux des autres orphelins, qui frôlaient parfois des fantaisies absurdes — était tout ce à quoi l'enfant Lukas Steiner pouvait se raccrocher avant que sa carrure et ses poings ne viennent l'aider de manière plus convenable. Il était Steiner, le fils que le marin étranger Martin Steiner avait abandonné bébé à Terre-Neuve. C'était peut-être bien peu et trop vague, mais cela avait au moins l'avantage de lui ouvrir des horizons et de le pousser à rêver. Quant à sa mère, le vide total. Les curés préféraient ne pas évoquer la présence d'une mère et se tournaient plutôt vers la Vierge Marie, à leur avis la seule qui ne fut pas putain. Après tout, ces garçons sans famille étaient tous d'une certaine façon des fils de pute, sinon pourquoi étaient-ils là et non pas au sein d'une bonne famille? Et il valait mieux ne pas trop les faire penser aux mères pécheresses pour ne pas jeter de l'huile sur le feu de cette foule de masturbateurs, d'invertis ou de mignons asservis à la lubricité de certains religieux.

Maintenant que sa nouvelle identité se mettait à prendre forme de manière si fulgurante, Steiner pouvait se retourner vers ce Martin mythique avec plus de bienveillance. Mais il ne trouvait rien pour remplir le vide laissé par cet individu, surtout que la découverte de sa filiation avec Jérôme Bosch le comblait de joie. Il chercha tout de même dans les tableaux la figure d'un vieillard qui lui aurait ressemblé un peu et qui aurait pu passer pour un marin. Sans succès cependant. Les personnages de la *Nef des fous* du musée du Louvre lui paraissaient trop peu marins pour incarner son père, même si la falaise à droite du tableau lui rappelait vaguement un endroit de la côte de Terre-Neuve. Alors, par simple souci de cohérence et pour liquider une fois pour toutes la question de son père naturel, Steiner décida qu'il était l'homme avalé par un gros poisson rond dans le bas du panneau droit représentant l'enfer, dans le triptyque *Le chariot à foin*, du monastère de San Lorenzo.

Voilà : naufragé et avalé par un monstre des abîmes. Et puis, droit en enfer sans autres précisions, comme il a vécu. En aucun cas il ne pourrait être le passager du joli bateau-cigogne qui flotte dans les airs, ni le gros avec sa jeune femme naviguant sur un poisson dans le triptyque de Lisbonne, le triptyque qui décrit les tentations qu'on m'a fait souffrir. Ce serait trop beau pour un type comme lui. Avalé par un poisson, ce n'est que justice. Est-ce que moi, je n'ai pas été avalé par l'orphelinat ? Alors, crève ! Quant à ma mère, il y a tellement de putes dans ces tableaux, et elles se ressemblent toutes, que ce serait absurde de vouloir l'identifier.

La pensée que sa mère aurait pu ressembler à Cindy lui frôla l'esprit, mais il la chassa aussitôt avec un mélange de honte et de répugnance, en se disant qu'une maigrichonne de son genre n'aurait jamais pu faire un fils costaud comme lui. Quelque peu dérangé par cette idée, et sans trop savoir pourquoi, il se rappela aussi ce qu'il avait lu dans un livre d'investigations philosophiques, écrit par un auteur avec un nom assez bizarre. L'auteur se demandait où va une idée après qu'elle a fini d'être pensée. Cette interrogation d'apparence banale avait beaucoup préoccupé Steiner, et souvent elle lui revenait à l'esprit avec des relents d'inquiétude. L'auteur du livre avait proposé quelques solutions, comme la mémoire en tant que reliquaire de choses précieuses à conserver, la destruction de l'idée par l'oubli, ou même que l'idée était éternelle après avoir été pensée, et qu'elle pouvait peut-être migrer d'un esprit à un autre. Mais l'idée dormante pouvait aussi continuer à flotter dans l'univers d'une manière inconnue, pour réapparaître bien des années plus tard. C'est peut-être là que résidait le secret de son affinité avec Bosch.

*Est-ce que mes parents naturels ont joué un rôle quelconque
dans la transmission de cette affinité, et avaient-ils conscience de
cela ? C'est agaçant tout de même de leur devoir quelque partie que
ce soit de ma nouvelle existence, eux qui m'ont abandonné... Et s'ils
avaient fait exprès de me laisser là, en sachant que l'idée migrerait
en moi tôt ou tard ?*

Cette réflexion eut pour effet de le bouleverser, et il
referma aussitôt les livres sur Bosch pour tenter de protéger
tout ce qu'il avait trouvé en eux. Le doute sur cette histoire
d'idées capables de migrer lui rappela aussi qu'il devait dorénavant s'efforcer de ne pas cesser de penser à tout ce qu'il
venait de comprendre ; c'était la seule façon de ne pas perdre
cette nouvelle identité et de ne pas risquer de se la faire voler.
Le fait qu'au moins le petit homme à la barbichette pût être au
courant de tout l'agaçait énormément, sans qu'il sût quoi faire
pour se protéger.

*L'idéal serait de le supprimer, bien sûr, ni vu ni connu, tant
pour ma propre sécurité que pour éviter que cela tombe dans le
domaine public. Il ne se laissera pas appâter facilement, surtout s'ils
ont des desseins précis concernant cette histoire. Non, mieux vaut
continuer à jouer l'innocent, et c'est essentiel que je rapporte ces
livres à la bibliothèque pour qu'ils ne sachent pas que je les ai
étudiés. Oui, demain sans faute, à la première heure, je les dépose
quelque part bien en vue mais mal rangés, pour qu'ils croient à une
simple erreur de classement. Aujourd'hui, j'étais trop malade, et je
n'ai pas pu regarder ces livres. Demain, au retour du travail, je me
procurerai tout ce que je trouverai dans les librairies sur Bosch.
Barbichette ne saura jamais si je suis au courant de cette révélation.*

La certitude qu'ils ne pouvaient pas encore lire ses
pensées l'apaisa de nouveau, et il se promit d'être vigilant
tout en jouant au maximum son ancien personnage de simple
commis de bibliothèque. Il ne fallait rien bousculer par pure
précipitation avant de connaître les privilèges et les obliga-
tions de sa destinée nouvelle.

Steiner se mit alors à gribouiller, en fumant sa pipe, pour
mieux se délecter de cette identité pleine de charmes qu'il
venait d'acquérir ou de recevoir en héritage. Malgré la faim,
il décida de ne pas sortir pour aller au restaurant, de façon à

ne pas interrompre cette bonne tranquillité qu'il appela sa béatitude, par opposition à son ancien remords. Il se ferait frire des œufs tout à l'heure, qu'il mangerait avec du riz pour accompagner la vodka. C'était un moment privilégié de célébrations intimes dont il fallait profiter, puisqu'il ne savait pas ce que la fatalité lui réserverait le lendemain.

Il dormit cette nuit-là d'un sommeil profond et sans cauchemars. Au réveil, il se souvint aussitôt de la métamorphose radicale de son existence et ressentit une grande satisfaction.

Mes ennemis peuvent tout essayer, ils ne seront jamais en mesure de m'enlever la conscience du secret que je détiens. Je suis devenu un adversaire trop redoutable. Le bâtard redécouvre sa véritable lignée et il ne se laissera plus insulter impunément.

Steiner fit sa gymnastique et sa toilette, prit son petit-déjeuner et sortit pour aller au travail, en emportant les livres dans sa besace. Malgré son état d'esprit serein, il n'oublia pas son rasoir. La journée était magnifique et il marcha sans se presser, en remarquant à peine les gens qu'il croisait en chemin. Son visage détendu et son regard perdu au loin lui donnaient l'air d'un homme illuminé par une foi profonde, en paix avec l'existence. Et il avait en effet envie de sourire en repassant mentalement toutes les trouvailles des jours précédents.

Arrivé de bonne heure à la bibliothèque, il put placer discrètement les deux volumes dans la chute des livres à classer, qui débordait toujours. Satisfait de son coup, il alla voir la secrétaire du directeur pour annoncer qu'il se portait déjà mieux, que tout n'avait été qu'une simple réaction allergique passagère à la poussière de la cave.

— Vous n'allez pas y retourner, j'espère, répondit-elle d'un air distrait.

— Au contraire, j'y retourne aussitôt pour finir de ranger les nouvelles caisses de documents. Mais je ferai attention cette fois pour ne rien laisser tomber. Il faut que je travaille lentement, c'est tout, et il n'y aura plus de nuages de poussière.

— Il paraît qu'il y a des rats en bas... Monsieur Bilodeau a dit qu'il ferait venir des exterminateurs avant qu'on commence le déménagement.

— Oui, quelques rats, comme partout. Les caves du centre-ville sont leur lieu de prédilection, ajouta Steiner pour l'agacer. Avec tous ces restaurants alentour, ils pullulent, naturellement. Mais ici, ils ne sont pas agressifs parce que ce sont des rats de bibliothèque.

Sans comprendre la blague, elle répondit en se regardant les ongles :

— En tout cas, je n'aime pas les rats. Si jamais l'un d'eux vient ici, je me plains au syndicat.

Quelle conne ! C'est absolument certain que cette idiote ne sait rien de rien. Je devais être trop nerveux hier pour me méfier d'une sotte pareille. Les démons vont se divertir comme des rats en la pénétrant de partout. Cette scène magnifique figurait sans doute dans un des tableaux perdus de ce cher Jérôme. Si elle savait...

— Bonne journée, mademoiselle, et attention aux rongeurs, dit-il avec le sourire en sortant.

Steiner alla ensuite faire un petit tour d'inspection à la cafétéria des employés. Il avait besoin de s'assurer que rien ne transparaissait de sa profonde transformation, et le visage de ses camarades de travail était le meilleur miroir pour cela. Ils le saluèrent machinalement, sans montrer d'étonnement ni de réaction suspecte, mais il ne put s'empêcher de se les représenter en victimes de divers supplices, empalés, écartelés par des bestioles à tête de moine, brûlés vifs dans des forges infernales et entourés de démons hilares. Même leurs rictus d'horreur et leurs cris apparaissaient avec netteté dans son cerveau, presque comme s'ils étaient vrais. Pendant ce temps, ils continuaient bêtement de discuter au sujet d'une partie de base-ball qu'ils avaient regardée à la télévision et ne se doutaient de rien.

Bilodeau, son chef de section, l'aborda de manière cordiale pour s'enquérir de sa santé et lui offrit même de rester en haut pour ne pas avoir une rechute de son allergie. Steiner l'assura que ce n'était pas nécessaire, qu'il allait déjà beaucoup mieux et qu'il serait très soigneux en rangeant les caisses.

— Mais faites attention tout de même, Steiner. Imaginez un instant que vous deviez être hospitalisé et que la nouvelle se répande dans la presse. Ce serait une très mauvaise chose pour notre réputation. Attendez donc le déménagement pour les travaux dangereux, d'accord ? Quant aux rats, je vais discuter avec les autorités sanitaires de la ville. Le simple emploi d'un poison risque de contaminer les documents et de rendre leur manipulation dangereuse pour longtemps. Ils doivent connaître d'autres moyens plus écologiques et sécuritaires d'éliminer les rongeurs.

En l'écoutant, Steiner avait son air le plus innocent et il approuvait par des signes de tête ce que disait Bilodeau. Mais son imagination était remplie de scènes infernales, avec des lecteurs mourant affreusement étouffés après avoir touché aux livres empoisonnés, avec une multitude de rats fuyant la bibliothèque et se dispersant dans les rues voisines pour dévorer les gens, le tout complété par un formidable incendie de l'édifice comme ceux des arrière-plans des tableaux de Bosch. Le chef de section continuait à parler sans signe d'inquiétude sur le visage, ce qui était très rassurant. Non, personne n'arrivait encore à lire les pensées de Steiner.

Avec le sentiment que tout cela était particulièrement divertissant, Steiner alla surveiller la grande salle, à la recherche du petit homme à la barbichette. Il ne le trouva pas et décida alors de descendre à la cave pour continuer à fabuler en toute tranquillité. En bas, les choses étaient dans le même état qu'il les avait laissées ; aucun signe d'intrusion dans son royaume.

Ils ont tous peur des rats, ces paresseux. C'est très naïf de leur part, tout comme leur peur phobique de la mort. Comment avoir peur d'une chose dont on ignore tout, jusqu'au moindre détail ? Est-ce qu'on sait quelque chose sur les rats ? sur ce qui se passe vraiment dans la tête d'un rat d'égout ? Peut-on vraiment penser qu'ils ne viennent pas ici pour lire, ou pour manger les mots imprimés et les digérer ensuite dans leur tête, selon leur langage et leur façon de réfléchir ? Ça me paraît très superficiel de mépriser ainsi les rats. Lorsque le dernier être humain aura été anéanti, le rat sera encore là, pétant de santé et festoyant avec les cadavres de ces humains vaniteux. Et le monde sera rempli de rats. Ce ne sera pas, c'est déjà un monde dominé par les rats ! Les égouts et les caves de la ville

grouillent de rats en ce moment précis, des rats qui baisent, des rates
qui accouchent, d'autres qui se battent ou qui pénètrent à volonté
dans les entrepôts de nourriture ou les frigos des restaurants, des
marchés et même des pharmacies. Dans les asiles de vieillards, dans
les morgues des hôpitaux, partout. Je parie qu'en cet instant,
quelque part dans le monde, il y a un — que dis-je —, plusieurs rats
qui se délectent de chair humaine fraîche. L'humain a perdu cette
guerre depuis belle lurette et il refuse obstinément de se l'avouer. Ou
peut-être que les gouvernements préfèrent ne pas ébruiter cette
constatation pour éviter la panique. Tuer les rats ! Quelle blague ! Et
puis, tenter de les tuer pour protéger la paperasse inutile de ces
écrivains sans lustre ? Tout ici est déjà perdu, tout ce papier de
mauvaise qualité se défait en poussière. Garder cela pour le numéri-
ser, voilà l'autre bonne blague ! Je me demande ce que les rats vont
faire des ordinateurs lorsqu'il n'y aura plus d'électricité. C'est trop
ridicule. Bosch avait raison de les représenter comme des rats
savants, avec des lunettes et en train de lire des livres sacrés. La
grosse rate qui transporte la mère et son bébé a cet air paisible dans
le tableau parce qu'elle sait très bien qu'elle va les manger bientôt.
Et le démon a créé le rat pour régner sur la terre après la fin des
temps. Tuer les rats, les exterminer, quelle blague… C'est moi le rat
ici, et je ne me laisserai pas faire sans réagir. Seul un incendie infer-
nal viendrait à bout du rat, provisoirement, bien sûr…

Ces pensées ébranlèrent un peu son calme et Steiner
décida de détruire plusieurs livres qu'il avait cachés parmi les
caisses et les piles de vieux documents. Il décida de les noyer,
comme il avait fait avec l'avertisseur d'incendie, pour les
détruire non pas par court-circuit, mais plutôt par la
moisissure. L'été était si chaud et humide qu'il suffisait de
tremper d'eau un paquet de livres et de le laisser ensuite par
terre, directement sur les efflorescences calcaires du ciment.
C'est ce qu'il fit, à l'aide de seaux d'eau et de vieux documents déjà pleins d'une épaisse moisissure naturelle. Il
recouvrit ensuite ces tas de livres dégoulinants avec d'autres
volumes pour les dissimuler. De toute manière, la peur des
rats aidant, personne ne descendrait là de sitôt. Steiner craignait d'être obligé de fuir et ne voulait pas laisser derrière lui
tous ces livres auxquels il tenait au point de les avoir cachés.

Il regrettait de ne pas pouvoir détruire aussi les livres sur Bosch, pour ne pas se trahir. Mais au moins, s'il disparaissait soudain, on ne saurait jamais que ces souterrains avaient été son refuge durant toutes ses années dans les limbes, pendant lesquelles il attendait une révélation ou un appel. Elles étaient finies, ses années de rat d'égout. On ne trouverait que des amas gluants de moisissures et de papier pourri au moment de ce fatidique déménagement. Et lui, il serait déjà loin. Il laissa aussi couler longuement l'eau du robinet sur le ciment, pour être certain que l'humidité ferait son travail, et remonta aux étages supérieurs, satisfait de sa journée.

Le suspect à la barbichette n'était pas dans la salle de lecture. Steiner se contenta d'attendre. Le mouvement à la bibliothèque était au ralenti et il y avait très peu à faire. Il participa au rangement des livres, non sans s'amuser à reclasser à sa manière certains exemplaires pris au hasard. Cela n'avait pas beaucoup d'importance, puisque les volumes de beaucoup d'étagères étaient déjà mal rangés, et personne ne s'offusquait plus si l'un ou l'autre des livres était introuvable. Il suffisait de répondre au client que l'objet n'était pas disponible, et ça en restait là. La grande majorité des lecteurs était constituée de gens dépourvus de passion et aussi très inconstants ; et si le livre demandé n'était pas disponible, ils en demandaient un autre, parfois n'importe quel autre dans le même genre. Steiner se disait que ces lecteurs prenaient les volumes par simple oisiveté, pour se distraire uniquement, parce qu'ils s'ennuyaient trop ou parce qu'il n'y avait pas assez de bonnes émissions à la télé. D'ailleurs, pour appuyer son point de vue, il évoquait le fait que les romans mielleux, écrits par des femmes pour les femmes, de préférence à propos de gens riches et célèbres, étaient ceux qui sortaient le plus. De même que les romans policiers, surtout ceux teintés d'un érotisme de pacotille. En tout cas, les histoires frivoles et les best-sellers étaient le noyau dur de la bibliothèque. Steiner n'avait ainsi aucun scrupule à les déplacer, de manière à les rendre introuvables pendant longtemps, rien que pour agacer un peu les emprunteurs. Mais, au contraire de ce qui se passait jusqu'à récemment, il ne ressentait plus de haine envers les usagers de la bibliothèque, ni envers ses camarades de travail. Soudain, il n'était plus envahi que par un immense dédain envers leurs vies dénuées de sens transcendantal, envers leurs existences médiocres et peut-être noyées dans une sensualité primaire ou une passivité végétale. Il se réjouit de ses nouvelles dispositions d'esprit à l'égard de ses semblables ; il les trouvait désormais simplement comiques et de plus en plus insignifiants. Les gestes des autres employés lui semblaient tout à coup disloqués et mécaniques comme ceux des marionnettes, et il se demanda par quel prodige il n'arrivait pas à percevoir les fils qui les faisaient se balancer et se déplacer dans l'espace. Les rares lecteurs assis aux tables lui parurent recroquevillés, comme des poupées de chiffon posées là, sans vie propre ni intériorité, et destinés à tomber en poussière comme les volumes de la cave.

À midi, Steiner sortit se promener dans les environs de la bibliothèque, à la recherche du petit homme à la barbichette. C'était la seule personne qui l'intéressait encore, à qui il prévoyait poser quelques questions et qu'il serait peut-être obligé de supprimer. Il pensa que ce serait convenable de l'attirer dans les souterrains pour l'interroger à souhait et, le cas échéant, le liquider sur place. Ensuite, caché sous un amoncellement de livres et de vieux documents, son cadavre n'aurait même pas le temps de commencer à puer. Les rats se chargeraient de le dévorer en quelques heures, en ne laissant là qu'un paquet d'os pour surprendre les déménageurs.

Steiner se divertit avec cette pensée et avec les nombreuses hypothèses que les enquêteurs ne cesseraient de tisser concernant ce squelette d'un inconnu trouvé parmi les archives de la province. Dans cet état de bonne humeur, il explora divers restaurants et rues des environs sans trouver la trace de l'individu recherché. Après avoir mangé un sandwich, il retourna à son travail, disposé à continuer de l'attendre patiemment, même s'il commençait à perdre l'espoir de le revoir.

Barbichette était sans doute un simple messager, venu pour attirer mon attention sur Bosch. Une fois son travail accompli, il devait disparaître pour ne pas m'affronter. C'était la consigne qu'il

avait reçue. Je vais rester attentif quand même, au cas où il se
pointerait. Qui sait si la curiosité ne va pas le perdre ? Après tout,
il doit se poser des questions sur ma réaction, la petite crapule.

Un peu déçu, Steiner s'occupa l'après-midi durant à
fouiller sans succès dans le catalogue pour trouver d'autres
titres au sujet de Jérôme Bosch. L'article sur le peintre dans
l'*Encyclopaedia Britannica* ne lui apprit rien de nouveau. Il
pensa même un instant utiliser le moteur de recherche de
l'ordinateur mis à la disposition des employés pour tenter
d'obtenir d'autres renseignements, mais il se raisonna à
temps et abandonna cette idée dangereuse. Il se méfiait beaucoup des ordinateurs, et ne voulait en aucun cas risquer de
laisser des traces de son intérêt soudain envers le peintre sur
le diabolique Internet.

La journée se passa sans le retour de l'inconnu à la
barbichette. Dans la chaleur moite de l'après-midi, un peu
endormi comme les autres employés, Steiner eut encore des
visions dignes de l'univers de Bosch, en s'imaginant le
bombardement au napalm et le gigantesque incendie de la
bibliothèque, de l'hôpital Notre-Dame et des pâtés de
maisons alentour. Il repassa plusieurs fois la scène dans son
esprit et jugea qu'un spectacle dantesque de cette envergure
serait à son meilleur dans un cadre nocturne, à l'exemple des
scènes de Bosch, pour que le feu gagnât toute sa beauté en
éclairant les gens en train de sauter par les fenêtres ou de
courir partout affolés. Il s'imagina la rue Sherbrooke trans-
formée en un torrent rouge de lave et de sang allant se déverser dans le gouffre des fondations de la nouvelle bibliothèque.
Les ruines de la bibliothèque municipale incendiée et im-
plosée firent aussi l'objet de plusieurs visions. Les pompiers
arrosaient le trou fumant des fondations remplies de cendres,
avec ici et là des paquets de feuilles déjà brûlées mais gardant
encore le semblant de livres ou de rangées entières d'étagères
tordues. Dans la même veine, il s'amusa à imaginer le centre-
ville sous la forme d'un panorama infernal, avec une multitude de dragons, d'insectes géants et de monstres cocasses
conduisant la foule des habitants nus vers des lieux de supplices. Mais, à la différence des scènes de Bosch, Steiner

s'efforçait de rendre ses visions plus modernes, avec des autobus animés d'intentions lubriques, des automobiles transformées en démons et se servant d'outils modernes, comme des perceuses électriques, des scies à chaîne, des torches au gaz, des robots culinaires ou des aspirateurs pour châtier la horde des damnés. C'était certes une variation intéressante, plus proche de la science-fiction, même si elle manquait à ses yeux du cachet classique et véritablement infernal des visions du peintre. Steiner trouvait qu'ainsi, trop moderne et technologique, le panorama manquait aussi de l'horreur humaine présente chez les monstres de Bosch. Ces derniers étaient tous chargés d'intentions précises, tandis que les machines restaient des machines, maltraitant les gens de manière automatique et sans désir. Sans humiliation aussi, puisqu'il ne peut pas y avoir de honte devant les agissements d'un ensemble irrationnel.

C'est donc ça, l'humiliation, l'avilissement et l'offense consciente qui rendent si terribles les spectacles de Bosch.

Il comprit ainsi pourquoi le peintre avait évité de représenter des démons aux apparences uniquement animales ou mécaniques, et qu'il avait cherché à leur attribuer des attitudes et des prédicats humains, quitte à sombrer dans le grotesque ou le ridicule. La souffrance ainsi infligée aux victimes était alors surtout morale, spirituelle, même si ces humiliations passaient par le corps ; mais c'étaient des corps dénudés, exposés au sarcasme et aux vilenies, des corps conscients qui se voyaient violés, car les fautes ainsi punies étaient davantage des vices du caractère que des vices uniquement physiques.

Son admiration pour le peintre ne fit que grandir jusqu'à la révérence ; en même temps, Steiner prenait conscience des piètres outils de châtiment moral et d'humiliation qu'étaient ses poings et sa force brute. Il pouvait cogner à souhait, découper ses ennemis à l'aide de son rasoir et les étouffer à main nue, jamais il ne dépasserait le simple domaine de leur corps réel pour atteindre la sphère psychique. Il finirait bêtement par les tuer, par s'acharner comme un possédé sur des cadavres, sans jamais obtenir la satisfaction réparatrice dont il avait tant besoin. Le mal qui le rongeait depuis l'enfance était d'une nature plus intime, subtile et corrosive à la fois, mais il avait toujours préféré se méprendre pour tenter de se protéger avec les moyens à sa disposition.

Steiner se rappela alors, de façon aussi nette que dans un film, comment il avait fracassé le crâne d'un de ses camarades d'orphelinat, uniquement parce que celui-ci l'avait appelé « bâtard ». C'est vrai que l'autre garçon était une brute sans âme, qu'il méritait une bonne raclée pour plusieurs de ses méfaits, et que Steiner n'éprouvait aucun remords envers lui. Sauf qu'ils étaient tous des bâtards là-bas. Pourquoi avait-il cogné si fort, et juste à la veille de son départ de l'orphelinat, à l'âge de quinze ans ? Ce coup de poing massue, qui lui valut ensuite la prison au sinistre Youth Detention Center de Whitbourne jusqu'à l'âge de dix-huit ans, ne soulagea pas du tout sa honte d'être un bâtard. Sans compter que cette tache à sa réputation lui ferma aussi les portes de la marine et l'obligea ensuite à quitter Terre-Neuve pour redevenir un étranger à Montréal.

« Tu seras comme Caïn, un errant parcourant la terre », lui avait prophétisé le père Stephen en pleine séance du tribunal de la jeunesse. Et, de fait, il avait été un banni jusqu'à présent, une sorte d'ermite dans son trou à rats, attendant le salut sans beaucoup d'espoir. Mais tout cela était définitivement terminé, une nouvelle vie allait commencer, et il éprouva encore une fois une immense gratitude envers le peintre des monstres et des visions infernales.

Après le travail, Steiner partit directement à la recherche de livres sur Bosch dans les librairies. Il trouva facilement la brochure des éditions Taschen, contenant l'œuvre intégrale avec de bonnes reproductions, et l'acheta aussitôt. Le grand livre, celui de Charles de Tolnay, était épuisé ; de toute façon, le commis l'avertit qu'il coûtait une fortune, tout comme un autre ouvrage en anglais, relié et très lourd, avec plus de texte que de photographies. Steiner repartit satisfait de son achat, surtout que la brochure était d'un format pratique et n'encombrait pas sa besace. Et il savait maintenant qu'il allait bientôt devoir voyager avec peu de bagages et dans des circonstances difficiles, comme un véritable pèlerin et non plus comme un Caïn errant et désespéré. Il ignorait pour l'instant le but de ce voyage, mais c'était là un détail négligeable. Sa vie d'ermite étant finie, que pouvait-il faire d'autre sinon se chercher quelque part à l'horizon ?

Il passa la soirée à fumer et à gribouiller, en se délectant des images de Bosch et de celles produites par son propre cerveau. Cette nuit-là, après qu'il eut beaucoup bu et juste avant qu'il s'endorme, les premières esquisses de monstres apparurent spontanément dans ses gribouillis et commencèrent à peupler les forêts vierges et les marécages vides de toujours.

5

Installé dans sa nouvelle certitude, le commis Lukas Steiner garda pour lui seul la révélation de sa destinée. Ce ne fut pas sans effort, cependant, car sa joie était si grande qu'il avait parfois envie de la crier aux quatre vents. Mais la conscience du danger inhérent à une telle consécration l'aidait à rester silencieux et à ne rien changer dans son comportement habituel. Seule son affabilité nouvelle, un étrange maniérisme presque solennel dans ses gestes et ses attitudes moins brusques auraient pu trahir la présence d'une transformation dans sa vie. Ses camarades de travail ne remarquèrent rien, puisque Steiner avait cessé de se faire remarquer depuis plusieurs années déjà. Et s'il paraissait un peu plus distrait — et même parfois absent, comme dans un état second —, souvent aussi pas rasé et presque négligé de sa personne, soit cela n'avait pas d'importance, soit on ne jugea pas bon de le signaler. L'été continuait, accablant de chaleur et d'humidité, et son travail très salissant dans les souterrains était à lui seul suffisant pour justifier son allure débraillée.

Derrière ces apparences, son existence était radicalement transfigurée. S'il fréquentait toujours son travail comme si de rien n'était, pour conserver intact un masque de normalité, il le faisait au prix d'une grande fatigue et d'une maîtrise de soi remarquable. Le reste de son temps, y compris son sommeil, était entièrement consacré à la méditation sur l'œuvre de Jérôme Bosch. Et une fréquentation aussi intense de l'œuvre de ce peintre n'était pas sans danger pour une nature sensible et facilement survoltée comme la sienne. À force d'étude, en quelques jours à peine, il avait appris par cœur tous les détails des tableaux, même les composantes minuscules, à peine esquissées, sur les fonds souvent sombres ou illuminés par des incendies. À l'aide de sa loupe, il traqua opiniâtrement les innombrables monstres, les expressions des suppliciés et l'intention des principaux figurants. Le moindre sacrifice au loin, les minuscules gibets sur les montagnes, les roues presque imperceptibles avec leurs vestiges de corps en décomposition firent l'objet de ses attentions assidues, sans parler de la foule en bacchanale du panneau central du triptyque *Le jardin des plaisirs*. La charge de sensualité se dégageant de ce tableau forçait toujours Steiner à accomplir des miracles de retenue pour ne pas courir chez les putes soulager son désir. De façon à mieux mémoriser les détails, et fasciné par la nature hybride de la plupart des bestioles, il prit l'habitude de les copier au crayon. Par ailleurs, comme son livre ne contenait pas les dessins du maître, il photocopia les pages du livre de Charles de Tolnay reproduisant son œuvre sur papier. Bien sûr, Steiner ne fit pas l'erreur naïve de se servir de la photocopieuse mise à la disposition des clients de la bibliothèque, car il savait très bien que celle-ci était contrôlée par la direction, et qu'elle devait garder dans l'une ou l'autre de ses puces électroniques secrètes la mémoire de toutes les pages photocopiées. Cela lui paraissait être d'une évidence choquante, en plus de constituer une véritable attrape. Du moment qu'il était interdit de photocopier les livres, pourquoi y avait-il là une photocopieuse, sinon pour espionner? Pendant l'une de ses pauses de midi, il subtilisa discrètement le gros volume, il fit ses copies avec la machine d'une pharmacie de la rue Sainte-Catherine et remit le livre à sa place sans se faire repérer. Ensuite, inspiré par ces quelques dessins au trait si clair, il arriva à mieux comprendre la structure corporelle des monstres, au point de pouvoir en créer de nouveaux. Il avait aussi pris soin de photocopier le texte dans lequel Charles de Tolnay évoque les tableaux disparus du peintre. Ces renseignements devenaient indispensables depuis que Steiner s'était décidé à recréer en pensée la richesse postulée comme monstrueuse de ces tableaux introuvables. Cette richesse devait être d'autant plus débordante et infernale qu'elle avait motivé leur disparition. Il se demandait aussi continuellement comment les tableaux d'un peintre si célèbre avaient pu disparaître sans laisser de traces. La seule réponse possible, à son avis, était qu'ils avaient plutôt été cachés par l'Église dans les caves du Vatican, justement à cause de leurs révélations insupportables pour le regard de la populace. Cette conclusion aiguisait son esprit d'investigation, tout en lui rappelant les périls auxquels il s'exposait en déchiffrant des œuvres d'un tel hermétisme.

La nuit, après s'être imprégné des images de Bosch au point d'en être possédé, Steiner sortait se promener comme il le faisait autrefois, d'abord pour surveiller les environs de son immeuble, et ensuite pour le plaisir de marcher dans l'obscurité et de regarder le monde sans être vu. Mais bien vite il se mit à appliquer les visions de Bosch aux immeubles, aux rues, aux restaurants et aux passants. Comment faire autrement, puisqu'il avait eu la révélation à propos de la déchéance irrémédiable du monde et qu'il avait désormais les exemples fournis par le peintre pour se la représenter de manière claire ? Ce qui jusqu'alors avait été de simples fenêtres, de simples devantures ou de simples inconnus, se dévoilait de façon saisissante et avec une variété de détails. Steiner arrivait ainsi à s'imaginer les crimes, les bassesses et la lubricité déchaînée se déroulant derrière ces façades d'innocence, la gloutonnerie répugnante qui sévissait dans les restaurants ainsi que la paresse visqueuse des habitants de sa ville. Il se représentait aussi les couples et les membres des familles se châtiant les uns les autres de manière infernale dans leurs appartements, bien à l'abri des regards, pour tenter d'actualiser tant qu'ils étaient encore en vie les punitions et les supplices auxquels ils étaient irrémédiablement condamnés après la mort. Dans les ruelles sombres et d'une tranquillité trompeuse, derrière les *fast-foods* illuminés et astiqués, il arrivait à percevoir en imagination le grouillement des rats qui s'entre-déchiraient pour les restes gluants de hamburgers ou de pizzas. Ces visions lui coupaient l'appétit et l'écœuraient, car les rats pouvaient être aussi bien en train de dévorer des ivrognes, des filles égorgées ou des avortons abandonnés là par des mères ignobles. Des rats en rut, des rates lascives se tortillant sous le mâle à coups de dents et de griffes, et qui retournaient ensuite dans les cuisines des restaurants, dans leurs niches derrière les murs ou dans le labyrinthe des égouts de la ville. Le quartier des putes l'attirait comme un vertige au bord d'un gouffre, car il le connaissait très bien pour y avoir maintes fois forniqué comme une bête. Il s'imaginait les ruelles et les arrière-cours débordant de tas de condoms souillés et de seringues abandonnées par les drogués, le tout pullulant de microbes affairés comme dans les panneaux du peintre, et se répandant en légions sarcastiques et colorées pour infecter davantage la population déjà malade. Les prostituées dans les rues lui révélaient malgré elles leurs chairs meurtries et leurs entrailles faisandées, et dans leurs bouches au maquillage grotesque il croyait parfois distinguer des crapauds ou des serpents. La présence de gens intoxiqués et de clochards ivres dans les embrasures des portes lui faisait penser à un champ de bataille, tandis que les jeunes punks avec leurs boucles et leurs chaînes pendant de partout ne pouvaient être que les assaillants du Christ dans les chemins de croix de Bosch. La vue de fillettes le ventre à l'air l'offensait comme une séduction du malin, et il les comparait aux femmes nues des tableaux qui tentaient de pousser les justes à la luxure.

Steiner descendait dans les quartiers industriels déserts et sinistres près du port pour s'imprégner de l'horreur des immeubles sans fenêtres et des silos à grain aux apparences de ruines médiévales. Il devinait les viols, les meurtres et les dépeçages humains qui avaient lieu derrière ces façades abandonnées, aux briques ébréchées et au ciment effrité par les ans. Il entendait le crissement avide des pattes des rats courant dans les canalisations rouillées de ces bâtiments lugubres. Vers quel festin pestilentiel, vers quelle ignominie allaient-ils ainsi, avec autant d'empressement et d'allégresse ? Steiner se faisait un devoir de contempler la silhouette illuminée du pont Jacques-Cartier, ces espèces d'énormes fourches patibulaires incendiées contre le ciel noir. Il y percevait claire-ment les condamnés se lançant dans le vide ou se faisant enfourcher par d'étranges personnages ailés. Les nombreuses dépouilles qui pendaient là, se balançant au vent ou accrochées aux structures métalliques, lui rappelaient les suppliciés des roues et des gibets. Sa fascination des formes élégantes de ce pont était telle qu'il le voyait dans chacun des tableaux perdus de Bosch. Le pont Jacques-Cartier devenait une chaîne de montagnes dans l'un de ces tableaux disparus, pour prendre la forme des grilles de l'enfer dans un autre, ou encore un formidable dragon se battant contre un saint Georges devenu ermite. Les cimes de ses arches pouvaient aussi être les charpentes de châteaux effondrés ou de cathédrales brûlées, dont les ruines hébergeaient une myriade de diablotins, crachant comme des gargouilles des immondices sur la ville et sur le fleuve. Au loin, le mont Royal surmonté de sa croix devenait un calvaire entouré d'autres instruments de supplice, et il voyait des chemins de croix peuplés de condamnés grimpant dans le parc.

Lorsqu'il remontait ensuite par la rue Sainte-Catherine, la seule vue des bars gais du quartier lui faisait venir à l'esprit d'affreuses scènes sodomites et sadomasochistes, auxquelles les participants se livraient avec la frénésie que seuls peuvent avoir les possédés. Dans les quartiers pauvres, il distinguait à travers les murs toute la misère, l'envie et le ressentiment qui remplissaient les chambres sordides et les corps d'une obésité maladive. S'il se transportait dans les quartiers cossus de la montagne, sans même avoir besoin de s'approcher, il arrivait à humer la puanteur d'orgueil, de luxure et d'avarice que les murs épais des riches demeures ne réussissaient pas à contenir.

Steiner rentrait éreinté de ces courses folles dans une ville vouée aux gémonies et à la perdition, littéralement épouvanté par les visions dont son esprit était continuellement la proie. Ces visions gagnaient en horreur chaque nuit, au point de faire presque pâlir certaines images du peintre. C'est que, dans ses promenades, Steiner ne côtoyait plus de simples images anciennes mais du réel sonnant, avec ses odeurs méphitiques actuelles, ses cris et ses ricanements, la viscosité pâteuse du sang, l'aboulie de vrais cadavres et la présence de monstres on ne peut plus vivants. Une fois enfermé dans son appartement, il entendait encore le tourbillon de la ville apparemment endormie mais toujours livrée à la débauche. Dans son imagination battant la chamade, les couloirs et les tunnels du métro se peuplaient d'une faune infernale venue y célébrer des sabbats et des sacrifices. Ainsi, peu à peu, de manière lente mais inexorable, Steiner se rendait à l'évidence que son mantra, ses gribouillis, le tabac et la formidable quantité d'alcool qu'il avalait n'étaient plus suffisants pour le protéger d'une folie qui sucerait sa sève et même son âme.

Pourtant, curieusement, tout cela disparaissait en plein jour pour céder la place à une ville assez calme et souvent même jolie sous le soleil de l'été. Incrédule, Steiner se rendait alors à son travail en faisant de longs détours pour regarder les ruines des catastrophes dont il avait été témoin la veille. Mais il ne retrouvait aucune trace des laideurs qu'il était certain d'avoir vues. Rien. C'était comme si la lumière du jour avait pour effet de tout voiler et d'épargner ainsi à la conscience des habitants les iniquités auxquelles ils se livraient dès la tombée de la nuit. Plus étonnant encore, au lieu de craindre la nuit et ses cauchemars, Steiner, tel un toxicomane, attendait le retour des ténèbres pour s'abandonner de nouveau à son extravagant vice. Mais que faire d'autre si cette obsession était la seule garantie de sa nouvelle existence ?

Il vaquait à ses occupations d'une manière de moins en moins adéquate, mais l'approche de ses vacances du mois d'août faisait qu'on fermait l'œil sur l'apparence de zombie qu'il avait au travail. Durant le jour, il se consacrait soit au souvenir des visions de la veille, soit à de vaines tentatives pour harnacher sa confusion à l'aide d'une théorie cohérente. Mais cette cohérence même se dérobait à tous ses efforts logiques, au demeurant de plus en plus fantaisistes et hyperboliques. Steiner se savait possédé par les visions infernales de Bosch ; elles faisaient partie intégrante de son imagination tout en englobant sa propre personne comme l'acteur principal des tableaux. Il ne pouvait pas oublier que tout cela était un grand honneur, que cela transformait sa vie fade d'autrefois en une destinée héroïque sous la forme d'une véritable quête digne des saints ermites et des pèlerins. Mais l'objet de cette quête se dérobait toujours à sa compréhension. Par ailleurs, il n'arrivait pas non plus à saisir les desseins de ses ennemis, ceux responsables de son angoisse et de son état d'alerte. Que cherchaient-ils au juste en lui révélant cette destinée grandiose qui le remplissait de gratitude ? Comment cette révélation et son imagination mise en branle de façon si furieuse pouvaient-elles servir à des intentions néfastes ? Au contraire, Steiner trouvait que sa vision du monde avait gagné des aspects moraux qu'il ne croyait pas posséder jusqu'alors, et que cela paraissait à l'opposé de tout dessein diabolique ou criminel. Cette brèche apparente dans la cohérence des diverses intentions le taraudait chaque jour davantage, et la disparition de l'inconnu à la barbichette ne faisait qu'accentuer l'aspect corrosif et très intimidant du désordre au centre duquel il se trouvait.

Chez lui, il s'affairait à gribouiller frénétiquement et à dessiner une multitude de bestioles, sans pourtant arriver à y voir clair. Seules ses réflexions sur l'univers des rats lui semblaient raisonnables dans ce contexte chaotique. Oui, il avait rempli avec rigueur sa destinée de rat, en véritable ermite, et il en était fier. Il savait pertinemment que les rats survivraient à la destruction de l'humanité corrompue, mais c'était tout ce qu'il savait. Il s'efforçait de se représenter dans le moindre détail l'existence quotidienne des vrais rats et il se sentait même de plus en plus surveillé par les rongeurs qu'il entendait courir dans les murs de son appartement. Ces éléments n'ajoutaient cependant aucune lumière dans son esprit, puisque, comme pour ses ennemis, il n'arrivait pas à décrypter le rôle des rats à son égard et à l'égard de sa nouvelle destinée. Étaient-ils des adversaires ou étaient-ils des alliés dans cette quête morale ? Ils dévoraient les cadavres des pécheurs, cela ne faisait aucun doute, mais leur monde de rats ne serait-il pas ensuite beaucoup plus bestial et lascif que celui des humains corrompus ? Ce que Steiner se représentait de l'univers quotidien des rats était affreux de démesure, leur vie se limitait pour ainsi dire à répéter inlassablement les sept péchés capitaux dans toutes leurs variantes possibles. Le monde des rats n'avait ainsi d'égal que le monde des démons. Et lui, Lukas Steiner, que Bosch avait dépeint sous l'apparence du Christ et des saints, qu'avait-il à voir avec les rats et les démons ?

Tant de doutes et d'appréhensions laissaient Steiner dans un état de confusion proche de la déraison. Ses longues et affolantes sorties nocturnes l'épuisaient physiquement et l'accablaient moralement, sans qu'il fût en mesure d'en saisir le sens. Cette conscience infinie de la laideur du monde lui était donnée comme un fait brutal, et il la subissait de plus en plus passivement avec la nette certitude qu'il allait bientôt exploser par surchauffe et par désespoir. Aussi, malgré la peur panique qui s'emparait de lui devant certaines visions, ces sorties nocturnes étaient devenues une nécessité irrésistible. Il s'en allait rempli de répugnance, poussé par une force inconnue, et s'abandonnait compulsivement à son étrange collecte d'horreurs et de bassesses dans tous les recoins de la ville. Et chaque nouvelle nuit dépassait les précédentes en épouvante ; c'était comme si, par un curieux effet d'apprentissage de la laideur, il était en mesure de descendre de plus en plus bas dans les abîmes de l'ignominie humaine. Il plongeait dans l'absurde jusqu'à croiser littéralement des monstres réels sur son chemin, des êtres hybrides comme les bestioles de ses dessins ; il pouvait sentir leur présence de manière tangible, car ils frôlaient son corps et lui murmuraient des obscénités, ils s'adressaient à lui par son nom et se moquaient de son passé. Steiner revoyait souvent la jeune Cindy becquetée par des oiseaux de proie habillés comme des gigolos. D'autres putains, hagardes et sans défense, étaient livrées aux insectes rampants qui s'enfonçaient et ressortaient de leurs corps comme si elles étaient de simples fourmilières. Il cherchait désespérément l'image du Christ pour mettre fin à ces carnages, mais en vain. Le monde de la nuit était devenu un enfer d'où lui seul ressortait, indemne mais traumatisé à jamais.

C'est alors qu'un incident insolite vint à son aide de manière apparemment fortuite. Un soir, complètement exténué, il tenta de mettre un frein au tourment dans sa tête en regardant la télévision. Une fois le son coupé, les images muettes défilant à la télé agissaient comme un renforçateur plutôt efficace de son mantra mental et même de l'alcool, pour alléger son esprit des idées obsédantes. Cet usage soporifique était d'ailleurs le seul véritable usage qu'il faisait de sa vieille télévision, et il lui arrivait souvent de s'endormir assis devant l'écran dans les moments de grande détresse. Il avait piraté le fil du câble allant chez les voisins justement pour être certain d'avoir des postes étrangers émettant sans interruption la nuit durant. Le spectacle de la télé muette lui semblait d'autant plus apaisant qu'il pouvait alors s'imaginer séparé du bruit et de la fureur du monde, dans une sorte d'aquarium. C'est ce qu'il fit ce soir-là, sans en soupçonner les conséquences. Il reconnecta le câble piraté et il zappa, d'abord au hasard, jusqu'à trouver des images entièrement dénuées de sens pour lui, et donc propices à la méditation et à l'effet hypnotique. En peu de temps, il s'apaisa assez pour arriver à se concentrer sur son mantra, chassant ainsi momentanément le flux infernal qui l'envahissait. Aidé par sa grande fatigue et son état fiévreux, il somnola durant de courtes périodes, se réveillant en sursaut par moments, mais réussissant toujours à garder sinon un vide, du moins une vague confusion visqueuse dans son esprit. Soudain, à la vue du générique en lettres blanches sur fond noir, il prit conscience qu'un film s'était déroulé à l'écran, et il s'intéressa malgré lui aux noms étrangers qui défilaient lentement devant ses yeux. C'est alors qu'à sa grande surprise il lut quelque chose qui lui parut d'abord une blague absurde : l'un des acteurs cités dans le générique s'appelait Zvatopluk Rikanek. Exactement comme ça : Zvatopluk Rikanek. Sur le coup, cette bizarrerie le réveilla tout à fait de sa méditation et il se mit à sourire avec une moue de dédain moqueur. L'homme en question s'appelait réellement ainsi, et non seulement il n'avait pas honte d'un nom aussi ridicule, mais il le laissait paraître dans un générique de film, comme si c'était la chose la plus naturelle du monde.

Zvatopluk Rikanek ! Je l'ai bien lu. Quelle absurdité ! A-t-on jamais vu un nom pareil ? C'est sans doute une blague de mauvais

*goût qu'on lui a faite, ou une erreur de transcription. Mais non...
Impossible, puisque le type en question l'aurait fait corriger, il
l'aurait exigé. Pourtant, j'ai bien lu et je ne rêve pas. Zvatopluk
Rikanek. Quelle affaire!*

Dans son état d'exaltation, un incident aussi curieux
n'allait pas en rester là. Ce nom devenait presque une provocation, qu'il prit aussitôt comme lui étant adressée personnellement. Sans aucun doute, car qui d'autre que lui était en
train de regarder la télé à une heure aussi avancée de la nuit?
Il soupçonna bientôt des forces occultes de l'observer et de
vouloir le provoquer. Enragé, en pestant contre ces inconnus
qui l'avaient pisté jusque chez lui, Steiner ferma aussitôt le
poste de télévision et défit la connexion du câble.

*Les ordures! Ils m'ont trouvé... Ces lâches qui font passer leurs
petits messages minables par le câble de télé. Je les attends ici de pied
ferme. Qu'ils viennent, ces chiens enragés, et qu'on en finisse une
fois pour toutes.*

Sa colère était si grande qu'il faillit crier ses insultes par la
fenêtre, vers la rue endormie. Mais il se retint à temps,
toujours soucieux de ne pas dévoiler son jeu. Dans son esprit,
il était devenu évident que cette provocation lui était
destinée, pour se moquer justement de son ancien prénom,
Vladimir, que le père Stephen avait qualifié de barbare et d'un
peu zoulou. C'était ça: on se moquait du fait qu'il était un
étranger, un errant affolé parcourant le monde. On riait de sa
bâtardise.

*Voilà, je ne suis qu'un Zvatopluk à leurs yeux, rien d'autre, le
même rat que toujours. Et Rikanek de surcroît, un objet de sarcasmes, de ricanements pour idiots. Les salauds! Je vais avoir leur
peau à l'instant même. Ils ne doivent pas être loin.*

Envahi par la colère et tout à fait vidé de ses obsessions
infernales, Steiner quitta à la hâte son appartement, bien
décidé à dépecer au rasoir tous les ennemis qu'il trouverait
sur son chemin. Par chance, à ce point tournant de son
existence, il pleuvait à verse et les rues étaient vides. Il courut
d'abord en direction du viaduc ferroviaire pour y surprendre
ses ennemis; ils s'étaient sans doute réfugiés là pour se
protéger de la pluie. Mais il ne les trouva pas. Il pensa alors

aux pâtés d'immeubles voisins, qui logeaient des manufactures de vêtements, car c'était un endroit très sombre et
parsemé de rampes de chargement pour les camions de
livraison. Ils seraient peut-être là avec leur véhicule émetteur
de signaux pour câbles. Steiner alla à leur rencontre en
courant, mais se perdit dans le dédale des manufactures sans
retrouver personne. Il prolongea sa course en direction nord,
par le boulevard Saint-Laurent, dans l'espoir de les surprendre sous l'autre viaduc ou dans les terrains vagues alentour. Rien. À mesure qu'il courait sous la pluie, échafaudant
des scènes meurtrières dans son esprit, un doute commença à
poindre. La fatigue aidant, il ralentit le pas et frissonna sous
ses vêtements trempés. Toujours fiévreux et dans un état de
grande confusion, il se demanda alors si ce n'était pas cela, la
clé de l'énigme : il était peut-être le bras vengeur de la provi-
dence. L'idée lui parut lumineuse.

Voilà, j'ai enfin tout compris. Je dois venger cette corruption
générale par ma juste colère. Je suis toujours le rat, même sorti de
ma tanière, je reste le rat. Mais un rat armé, un rat vengeur, l'un
des démons de Bosch... Zvatopluk au service de la rédemption du
monde.

Cette pensée l'effraya immédiatement, par la masse
d'horreur qu'elle contenait aussi bien que par l'énormité de la
tâche à accomplir. Comment arriverait-il tout seul à combattre
tant d'iniquités, comment ferait-il pour devenir l'ange exter-
minateur de cette humanité corrompue ?

Steiner revint lentement sous la pluie, réellement accablé
par ce qu'il venait de concevoir. L'idée que la révélation magnifique pouvait signifier uniquement qu'il était un démon,
l'une des affreuses bestioles de Bosch ou un misérable rat
mangeur de chair humaine lui était trop pénible. C'était trop
décevant pour être vrai. Il tomberait alors plus bas que du
temps où il était seulement le commis Lukas Steiner au fond
de son antre à la bibliothèque municipale.

Alors, pourquoi le Christ, pourquoi les saints, et pourquoi
Bosch ne m'a jamais peint en enfer ? Pourquoi ?

Cette faille dans son raisonnement de tantôt le remplit
d'espoir et d'allégresse.

Je ne peux pas être un simple rat, un démon. Sinon, Bosch aurait commis une hérésie impardonnable. Et puis, si je n'étais qu'un rat, pourquoi s'acharneraient-ils tant sur ma personne? On ne poursuit pas un simple misérable, un simple commis de bibliothèque avec tant de hargne. Mon destin est plus grand que ça, mes responsabilités dépassent sans aucun doute le simple châtiment de viles créatures corrompues. Ce sont justement les ennemis de l'ordre moral qui s'en prennent à moi, les agents du désordre. De tout désordre, à commencer par les cyclistes. Mais alors pourquoi Zvatopluk? Était-ce une manœuvre de diversion pour me faire sortir et pour fouiller mon appartement?

Toujours ravagé par le doute, Steiner pressa le pas pour revenir chez lui. Il retrouva son appartement intact, sans signe d'effraction, mais ne se calma pas pour autant. L'incident concernant le nom de Zvatopluk Rikanek l'agaçait toujours parce qu'il n'arrivait pas à le mettre en relation avec tout le reste, et sa vie était déjà trop compliquée sans cette apparition soudaine d'un nom biscornu transmis par le câble de télé à son intention. Il se sentait perclus de fatigue et frissonnait dans un réel accès de fièvre, sans avoir réussi à mettre de l'ordre dans son esprit. Une tristesse profonde devant tant de confusion s'empara alors de sa personne. Pour la première fois depuis la révélation de Bosch, il pensa à se tuer. Oui, là, immédiatement, en se tranchant la gorge pour mettre un terme à ses soucis, car il se pouvait très bien qu'il ne fût qu'un simple rat, un Zvatopluk insignifiant. Au moins, ses ennemis resteraient frustrés à jamais, avec son seul cadavre sur quoi s'acharner.

Il déambula dans l'appartement en proie à une grande indécision, toujours frissonnant et de surcroît avec un mal de tête qui l'empêchait de réfléchir. Il pensa aux aspirines et alla les chercher dans l'armoire de la salle de bains. Son visage dans le miroir était aussi ravagé que celui du Christ. Il s'étonna de la mélancolie qu'il lisait dans ses propres yeux et, en versant une larme, il ne put s'empêcher de sourire. Du même sourire presque imperceptible et énigmatique que dans les deux tableaux intitulés *Le couronnement d'épines*, celui de l'Escorial et celui de Londres. Steiner saisit alors le rasoir dans sa poche et fit mine de se trancher la gorge. Toujours le même sourire, mais de plus en plus intense, avec maintenant des larmes coulant à flots sur son visage. Il venait enfin de tout comprendre, et l'émotion qu'il ressentait était un mélange confus de honte, de tristesse et de gratitude infinie. Il se souvint alors d'un mot qu'il avait lu pour caractériser ces mêmes visages du Christ sur les tableaux de Bosch : mansuétude. Non, il n'était pas un démon ni un simple rat. Il était comme le Christ, un témoin muet de la méchanceté des hommes ; de sa propre méchanceté aussi, car le rasoir symbolisait la folie suicidaire de l'humanité corrompue. Et il se sentit soudain envahi aussi par cette chose appelée mansuétude.

Steiner s'assit sur le siège des toilettes et s'abandonna aux larmes tel un petit enfant perdu qui retrouve enfin ses parents. Il ressentait une grande lassitude et n'avait plus l'esprit assailli par les démons. Il venait de comprendre le message que Jérôme Bosch lui avait envoyé depuis le fond des siècles, à lui tout seul : tu seras comme moi, la conscience du monde.

Et tu ne chercheras pas à te venger ni à les punir, parce qu'ils ne le méritent pas. Ils sont corrompus et voués à une mort affreuse parce qu'ils sont laids, parce qu'ils sont faibles, parce qu'ils sont bruyants et frivoles, parce que... Le spectacle de leur déchéance sera ta seule vengeance.

Soudain, sa haine du monde se transforma en un mépris aussi profond que hautain, et il comprit combien le regard de mansuétude du Christ était rempli de sagesse. Lui aussi était une sorte de conscience du monde, une sorte de rat sorti de sa tanière pour dédaigner la folie des hommes. Il n'enseignait pas autre chose que l'inutilité de tout effort pour tenter de transformer cette humanité pourrie.

Surtout, ne plus oublier le visage du Christ, sa mansuétude. Après le fouet et la couronne d'épines, il souriait encore du haut de son dédain, en pensant sans doute « qu'ils crèvent tous, ces pauvres types ». Il connaissait la bêtise du monde et ne voulait même plus se défendre, tellement il était dégoûté de vivre parmi ses semblables. Il en avait ras le bol. Voilà ce que Bosch voulait m'apprendre. Dans mon égarement, j'ai failli tout perdre par pure bêtise, comme avec ce coup de poing de ma jeunesse. Plutôt que de le tuer, le fils de pute, j'aurais dû lui servir une raclée à coups de gifles, lui pisser dessus, lui arracher les couilles pour l'humilier réellement. Mais ne pas le tuer, le laisser en vie pour qu'il ressente l'humiliation le restant de ses jours. La mort en soi n'est jamais une humiliation, Bosch l'a bien démontré.

Steiner avala quatre aspirines avec une énorme rasade de vodka et se coucha, emmitouflé dans les couvertures pour savourer cette hypothèse de résolution de l'énigme qui lui plaisait tant. Il eut honte de sa rage meurtrière, à la fois inutile et déplacée, qui risquait de mettre un terme prématuré aux supplices des condamnés. Il se dit qu'à l'avenir il fallait qu'il apprenne à contrôler ses impulsions pour faire comme Bosch, et se délecter en véritable artiste de tout ce qu'il voyait autour de lui.

C'est ce qu'il voulait que je sois, un artiste du regard. Je ne sais pas peindre, mais j'ai une grande expérience de l'observation des gens. Maintenant, guidé par ses visions, j'atteindrai des sommets dans l'art d'étudier la connerie de mon semblable. Que dis-je ? Quel semblable ? Je ne suis pas leur semblable, d'aucune façon. Je suis à un autre niveau de conscience, celui de l'artiste, et si je fréquente la populace vulgaire, c'est à la manière de Bosch, pour mieux la dépeindre et la mépriser. Et c'est vrai qu'ils sont laids dans leur petitesse ! Comment ai-je pu me rendre jusqu'à aujourd'hui sans prendre conscience de ma situation privilégiée ? La rage me fermait les yeux. Il faut que j'apprenne à ne plus me laisser distraire. Après tout, la colère est aussi l'un des péchés capitaux. Il faut que je me méfie de ces tendances héritées de mes piètres parents. Je ne veux rien d'eux. Merde à l'hérédité ! C'est tout de même remarquable, j'ai failli tout bousiller. Merci au miroir, qui m'a montré comment je suis et non pas tel que je pensais être. Curieux monde que celui des illusions déformantes. Il faut être sans cesse vigilant, se méfier à tout moment de tout pour qu'on ne nous trompe pas. Le champ a des yeux, la forêt, des oreilles. Très bien dit, mon cher Hyeronimus ! Il faut même se méfier des miroirs, on ne sait jamais… La fatigue est aussi une mauvaise conseillère. Je dois moins sortir la nuit. Je dois m'enfermer ici jusqu'à voir clair comme en ce moment.

À l'aide d'autres rasades de vodka et de son mantra, Steiner s'endormit alors d'un sommeil assez paisible, jusqu'à midi du jour suivant. Au réveil, sa tête était calme, mais son corps était endolori comme s'il s'était battu la nuit entière. Il se demanda pourquoi il sentait ses muscles aussi raides et fatigués, et pensa immédiatement à l'épisode biblique de Jacob luttant contre l'ange. Cela ne pouvait avoir d'autre explication : il s'était battu dans son sommeil avec des forces occultes qui cherchaient à le faire se mesurer à lui-même, à se surpasser en quelque sorte. Il se rappela alors la mansuétude et conclut qu'il s'était battu contre sa propre colère. Et il l'avait vaincue. Satisfait de cette explication, il se leva, il prépara son petit-déjeuner et vint le manger au lit pour continuer à jouir de son nouvel état de tranquillité. Ensuite, fumant sa pipe et savourant un verre de vodka, il se souvint de Zvatopluk Rikanek ; mais sans haine cette fois, plutôt de manière mélancolique. Steiner se dit qu'un nom aussi bizarre était presque un nom de démon, comme Belzébuth, même si un simple nom ne révèle pas nécessairement la personnalité de celui qui le porte. Il était lui-même un exemple vivant de cette vérité, puisqu'il ne se sentait pas du tout un Lukas. Ainsi, en se laissant emporter par ses sentiments tendres du moment, il ressentit un élan de solidarité envers ce pauvre Zvatopluk. Celui-ci pouvait être tout bonnement un type comme Steiner lui-même, harassé par un nom qui ne lui rendait pas justice. Et puis, pourquoi ses ennemis auraient-ils envoyé ce nom-là plutôt que de réelles insultes ? Steiner douta quelques instants et conclut que Zvatopluk devait être, comme lui, une simple victime de la fatalité ou une victime des mêmes redoutables ennemis qui empoisonnaient sa vie. En outre, qui pouvait dire que Zvatopluk n'était pas originaire du Brabant néerlandais ? Ce n'était pas impossible après tout, puisque les autres noms dans le générique ne paraissaient pas anglais ou français. Et si ce type-là portait malgré tout le nom de Zvatopluk, Steiner aussi serait capable de le porter pour faire chier ses persécuteurs. Cela ne voulait pas dire qu'il l'absolvait à la légère, car il comptait garder un œil vigilant sur le personnage.

Mais, pour le moment, Zvatopluk redevenait assez innocent
à ses yeux.

*Zvatopluk, mon cher, je vous demande pardon. Vous m'avez
l'air d'être un message plutôt qu'une provocation. Vous êtes sans
doute une provocation pour la populace, en vous affichant de la sorte
avec un nom si peu commun. J'étais aveuglé par la colère et je viens
à peine de comprendre votre valeur. Vous n'êtes pas un faible comme
les autres. Il faut beaucoup de caractère pour s'afficher ainsi et
montrer qu'on peut devenir acteur de cinéma malgré un nom aussi
bâtard. Vous n'êtes pas un tiède et je ne vous cracherai pas de ma
bouche, comme dit saint Jean. Merci de me dire de retrouver le
Vladimir bâtard que je suis. Être bâtard n'a aucune importance, et
votre réussite au cinéma le montre bien. Vous êtes aussi une insulte
à la face d'ordures comme le père Stephen et tous ceux qui haïssent
les étrangers. Chez vous, je commence à le croire, le rat atteint le
sublime, et je m'efforcerai à l'avenir d'être à la hauteur de ma
condition, sans plus me cacher derrière ce Lukas d'emprunt.*

Satisfait d'avoir fait la paix avec un personnage de cette
valeur, Steiner se souvint de Jacob luttant avec l'ange. L'idée
que le nom « Jacob » était une variante de « Jacques » lui frôla
l'esprit, et il tourna aussitôt ses pensées vers saint Jacques, le
pèlerin de Compostelle, qui l'avait sans doute aidé dans le
combat nocturne contre les démons de la colère.

*Voilà l'idée, être un pèlerin, un témoin solitaire de ma lutte
contre les esprits du mal. Et ne plus me révolter, ne plus oublier
mon beau visage dans tous les tableaux de mon camarade Jérôme. La
garder intacte, ma conscience du monde. Ne plus céder aux tentations de vouloir les punir. Le rat comme conscience du monde !
Comment ai-je pu passer à côté d'une telle vérité ? En fait, qu'y
a-t-il de plus étranger aux hommes que le rat, et donc capable de
distinguer toute la folie de ces cons-là ? Seuls les étrangers, les
bâtards, les gens sans nom et sans patrie arrivent à un tel degré de
lucidité. La lucidité crue et sans espoir du rat parmi les déchets du
gaspillage humain. Non, le rat n'est pas un démon, d'aucune façon.
Le rat est ce qui reste au monde d'une conscience divine disparue,
dégoûtée de son œuvre de création. Et le rat est là, témoin privilégié
de cet échec... Le Christ est mort et le rat continue son œuvre de
témoignage. Quelle noble destinée ! Lorsque le dernier être humain*

aura crevé, le rat sera là pour célébrer cette occasion en festoyant sur
son cadavre.

Bien installé dans son lit, Steiner pensa à l'homme qu'avait
été Jérôme Bosch. Il se dit que le peintre devait être un type qui
se fichait éperdument de l'opinion de ses semblables ou de la
postérité. Quelqu'un de sûr de lui et de très lucide, qui était à
l'aise avec ses visions au point d'envoyer son message à un
inconnu plus de cinq cents ans dans le futur, comme s'il
s'agissait d'un copain ou d'un proche parent.

Le souvenir de ses lectures sur la peste noire occupa
ensuite ses pensées, et son imagination exacerbée par les
images des derniers jours l'aida à se représenter les horreurs
de ces temps sinistres où périrent plus d'un tiers des habitants
de l'Europe. Steiner revit les formidables charniers du temps
de la peste, les processions de flagellants en haillons et les
orgies célébrées par les survivants cherchant à jouir avant
l'arrivée de la maladie. Il pensa aux chiens et aux rats
s'empiffrant de la chair des cadavres, comme les fossoyeurs et
les rôdeurs qui dépouillaient les mourants de leurs derniers
avoirs. Ces visions le firent glisser vers les maladies hon-
teuses comme la syphilis et le sida. Il se laissa tellement
impressionner par ces pensées qu'il finit par se tâter l'aine, le
cou et les aisselles à la recherche de bubons de la peste.
Rassuré de ne rien trouver d'anormal, et après avoir constaté
que son pénis n'avait pas de sécrétions purulentes, il s'abandonna de nouveau à ses rêveries historiques. La guerre de
Trente Ans lui vint alors à l'esprit avec une grande richesse de
détails, telle qu'il l'avait connue grâce à d'autres lectures et
par les gravures de Callot. Steiner repassa dans sa tête le
souvenir de ces étranges eaux-fortes qui l'avaient beaucoup
impressionné et se demanda si Callot avait eu connaissance
des peintures de Bosch. Sans trop s'y attarder, il se rappela
que Callot avait pour prénom Jacques et se dit que, décidément, ce prénom-là hantait trop son monde mental. Il prit la
résolution de chercher à en connaître davantage au sujet de
saint Jacques afin de mieux se guider à l'avenir.

Sautant du coq à l'âne, Steiner laissa aller le flux quelque
peu anarchique de ses pensées vers la Deuxième Guerre

mondiale et s'absorba dans les nombreuses images qu'elle ramenait à la surface de sa conscience. Des images d'horreur pour la plupart, encore des charniers et aussi des bombardements au phosphore, des camps de concentration, des hordes de fugitifs et des villes rasées. Il glissa ensuite en arrière, pour se concentrer sur les tranchées de la Grande Guerre, qu'il voyait clairement envahies de gaz moutarde, avec de gros rats pataugeant dans la boue à la recherche de cadavres. Et il déplora sincèrement qu'il n'y ait pas eu de Bosch ou de Callot pour peindre ces formidables hécatombes.

Dommage, tout ça va bientôt tomber dans l'oubli. Et combien d'autres tragédies du genre n'ont-elles pas eu lieu depuis que l'homme est sur terre, et dont personne d'autre que moi ne se soucie plus ? C'est regrettable que je ne puisse pas m'en inspirer comme je m'inspire de l'œuvre de Bosch pour devenir quelqu'un d'autre que ce Lukas de jadis.

Il pensa aussi que Steiner était un nom allemand. Celui dont le curé Stephen disait qu'il était son père pouvait très bien avoir participé aux odieux massacres qu'il venait d'évoquer. Si tel était le cas, peut-être aussi que son grand-père était mort dans les tranchées de la Grande Guerre et qu'il avait tout bonnement été dévoré par des rats. Ce n'était pas probable, mais c'était possible, et Steiner ne se voyait pas en droit d'écarter ces hypothèses à la légère. Sinon, pourquoi avait-il reçu un message de Bosch ? Dans ce sens, il n'était pas non plus impossible qu'il appartînt à une lignée d'individus reliés à la guerre, aux hécatombes et aux épidémies. Chacun de ses ancêtres aurait pu très bien avoir échappé comme par miracle au sort de ses semblables, dans l'unique dessein de se souvenir et d'en porter témoignage. Cette hypothèse osée avait cependant l'avantage de jeter une lumière sur le fait qu'un marin amena un jour un bébé dans un orphelinat, et ce, très discrètement, pour que l'enfant eût la vie sauve.

Était-il désespéré à ce point-là, pour abandonner son fils ? Ou, au contraire, peut-être qu'il ne l'a pas abandonné mais a sauvé la vie du petit en le laissant incognito à l'orphelinat. Sinon, pourquoi ce serait un marin étranger qui aurait amené le nouveau-né chez les curés plutôt qu'une femme de la ville ? Ce sont les femmes qui abandonnent leurs bébés quand elles sont abandonnées par les hommes, pas le contraire. Qui sait si Martin Steiner n'était pas plutôt un héros, comme je m'apprête à le devenir ? L'histoire serait alors tout autre, et cette ordure de père Stephen aurait comploté avec ses complices pour me cacher ma véritable destinée.

Ravi par ce tournant exaltant de son histoire possible, Steiner ne s'encombra plus de la probabilité des hypothèses et se laissa aller à diverses fantaisies, chacune plus captivante que l'autre. Sans plus ressentir de haine, il s'abandonna alors paresseusement à la mélancolie et à l'attendrissement. La possibilité d'appartenir depuis toujours à une longue lignée de témoins du monde et de l'humanité lui était très agréable ; cela lui conférait le rôle du dernier aristocrate voué à la charge de dire et de représenter l'histoire de la déchéance et de la folie des hommes.

Encore stupéfait devant cette explication aussi englobante que cristalline de sa présence dans les tableaux de Bosch, Steiner se sentit aussitôt dans l'obligation de penser aussi aux crimes commis par les Espagnols durant la découverte et l'occupation du continent américain. Il vit alors défiler dans son esprit les nombreux massacres perpétrés par la soldatesque ibérique contre les civilisations autochtones au nom de la chrétienté. Surgirent dans son esprit les villes et les pyramides mayas, aztèques et incas vidées de leurs habitants, envahies inexorablement par une végétation vorace en forme de gribouillis, avec des racines et des lianes tentaculaires, les troncs d'arbres broyant littéralement les blocs de pierre pour tout ensevelir dans l'oubli des forêts tropicales.

Couché nonchalamment dans son lit, encore un peu fiévreux, il se laissa bercer par ce panorama de l'absurdité humaine et ne vit pas le temps passer. Avant que la nuit ne tombât, il replongea dans un sommeil profond et envahi par les rêves.

Steiner se réveilla avant l'aube, avec une soif intense et une étrange sensation de légèreté proche de l'ivresse. Son visage dans le miroir de la salle de bains lui parut amaigri, avec des cernes profonds sous les yeux, et la barbe de quelques jours accentuait sa ressemblance avec les Christ de Bosch. Il ressentit aussitôt une grande joie et tenta de mimer

un faciès correspondant à son idée de la mansuétude. Peu à
peu, ses réflexions de la veille lui revinrent à l'esprit, et il
éprouva la certitude d'avoir enfin résolu le mystère de sa
destinée. Il n'y avait pas de doute, il était la conscience du
monde, peut-être même l'unique exemplaire vivant de cette
lignée aristocratique d'artistes et de penseurs dont la tâche
consistait à garder intacte la représentation du sort de
l'humanité. La magnitude de cette charge ne l'effrayait pas,
même s'il ressentait le poids de cette responsabilité et les
risques que cela comportait. Il ne s'étonnait plus par consé-
quent d'être assailli comme il l'avait toujours été par les
menaces constantes d'ennemis redoutables. Comment cela
aurait-il pu être autrement, vu la fonction qu'il représentait ? Et
pour la première fois de sa vie, il ne ressentit pas de haine
envers ses ennemis, en dépit de toutes leurs fourberies. Steiner
saisissait enfin pourquoi ils souhaitaient le détruire par tous les
moyens : c'est qu'il était le plus puissant, à cause de ses moyens
psychiques de représentation de l'humanité et de sa conscience
de la corruption universelle. Il les comprenait et déplorait leur
aveuglement ; mais sans colère maintenant, puisqu'ils étaient le
pendant nécessaire et inévitable d'un homme de sa puissance.
Ses ennemis devenaient ainsi, étrangement, son complément et
la garantie de sa propre position dans le monde. Non pas qu'il
les acceptât, au contraire, il se promettait de les combattre et
d'esquiver leurs assauts avec une opiniâtreté accrue depuis
qu'il avait saisi l'importance de garder intacte son âme. Mais
ses ennemis, par leur existence même comme forces de l'obscu-
rantisme, ennoblissaient sa propre quête et lui redonnaient à
chaque instant une raison d'être.

Steiner éprouva alors une sorte de sérénité jubilatoire et
décida de revenir à sa vie de tous les jours pour mieux
préparer ses défenses contre les agents du désordre. Il commença par sa gymnastique, qu'il accomplit tant bien que mal
et avec un grand effort de volonté. Ensuite, il se doucha longuement et se rasa pour effacer les traces des souffrances spi-
rituelles des derniers jours. Il s'habilla de vêtements propres
et mangea de bon appétit un plat de pâtes avec des sardines,
accompagné d'une bière.

Il marcha lentement jusqu'à son lieu de travail, content de lui-même et de l'état du monde sorti des ténèbres de la nuit. Chemin faisant, cependant, la seule décision raisonnable dans sa situation s'imposa à lui comme inévitable : il fallait fuir. Il fallait qu'il disparaisse sans laisser de trace et sans éveiller le moindre soupçon dans son entourage. Le secret qu'il détenait était trop important pour risquer qu'il tombât dans les mains de ses ennemis. Sans doute qu'en ce moment précis ils étaient en train de comploter pour polluer son âme et détruire son esprit, avant de sacrifier son corps. Il ne s'acharnerait plus à lutter, car c'était absurde de tout risquer. Fuir était la seule stratégie valable pour garder le trésor de sa conscience et pouvoir continuer sa tâche de témoin de la folie humaine. Mais fuir et disparaître de façon à ce qu'ils ne le retrouvent jamais. Pour cela, il lui faudrait mobiliser toutes les ressources de sa formidable logique, il lui faudrait déployer des ruses spectaculaires et envoyer ses persécuteurs sur de fausses pistes jusqu'à ce qu'il fût hors de danger, avec une identité d'emprunt. À l'instar de Jérôme Bosch, et sans doute de tant d'autres comme lui, disparus sans laisser de témoins, ne fût-ce que l'ombre d'un tombeau. Steiner se sentait condamné à l'exil, une fois de plus.

À la bibliothèque, il fut accueilli par Bilodeau qui s'empressa de s'enquérir de son absence de la veille. Un curieux dialogue eut alors lieu entre les deux hommes.

— Êtes-vous encore malade, Steiner ? Je me faisais du souci pour vous. Vous avez l'air mal en point.

— Ce n'est rien, monsieur Bilodeau. Je me sens déjà en pleine forme. Hier, j'avais encore un peu de fièvre et j'ai cru bon de ne pas venir pour ne pas risquer de vous infecter avec mes miasmes. Ces vaccins sont un véritable coup d'assommoir.

— Des vaccins, vous dites, Steiner ? Contagieux ?

— Ce n'est pas contagieux, du moins c'est ce qu'on m'a dit à l'hôpital. Mais je me sentais si mal que j'ai préféré ne pas prendre de risques. On ne sait jamais avec ces vaccins multiples pour les contrées équatoriales.

— Ah! bon!... Vaccins multiples? Allez-vous en voyage dans le sud?

— Oui. Je prends mes vacances dans quelques jours et j'ai accepté l'offre d'un ami pour faire une excursion en Amazonie. Afin de voir les ruines incas découvertes dans la forêt. Pour y aller, il faut être vacciné contre tout, figurez-vous: malaria, dengue, typhus, fièvre jaune, choléra, peste bubonique et autres petites bestioles hybrides aux noms bizarres. J'ai donc été vacciné contre toutes les misères qui existent, peut-être même contre la lèpre et la syphilis. Comme vous pouvez voir, j'ai survécu pour en témoigner. Ils vous injectent ça d'un coup, par une série de piqûres et, si vous ne crevez pas immédiatement, vous êtes immunisé pour toujours. C'est si dangereux qu'il faut leur signer une décharge, au cas où votre organisme ne serait pas à la hauteur du choc.

— Eh bien, Steiner, vous m'étonnez! L'Amazonie... Je ne savais pas que vous étiez aventureux à ce point-là.

— Il n'y a rien là, monsieur Bilodeau. Mon copain organise tout le voyage. Le seul point dangereux est celui des vaccins. Le reste, c'est du plaisir. J'aime les voyages à saveur culturelle. Pas vous?

— Si, mais pas aussi osés que l'Amazonie. Et je ne sais pas si je serais capable de survivre aux vaccins. Je n'ai pas votre charpente.

— La charpente n'est rien; c'est l'esprit qui compte. Mon ami, le docteur Zvat, microbiologiste à l'Hôpital général, est tout chétif, mais il a une santé de fer et a survécu à pire que ça.

— Partez-vous pour longtemps? Ce sont des voyages chers, non?

— Trois semaines, environ. Heureusement, ce n'est pas moi qui paye. J'accepte de courir quelques risques pour aider des microbiologistes de l'expédition, et rendre ainsi un petit service à la science. Et ça me fait voir du pays. Mes vacances finissent au début de septembre, et il faut que je sois de retour pour qu'on s'attaque aux préparatifs du déménagement dans le nouvel édifice. Ce sera le bordel ici, monsieur Bilodeau. Mais vu que j'aurai été vacciné contre la peste bubonique, les rats de la cave ne me feront pas peur.

— Quelle horreur! J'ai grande hâte de partir de cet immeuble infect. Enfin une bibliothèque moderne, digne de ce nom, sans rats et entièrement informatisée.

— Pourvu que ce soit vrai, monsieur Bilodeau. Je me croise les doigts. Pensez-vous qu'on nous donnera des cours d'informatique? Je compte m'acheter un ordinateur dès septembre pour m'entraîner aux techniques modernes. Il faut être de son temps, après tout.

— Sans doute. Je ne connais pas encore les détails de la formation du personnel, mais vous faites bien de vous mettre au courant. L'informatique, c'est l'avenir, non pas ces caisses poussiéreuses où nous fourrons les inclassables.

— Je l'espère, monsieur Bilodeau. Je l'espère de tout mon cœur. Sinon, c'est le rat qui sortira gagnant.

— Sans doute, Steiner, vous avez raison. Alors, bonne journée, et tâchez de ne pas vous surmener juste avant vos vacances. Vous passerez plus tard au bureau pour signer votre avis de vacances et aussi votre feuille d'absence pour hier. J'espère que vous aurez des photos à votre retour de voyage, pour nous montrer l'Amazonie.

— Bien sûr! Mon ami Zvat, qui est aussi photographe, va me prêter un appareil numérique pour le voyage. Il paraît qu'il fait si chaud et humide là où je vais que les livres se transforment en paquets gluants de pâte pourrie en moins de deux. La moisissure, monsieur Bilodeau. Alors, pas question de photos sur pellicules, là-bas.

Comme l'affluence à la bibliothèque était plutôt faible, Steiner put se consacrer discrètement à la recherche et à la lecture de livres sur saint Jacques. Il savait que les autres employés parlaient de lui, qu'ils commentaient son voyage prochain avec admiration et envie, et cela lui semblait agréable et profondément rassurant.

6

La découverte qu'il était la conscience du monde, le témoin privilégié de la bêtise et du désordre de l'humanité, ferma définitivement la boucle de ses déductions. Steiner n'avait plus de doutes ni d'incertitudes, car même l'acharnement de ses ennemis lui apparaissait dans toute sa cohérence et sa nécessité. Fini le temps de l'anxiété diffuse, où il se posait continuellement des questions sans réponses et où il se méfiait sans trop savoir pourquoi. Tout était devenu limpide : son état continu de vigilance était la seule attitude convenable pour un homme investi de sa charge et entouré d'ennemis disposés à éteindre la lueur de lucidité dans les ténèbres qu'était son esprit en alerte. De ce fait, paradoxalement, même son ancienne insécurité cédait la place à son sens du devoir. Il connaissait maintenant le danger, qu'il devait affronter par un comportement rigoureux et prudent. Tel un agent secret allant au combat derrière les lignes ennemies, Steiner pouvait évaluer avec précision ses chances de succès. Il évacuait ainsi l'angoisse de sa vie pour ne plus ressentir qu'une tension revigorante.

Son projet de fuite avait en outre l'avantage de brouiller définitivement toutes ses pistes, y compris son passé et son nom. Il lui ouvrait de merveilleuses perspectives d'aventures excitantes et d'identités glorieuses, d'avenir intact, sans les boulets qui l'avaient toujours accablé. Steiner se sentait soudain très léger, sûr de lui, un simple inconnu parmi la populace, un peu comme il s'était senti autrefois en quittant Terre-Neuve pour s'établir à Montréal. Ses fantômes l'avaient tout de même rattrapé depuis, peut-être à cause de son séjour trop prolongé dans sa caverne d'ermite sous la bibliothèque municipale. Il se promettait d'agir autrement cette fois, pour ne pas rater sa chance, de mener une vie d'errance et d'emprunter de multiples identités pour mieux semer ses adversaires. Même si le combat allait être long, avec la mort inexorable au bout du chemin, il continuait à jubiler. Chaque jour gagné contre les forces de l'oubli et du désordre serait une victoire concrète à savourer et une humiliation infligée à ceux qui le détestaient. Cela devenait une sorte de jeu ; un jeu mortel, certes, mais un jeu tout de même, contrairement à son existence antérieure de bête traquée. C'était si réconfortant qu'il ne pouvait pas s'empêcher de sourire, gagné par un sentiment de toute-puissance, presque d'éternité.

La réflexion sur les moyens à prendre pour disparaître sans laisser de trace était déjà, à elle seule, un véritable divertissement. Il fallait de la ruse mais aussi de l'organisation pratique, et même une apparence candide pour arriver à ses fins. Du sens de l'humour également, pour piéger ses opposants comme il venait de piéger Bilodeau et ses compagnons de travail avec l'histoire de l'Amazonie. Ces gens-là, qui croyaient le connaître et qui sans doute le méprisaient, voilà qu'ils se retrouvaient confondus, presque envoûtés par ce Lukas Steiner inconnu. Ils seraient bien obligés de réviser leurs opinions de pauvres types. Sans compter que cela brouillerait aussi sa piste après la fin de ses vacances. Les recherches pour le retrouver, si jamais ils le cherchaient, commenceraient par le bourbier de la jungle latino-américaine, et cela lui ferait gagner une précieuse avance.

Ces nouvelles dispositions n'eurent pas pour effet de le faire baisser sa garde ou agir avec frivolité. Même satisfait, Steiner pouvait toujours compter sur sa nature sérieuse pour se soustraire à toute dissipation. Il garda ses bonnes habitudes de surveillance de son appartement et des environs ainsi que son état d'alerte lorsqu'il était en promenade et au travail. Même qu'il redoubla d'attention envers les présences suspectes et les faits insolites au fur et à mesure que ses préparatifs de départ avançaient. C'est que chacune de ses nouvelles décisions lui coupait plusieurs points de fuite possibles et rétrécissait ainsi le champ de ses options. Il n'oublia pas non plus de continuer à jouer son rôle de témoin de la déchéance du monde. S'il espaça un peu ses promenades nocturnes par souci de préserver son équilibre psychique, il sortait encore pour exercer son imagination diabolique et pour cueillir d'autres figures de la corruption humaine. Par ailleurs, il se faisait un devoir de revoir en pensée, juste avant de s'endormir, divers épisodes significatifs de la bêtise des hommes, variant les époques à souhait pour ne pas s'ennuyer et ne rien négliger. Il balayait ainsi sa mémoire avec le faisceau lumineux de son champ d'attention à la recherche des meilleurs plans, tantôt de certains passages bibliques avec leur folie nationaliste et meurtrière, tantôt des conquêtes génocides des Occidentaux en Amérique et en Afrique. Allant de la peste noire à la grippe espagnole, sans oublier les OGM, il passait aussi, comme du coq à l'âne, de l'esclavage des Noirs aux déportations en Sibérie, des invasions barbares aux croisades et à la guerre du Golfe. Steiner n'oubliait jamais les images de Bosch, qu'il pouvait appliquer à loisir à d'innombrables moments de l'histoire universelle. Entraîné par la pratique, il arrivait déjà, dans le calme de son salon, à se représenter dans le moindre détail divers épisodes de l'histoire de l'île de Montréal, en reculant s'il le voulait jusqu'aux temps préhistoriques, ou en avançant jusqu'à sa destruction finale, telle celle d'une nouvelle Sodome, par le réchauffement de la planète et par les épidémies grippales venues d'Asie. Après ces longues séances de cinéma imaginaire, son sommeil était particulièrement paisible et rempli de rêves qui ne lui faisaient plus peur.

Sa démarche suivante consista à mettre à l'abri sa vaste collection de gribouillis, qui ne devait en aucun cas tomber entre les mains de ses ennemis. Il hésitait à détruire ces documents sans doute d'une grande valeur hermétique et souhaitait vraiment les voir conservés pour les générations qui survivraient aux catastrophes futures. Mais conservés par des institutions culturelles de grand renom et, surtout, sans être reliés d'aucune façon à sa propre personne.

Mes feuillets seront gardés comme les tableaux de Bosch, pour être un jour décryptés par des experts. Ceux-ci devront alors échafauder leurs théories sur l'auteur de ces inscriptions, quitte à inventer un nom comme ils l'ont fait pour la personne de Bosch. On saura uniquement qu'ils ont été expédiés depuis Montréal, mais seules des analyses très poussées pourront dire s'ils ont vraiment été faits au Canada.

Steiner tria minutieusement les paquets de feuilles gribouillées selon l'époque de leur production, mais aussi selon le type de graphisme qu'ils contenaient, selon le type de papier et selon des critères esthétiques concernant l'impression d'ordre ou de désordre qui se dégageait des dessins. Étant donné la quantité et la variété de sa production, ce travail lui prit quelques nuits, pendant lesquelles il se laissa épater par ces témoignages graphiques de sa vie adulte et de ses recherches. La contemplation de ces innombrables feuilles noircies au crayon le renforça dans la certitude que ses ennemis donneraient des fortunes pour s'en emparer, et il se félicita encore une fois de sa décision de disparaître après avoir mis ces documents en lieu sûr.

Il enveloppa les diverses chemises contenant ses gribouillis dans des feuilles de plastique et les rendit ensuite presque étanches avec un épais ruban adhésif. Il en fit une douzaine de colis à l'aide de papier d'emballage et d'une généreuse quantité de ruban pour qu'ils soient à l'épreuve des chocs ou de manipulations peu soigneuses durant le transport. Steiner adressa chacun de ces paquets à des institutions prestigieuses, comme la British Library et le British Museum, à Londres, la Bibliothèque nationale de France et le musée du Louvre, à Paris, le Museo del Prado, à Madrid, la Congress Library, à Washington, et la Beinecke Rare Book and Manuscript Library, de l'université Yale. Il n'oublia pas non plus les recteurs des universités d'Oxford, de Cambridge, de Harvard et du Trinity College, à Dublin, qui lui semblaient être des personnalités au-dessus de tout soupçon et qui sauraient remettre à qui de droit ses gribouillis. Il maximisait ainsi ses chances de voir ses œuvres étudiées par des chercheurs d'allégeances et de domaines culturels variés. Mais il évita d'adresser des envois à des institutions en Allemagne, aux Pays-Bas ou en Belgique, à cause des rapports de proximité de ces endroits avec les figures de Jérôme Bosch et un marin appelé Martin Steiner. Son anonymat lui semblant ainsi bien gardé, il expédia ces colis à quelques jours d'intervalle et depuis diverses agences postales de Montréal. Pour plus de garanties, il inventa pour ses différents envois des expéditeurs aux noms fantaisistes, mais toujours suivis de plusieurs lettres, de manière à attirer l'attention de ces destinataires prestigieux. Steiner comptait aussi effectuer un dernier envoi directement aux archives du Vatican, envoi qui contiendrait les gribouillis qu'il allait faire d'ici son départ. Maintenant qu'il avait acquis la conscience de son rôle, ces derniers feuillets gribouillés seraient d'une nature beaucoup plus difficile à décrypter; il ne courait donc pas de grands risques en les faisant entreposer à proximité des tableaux disparus de Jérôme Bosch. Le fait qu'ils étaient maintenant peuplés de créatures inspirées des monstres du peintre enverrait une mise en garde claire aux curés: quelqu'un, quelque part, savait qu'ils avaient caché les tableaux soi-disant disparus du grand maître.

Après avoir placé l'ensemble de ses gribouillis en lieu sûr, et assez content de cette tactique postale, Steiner conçut l'idée de s'envoyer quelques lettres d'insultes et de menaces. Ces lettres brouilleraient encore plus sa piste après sa disparition; sa concierge se ferait un plaisir et un devoir de les donner à la police, en ajoutant vraisemblablement des commentaires de son cru. Et il avait déjà un excellent projet concernant madame Arsenault. Celle-ci avait d'ailleurs une attitude de plus en plus osée envers Steiner. Elle cherchait des privautés sans doute licencieuses par des sourires mielleux, des salutations subites au tournant des couloirs et de grands décolletés offerts à la vue comme des étals de boucher. Elle ne se gênait plus pour lui offrir continuellement ses services, comme nettoyer son appartement, laver son linge ou lui faire à manger. Steiner savait qu'elle allait mordre à l'appât.

En se servant de diverses sortes de papier, y compris des formulaires officiels de la bibliothèque, ainsi que d'écritures variées, Steiner composa des lettres très laconiques et énigmatiques, toutes anonymes naturellement, où il était qualifié de « sale rat destiné à crever comme une vermine », de « misérable imposteur », de « maudit bâtard revenu de l'oubli », et d'autres expressions du même acabit. Les menaces qu'elles contenaient étaient cependant très claires : il y était question d'anciens comptes à régler, de gueules et de jambes cassées, et aussi de la disparition à jamais de son cadavre et de ceux des autres membres de sa famille. Pour épicer la sauce, il ajouta à quelques-unes d'entre elles des coupures de journaux mentionnant des faits divers sanglants.

Steiner commença aussitôt à poster régulièrement ses missives depuis diverses boîtes aux lettres, un peu partout dans la ville, et à les attendre ensuite avec impatience. Il était certain que le facteur et sa concierge surveillaient sa correspondance ; qu'il se mît soudainement à recevoir des lettres de différents formats et épaisseurs ne passerait pas inaperçu à leurs yeux inquisiteurs. Dès qu'une lettre arrivait, il l'examinait avec sa loupe et cherchait des indices de bris de l'enveloppe ou de toute autre indiscrétion. Il l'ouvrait et la gardait ensuite avec les autres dans le tiroir de la cuisine, où elles seraient inévitablement découvertes après son départ. Mais il ne laissait transparaître dans son comportement aucun des signes d'angoisse que ce genre de missives aurait dû normalement provoquer.

Le pas suivant consista à effacer toutes les traces de son passé dans l'appartement. Steiner commença par détruire tous les papiers qui pouvaient servir à l'identifier et ne garda que son passeport, sa carte de crédit et sa carte bancaire. Tout le reste y passa : ses papiers d'emploi, les reçus et les anciens formulaires de déclaration d'impôts, ses cartes d'assurance maladie et d'assurance sociale, son permis de conduire et même son extrait de baptême émis par l'orphelinat. Il fit ainsi table rase de ces documents compromettants avec un réel sentiment de soulagement, comme s'il enterrait un personnage encombrant. Une fois que la fouille des tiroirs, des armoires et du dessous des meubles s'avéra négative, il s'occupa des livres. Il rapporta d'abord peu à peu à la bibliothèque tous les volumes qu'il y avait dérobés au cours des ans — une vingtaine tout au plus —, et les classa à des endroits fantaisistes, comme derrière d'autres livres, sur les étagères et parmi les périodiques anciens, pour qu'ils aient l'air d'avoir été égarés par hasard lorsqu'on les retrouverait. Ensuite, il s'occupa de faire disparaître les livres auxquels il tenait le plus, en ne laissant sur place que ceux qui lui paraissaient non signifiants, sans rapport essentiel avec sa personne. Ce lui fut, certes, très pénible de se séparer de ces livres, même si c'était le seul moyen de vraiment brouiller toutes les pistes menant à lui. Il se consola à l'idée que ces livres fétiches avaient déjà rempli leur rôle de formateurs de son esprit. De toute manière, il les conservait par pur attachement passéiste, lequel n'avait plus de raison d'être depuis qu'il avait été investi de la fonction de pèlerin. Il les posa, un à un, respectueusement, dans des poubelles publiques éloignées de son immeuble, dans des boîtes aux lettres, ou il les abandonnait discrètement, la nuit, dans des wagons de métro vides. Chacune de ces sorties était pour lui l'occasion de se remémorer des faits saillants du livre en question et de lui dire adieu bien chaleureusement. Steiner se défit ainsi d'un lot de livres hétéroclites, qui l'avaient accompagné pendant longtemps, et auxquels il revenait souvent dans des moments de détresse, parfois sans trop savoir pourquoi au juste : *Dracula* et *Frankenstein*, naturellement, mais aussi *Martin Eden*, *Moby Dick*, *Don Quichotte*, *Les âmes mortes*, *Le maître de jeu*, *Les frères Karamazov* et *Les démons*, *Moravagine*, *Ainsi parlait Zarathoustra*, *Le loup des steppes*, *Voyage au bout de la nuit*, *Faim* et *Pan*, *Brumes*, *La nausée*, *La sainte Bible*, *L'odyssée*, *L'art de la guerre*, *Musachi*, *Le Moine*, ainsi que des recueils de poèmes de Blake, de Baudelaire, de Verhaeren, et des nouvelles de Poe et de Lovecraft. Il garda seulement sa brochure avec les reproductions des tableaux et les photocopies des dessins de Bosch, qu'il comptait emporter dans sa fuite pour continuer à s'en inspirer.

L'idée de disséminer ainsi ce qu'il avait de plus précieux lui donna celle de faire un testament, mais en empruntant des éléments fictifs d'identité, tout en conservant son nom et son adresse réels. C'était un autre élément pour confondre les enquêteurs et ses ennemis après son départ. Un document dûment notarié mettrait les gens sur une drôle de piste, car il s'agirait de quelque chose de très officiel et qui ne pourrait en aucun cas être écarté à la légère.

Il ne fut pas très facile d'obtenir immédiatement un rendez-vous en plein été, et Steiner dut se résigner à payer le gros prix dans un bureau très prestigieux de notaires anglophones au quinzième étage de la Place-Ville-Marie.

Tant mieux, cela brouillera davantage mes traces. Ces gens témoigneront que leur client, monsieur Lukas Steiner, était bel et bien un unilingue anglophone, avec un accent irlandais, un homme assez riche au demeurant, et qui testait parce qu'il était atteint d'un cancer en phase terminale.

Le jour convenu, Steiner se présenta au rendez-vous vêtu de son meilleur costume et portant des lunettes de lecture qu'il venait d'acheter dans une pharmacie. Il fut reçu par un jeune homme un peu rondelet et tiré à quatre épingles, qui se présenta comme étant maître Rabinovitch. Steiner, avec une mine abattue par la maladie mais très digne malgré tout, lui présenta les détails de sa situation et demanda à la fois la discrétion la plus totale et de la célérité dans la préparation du document. Les médecins les plus optimistes lui donnaient à peine quelques semaines de sursis, et il désirait que tout fût en ordre au moment de son décès. Maître Rabinovitch, soit parce qu'il était habitué à des circonstances pareilles, soit parce qu'il était trop jeune et impressionnable, garda un silence respectueux ponctué d'assentiments de la tête, comme s'il était à la synagogue. Il ne demanda aucune pièce d'identité et parut croire Steiner sur parole lorsque celui-ci affirma léguer tous ses biens meubles et immeubles à son jeune neveu, monsieur Zvatopluk Rikanek, acteur de cinéma à Prague, en République tchèque. L'adresse fantaisiste du légataire fut acceptée par le notaire sans un battement de cils. Quant à l'exécuteur testamentaire, Steiner choisit la personne même du légataire, et à défaut de celui-ci, celle de monsieur Gustave Bilodeau, sous-directeur de la Bibliothèque centrale de Montréal. En outre, monsieur Rikanek s'occuperait des formalités funéraires du testateur dans la plus grande discrétion, mais en suivant les rites communément acceptés par la

Sainte Mère Église Catholique et Apostolique Romaine. Il souhaitait — mais laissait la décision des procédures au légataire — être inhumé le plus vite possible, sans exposition publique, au petit cimetière Saint James, dans sa ville natale de Limerick, au bord de la rivière Shannon, en Irlande.

— Voilà, maître, conclut Steiner en forçant sur son accent irlandais appris du père Stephen. Quand puis-je venir signer et prendre possession du document ?

— Vous pouvez revenir demain, vers dix-sept heures, et tout sera prêt pour la signature. Le testament aura alors force légale. Mais je ne peux pas vous fournir de copie avant quelques semaines, malheureusement. C'est le temps normal pour l'enregistrement. Nous vous l'enverrons chez vous.

— Je ne serai peut-être plus en état de le recevoir…

— Je comprends, répondit le notaire avec de nombreux battements de cils et en remuant dans son fauteuil. Vous avez toute ma sympathie, cher monsieur Steiner. Il suffira d'avertir votre héritier, et il s'adressera directement à notre cabinet. Faites-le au plus vite et tout sera en ordre.

— D'accord, maître Rabinovitch, même si c'est fâcheux de ne jamais pouvoir toucher ce document. Je vous fais confiance. Essayez tout de même d'accélérer son envoi. Qui sait si les médecins ne se trompent pas pour une fois ?

— Nous ferons tout notre possible pour accélérer l'envoi et nous expédierons aussi une notification à votre neveu, si vous le désirez. Il y a encore une petite chose à ajouter, monsieur Steiner. Ne désirez-vous pas consigner le détail de votre legs dans le document ? Ce n'est pas obligatoire, bien sûr, mais il s'agit d'une habitude qui facilite beaucoup le travail de l'exécuteur testamentaire. Dans des circonstances pénibles, ça lui évitera des recherches aussi longues que coûteuses.

Steiner hésita un moment et crut alors percevoir ce qui pouvait être le soupçon d'un sourire ironique sur le visage du notaire.

Se pourrait-il que cette vermine ait des doutes sur ce que je viens d'affirmer pratiquement au bord de ma sépulture ? Ou pense-t-il du haut de sa vanité de notaire que je suis un va-nu-pieds ?

— Bon, répondit-il en faisant mine de réfléchir. Si c'est l'habitude... Mon neveu connaît bien l'héritage que je lui réserve, mais si c'est l'habitude. Je n'entrerai pas dans le détail, au cas où je ne serais plus là à l'arrivée trop tardive de ce document, question de prudence et de convenance envers monsieur Rikanek. Mais voilà : il s'agit de mes portefeuilles de placements et de mes comptes bancaires au Trust Royal et à la banque Toronto Dominion ici au Canada, et au Crédit lyonnais en France. Mes propriétés immobilières à Vancouver, dont mon appartement personnel, ainsi que ma maison de campagne dans la banlieue de Dublin. Enfin, quelques petits intérêts que je détiens dans la Canadian Steamship Lines. Tous les documents concernant ces avoirs, y compris les titres de propriété, se trouvent dans mon coffre au siège du Crédit lyonnais à Paris. Mes appartements à Montréal et à Paris ne sont que des pied-à-terre que je loue, et leur contenu ne vaut pas la peine d'être mentionné. Mon neveu en disposera. Je crois que c'est tout. J'espère que votre cabinet offrira de l'aide à mon neveu pour les procédures, et des conseils s'il le faut. Le jeune Zvatopluk est un artiste...

Na ! Petit con !

À mesure qu'il parlait, le notaire s'était redressé dans son fauteuil comme si ce dernier était couvert de clous et prenait des notes d'un air nerveux, multipliant les hochements de tête et les battements de cils. Cela remplit Steiner d'une grande satisfaction et l'aida à se composer un visage plein de mansuétude pour accueillir le regard de maître Rabinovitch.

Steiner sortit de chez le notaire le cœur léger, se sentant particulièrement magnanime après avoir réglé une question si importante. Ce cabinet sélect, qui comptait en outre plusieurs avocats-conseils auprès de grandes compagnies, le remplissait de confiance, et il ne regrettait pas les mille dollars qu'il venait de dépenser, d'autant plus que la secrétaire avait accepté qu'il règle la note au moyen de sa carte de crédit. Son seul regret était celui de ne pas pouvoir faire comme l'écrivain Stevenson, qui avait légué sa date d'anniversaire à une fillette triste. Steiner savait très bien que son anniversaire était une abstraction concoctée à l'orphelinat, où l'on donnait aux enfants une date de naissance fictive qui correspondait avec la fête du saint de leur prénom. C'est pourquoi il détestait tant la date de naissance officiellement inscrite sur ses documents ainsi que le prénom Lukas. Par ailleurs, les trois cent soixante-quatre jours restants lui paraissaient trop aléatoires, et il n'arrivait jamais à en choisir un. Ce petit souvenir mélancolique, rangé parmi ses remords, s'était glissé dans son esprit pendant qu'il donnait la liste de ses biens au notaire. Il se contrôla cependant pour ne rien laisser transparaître, sinon maître Rabinovitch aurait pu soupçonner qu'il était non seulement un orphelin mais aussi un bâtard. Malgré cela, il se trouvait très élégant dans ce costume qu'il ne portait jamais et qui le déguisait au point de le faire sentir dans la peau du testateur riche.

Il allait d'un pas débonnaire, admirant les devantures des magasins chics avec la nette impression que tout cela était à sa portée. Dommage qu'il n'eût vraiment pas besoin d'autres vêtements élégants ni d'une montre de marque, puisqu'il allait bientôt disparaître. Mais il ne pouvait pas laisser passer sans le souligner un événement si important dans la vie d'un homme, la rédaction de son testament, et il décida de le célébrer en s'offrant un souper dans un bon restaurant. Lorsqu'il remonta la rue Peel, la façade du Café Ferreira, qui commençait à se remplir, attira son attention, et il entra pour aller s'attabler au fond de la salle, selon son habitude. Steiner se sentait soudainement de bonne humeur, comme s'il était un simple touriste de passage. Il commenta avec le garçon la décoration des murs et, apprenant qu'il s'agissait d'un restaurant portugais, il pensa que c'était de bon augure. En effet, Lisbonne possède un des plus merveilleux triptyques de Jérôme Bosch, et sa présence dans ce restaurant, justement pour célébrer son testament, ne pouvait pas être fortuite. Pendant un moment, il regretta de ne voir sur les murs aucune des bestioles du peintre, mais se ravisa aussitôt à l'idée que c'était mieux ainsi, que c'était plus discret dans les circonstances, et il se réjouit en pensant que les clients et les serveurs ne pouvaient pas connaître la nature de ses réflexions. Rassuré, il se consacra au repas, mais avec la nette impression que tout cela ressemblait d'une manière quelconque au tableau *Les noces de Cana*, y compris la façon dont le garçon moustachu se penchait pour lui expliquer le menu. Il ne manquait que Cindy à ses côtés.

Steiner choisit une entrée de calmars grillés à l'ail, qui allait à merveille avec le vin blanc conseillé par le sommelier. La morue qui suivit était aussi exquise et fit naître sa décision d'aller sans faute au Portugal pour se recueillir devant le triptyque du Museu de Arte Antiga. Au dessert, il pencha immédiatement pour une friandise que le garçon appela *natas do céu*, ce qui voulait dire «crème céleste». Avec une pareille appellation, si cohérente avec son état d'esprit du moment, il ne se trompait pas. En effet, c'était délicieux, et cela allait aussi très bien avec le porto millésimé dont il reprit un verre. Avec le café, on lui proposa une sorte de grappa tout aussi raffinée, et refroidie à point, qu'il se fit servir deux fois de suite comme aide à la digestion. C'était tout à fait hors de l'ordinaire pour lui de manger aussi copieusement. Mais il se rassura à la pensée qu'il devait bien se nourrir durant les jours qui lui restaient avant le départ, pour reprendre des forces en vue de ce qu'il allait devoir affronter par la suite. Il s'efforça tout de même de chasser de son esprit l'idée de sa fuite, afin de ne pas gâcher la célébration de son testament avec des idées sinistres ou mélancoliques.

Après le restaurant, Steiner s'arrêta chez le marchand de tabacs et de pipes Blatter & Blatter, où il s'offrit quelques cigares cubains. Puis il remonta vers son appartement d'un pas léger, en fumant et en dégustant nonchalamment la beauté du crépuscule de la fin de juillet. Il savait que bientôt tout allait changer radicalement et il se sentait comme faisant un adieu solennel à son ancienne identité. En effet, Lukas Steiner allait mourir, et son testament devenait le symbole de cette mort prochaine qui serait suivie d'une terrible transfiguration. Mais il cheminait serein, d'une sérénité jamais ressentie auparavant. La certitude d'avoir fait la paix avec la mort le rendait étrangement libre, et il se mit à sourire au souvenir de la phrase de Marc Aurèle: «La mort sourit gracieusement à tous les hommes; il ne nous reste qu'à lui sourire en retour.»

Cette nuit-là, Steiner s'enferma chez lui et ne ressortit pas pour surveiller le monde des ténèbres et des débauches. Il se contenta de boire et de fumer, en songeant aux vies possibles que la fatalité lui avait dérobées. C'était sa façon de refaire la paix avec son passé, de renoncer aux multiples voies imaginaires qui lui avaient tant et tant de fois servi de refuge, de prison et de narcotique. Depuis qu'il avait pris conscience de sa révélation, il avait décidé de ne plus chercher à se venger, mais uniquement de porter témoignage dans son esprit. C'était une tâche trop ardue pour une nature vigoureuse comme la sienne, et elle exigeait ce retour en arrière pour effacer toutes les autres issues rêvées. Au contraire de celle du Christ aux noces de Cana, son heure était venue, et il lui fallait partir du bon pied. C'est ce qu'il fit en cette nuit de méditations. Il regarda sa vie — toutes ses vies et ses passés possibles, tant de fois repassés au fil des ans — avec condescendance, mais sans rien juger pour ne pas devoir pardonner. Il la regarda ainsi, pour la première fois, comme il regardait les peintures de Bosch, uniquement pour s'en inspirer et être en mesure de porter témoignage sur la corruption du monde.

À son dernier jour de travail, Steiner dit adieu à ses collègues d'un ton très détaché, même s'il était fier des encouragements et de l'admiration qu'ils exprimaient au sujet de son voyage en Amazonie. En partant de bonne heure, il se réjouit de ne pas avoir donné suite à son intention première de mettre le feu à la bibliothèque. Une mort rapide, quoique affreuse dans un incendie, lui paraissait une punition trop clémente pour tous ces individus tièdes et paresseux. Ils resteraient là, à moisir comme les livres jusqu'à la retraite, pour continuer ensuite à moisir dans leurs existences frustes et sans doute remplies de petits vices timides. Il s'en alla ravi à l'idée de ne plus jamais y mettre les pieds.

Pourquoi m'en faire, s'ils sont tous avalés par l'abîme béant des fondations de la nouvelle bibliothèque, et s'ils deviennent de simples créatures mécaniques, robotisées par l'informatique au milieu de la folie furieuse des postes pour écouter de la musique et visionner des films ? Qu'ils y crèvent tous !

Steiner remonta le boulevard Saint-Laurent depuis le quartier chinois, histoire d'observer l'activité des putes et des souteneurs pour bien les garder en mémoire. Un peu plus loin, il entra dans une petite échoppe de tatouage et de perçage, annonçant aussi des «dog tags», qu'il avait déjà repérée auparavant. Là, il se fit faire une plaquette d'identification avec l'inscription «Zvat. Steiner — Dublin». Il passa la chaînette avec la plaque autour de son cou et repartit, satisfait de cette nouvelle identité qui l'accompagnerait dans son voyage. Ensuite, dans un magasin d'articles de sport et de surplus de l'armée, il acheta une paire de bottillons de marche aux semelles très épaisses, qu'il enfila aussitôt, ainsi qu'un vieux sac à dos de l'armée. Une fois ressorti du magasin, il jeta ses vieilles espadrilles dans la première poubelle sur son chemin et plia soigneusement le sac pour l'enfoncer dans sa besace. Ces achats devaient rester secrets, tout comme le sac de couchage et la veste imperméable qu'il comptait acheter le lendemain. Surtout, ne pas laisser voir à sa concierge ou aux autres espions de son immeuble qu'il se préparait pour un tel voyage.

Le jour suivant, en allant déposer son chèque de paye à la succursale de sa banque, il s'informa sur la façon d'obtenir le montant de la marge d'emprunt que la compagnie de sa carte de crédit offrait dans chaque relevé mensuel. Le commis lui répondit que cela se faisait sans problème, mais tenta de le persuader qu'il aurait un meilleur taux d'intérêt sur un emprunt fait directement à la banque, et qu'il aurait alors beaucoup plus d'argent pour se procurer une meilleure automobile. Comme cela prendrait quelques jours, Steiner préféra faire affaire avec la compagnie Visa, et il signa les papiers pour que fût aussitôt versée sur son compte d'épargne la somme de mille cinq cents dollars. Après tout, pourquoi hésiter, puisqu'il avait toujours payé régulièrement le montant global de ses factures, même si celles-ci étaient assez modestes, et que la limite de sa carte de crédit était établie à sept mille dollars? Dans une autre succursale, il toucha la totalité de son compte en argent liquide; avec environ six mille dollars en poche, il fit le tour des bureaux de change pour convertir cet argent en euros.

Cette nuit-là, peut-être parce qu'il était très avancé dans ses préparatifs, ou parce qu'il avait trop bien réglé ses comptes avec son passé, Steiner ressentit à nouveau l'angoisse d'autrefois. Il commença par se demander s'il n'était pas observé par des gens très rusés et patients, qui étaient déjà au courant de toutes ses démarches et qui attendaient seulement le dernier moment pour l'attraper et tout faire échouer. Il passa en revue le moindre de ses gestes des derniers jours et constata que ses ennemis ne pouvaient pas relier entre elles ses diverses activités. Le notaire avait été trouvé dans le bottin téléphonique, et Steiner l'avait appelé depuis un téléphone public, sans témoins. Par ailleurs, tout s'était passé sans anicroche à la banque, et son histoire de voyage en Amazonie avait été acceptée avec admiration à la bibliothèque. C'est alors qu'il se souvint à la fois de la façon cavalière dont il avait liquidé son passé et de l'inscription « *cave cave Deus videt* » au centre du tableau *Les sept péchés capitaux*. L'idée que les morts — s'ils restaient vraiment à l'état de spectres, de fantômes ou d'âmes en peine — pouvaient tout savoir de ses préparatifs lui effleura l'esprit, d'abord comme une simple blague, mais exigeant malgré tout réflexion au fur et à mesure qu'il s'y attardait. En effet, c'était là une hypothèse qu'il n'avait pas le droit de rejeter ni d'accepter, puisqu'elle lui paraissait aussi absurde que fascinante. Curieusement, cette pensée le captiva assez pour le calmer, et il se mit alors à imaginer ce que de vrais spectres de son passé pourraient être en train de croire en le voyant agir ainsi. La possibilité qu'ils soient capables de lire ses pensées lui parut trop osée, et il l'écarta aussitôt comme étant une folie. Mais il revint à elle peu à peu, avec un mélange de crainte et d'incrédulité, se demandant même si les spectres n'étaient pas aussi en mesure de l'influencer. Aucune certitude envisageable dans des sphères aussi raréfiées de la métaphysique. Cela lui ouvrait cependant des horizons nouveaux pour la méditation et pour la méfiance, et il se promit de redoubler de prudence dans cette phase finale de ses démarches. Il se consola cependant à l'idée que si jamais les morts pouvaient garder une quelconque influence, son père et Jérôme Bosch sauraient exercer des pressions en sa faveur malgré l'opposition de tous les autres morts de son passé. Après tout, il était au service du peintre ; quant à son père, celui-ci avait cru bon de ne pas le noyer mais plutôt de le confier à l'orphelinat. C'est ainsi que Steiner se rendit compte qu'écarter de sa vie ce père postulé n'était pas une tâche facile. Il se souvint aussi qu'il avait gardé le nom de Steiner sur sa plaquette d'identification, ce qui était contraire à ses intentions initiales, en plus d'être d'une grande imprudence. Mais que faire d'autre si ce nom-là était le seul repère à partir duquel il pouvait se débarrasser d'identités encombrantes ou en créer de nouvelles ? La pensée qu'il était tout de même ancré dans le monde par un simple patronyme l'agaça pendant un moment. C'est qu'il n'arrivait pas, malgré ses efforts, à se concevoir comme Zvatopluk Rikanek, ni comme l'objet d'aucune autre appellation. Ce « Steiner » était donc plus qu'un simple mot, c'était presque une source d'énergie ou un pouvoir le ramenant continuellement à l'intérieur de lui-même, le vissant à la vie en quelque sorte. C'était là une question assez mystérieuse, sur laquelle il ne s'était jamais attardé, et il lui fallut de grands efforts de discipline et de concentration pour ne pas se laisser envahir par la mélancolie.

Ces songeries étranges l'occupèrent une bonne partie de la nuit et l'empêchèrent de penser convenablement aux aspects pratiques de son voyage. Steiner reconnut alors avoir peur de l'abîme qui s'ouvrait devant lui, même s'il s'agissait d'un abîme très attrayant. La proximité du départ rendait la plongée affreusement concrète, et il prenait conscience que ce serait une plongée sans retour possible. La sensation de liberté et de toute-puissance qui se dégageait de son action prochaine était alarmante et enivrante à la fois ; elle le faisait osciller dangereusement entre une tristesse profonde, un désir de se tuer aussitôt pour se soustraire aux doutes et une exaltation sans bornes qui risquait de lui faire courir des risques inutiles. Mais il tint bon.

Ce fut madame Arsenault elle-même qui l'aida dans sa dernière démarche. Intriguée par l'afflux inhabituel de lettres, dont quelques-unes trop grandes pour sa boîte aux lettres et qui lui étaient remises par le facteur à l'intention de Steiner, elle osa aborder la question avec lui, tout en profitant de l'occasion pour lui faire la cour.

— Bonjour, monsieur Steiner. Déjà en vacances ?

— Oui, madame, depuis peu.

— Voici votre dernière lettre. Dites, vous êtes devenu célèbre tout à coup. Tant de lettres...

— Des soucis uniquement, madame, répondit-il d'un air consterné. Des soucis, je vous assure. Je me passerais bien de ces lettres-là.

— Ce n'est pas possible, monsieur Steiner. Un homme si distingué, si cultivé, et beau célibataire avec ça ; quels soucis pouvez-vous avoir ?

— Si vous saviez...

— Est-ce donc vrai ? Vous avez l'air abattu depuis quelque temps.

— Tout me tombe dessus, madame. Et justement, je me retrouve seul, presque désemparé par manque d'expérience devant certains événements bouleversants.

— Avez-vous vraiment des soucis ? demanda la concierge d'un air mielleux. La meilleure chose dans ce cas est de chercher conseil, monsieur Steiner, de ne pas tout garder enfermé dans votre tête. Vous avez sûrement une petite amie à qui vous confier, il ne peut en être autrement.

— Hélas ! non, madame Arsenault. J'ai toujours été un peu timide de ce côté-là, un peu maladroit, sans doute. Plutôt qu'un célibataire, je suis un vieux garçon.

— Ne dites pas cela ! Vous n'êtes pas vieux, ni même seul. Après tout, n'est-ce pas, nous nous connaissons depuis longtemps. Ça rapproche. Feu mon mari a toujours eu une grande admiration pour vous. Entre nous, vous êtes le seul de tous les locataires avec un travail stable, et dans une bibliothèque de surcroît. Si tout le monde était aussi distingué que vous, ce serait le paradis. En tant que veuve, vous savez, je me sens très rassurée par votre présence dans l'immeuble. Je me dis toujours : s'il arrive quoi que ce soit de grave, je cours chez monsieur Steiner.

— C'est trop gentil de votre part, madame Arsenault.

— Mais non... Je vous l'avoue, même si ça me gêne un peu. C'est parce que c'est vous. On s'attache aux gens, que voulez-vous... Depuis la mort de mon mari, je ne me sens pas aussi épaulée qu'avant. La solitude, j'en connais quelque chose.

— Vous aussi, vous vous sentez seule?

— Ah! monsieur Steiner!... Si vous saviez... Et je pense souvent à vous.

— Vous pensez à moi?

— Oui... Beaucoup. Je me sens mieux quand je vois que vous êtes de retour chez vous. Je sais alors qu'il y a une personne fiable à la maison. Une femme seule comme moi se fait du souci aussi, j'aime autant vous le dire. Et j'ai de l'expérience de la vie. J'ai eu mon lot de problèmes, vous pouvez me croire. Si un homme comme vous se fait du souci, alors imaginez une jeune veuve comme moi.

La poufiasse! Elle veut m'attirer dans son lit, c'est évident. Il faudra peut-être que j'y aille pour mieux consolider mon jeu. Après tout, elle est encore baisable, la sorcière, et elle a le feu au cul. Elle ne sait peut-être pas encore le succès qu'elle aurait comme pute, avec ces belles chairs encore fermes et sa bouille de fillette attardée. Mais faisons-la languir parce que l'enjeu est devenu dangereux. Et je ne comprends toujours pas ce qu'elle manigance.

— La vie n'est pas toujours facile, madame.

— Non, mon cher. Et c'est pour ça qu'on doit se soutenir entre amis, je trouve. Est-ce que je pourrais vous aider pour quelque chose?

— Des soucis, madame Arsenault, et juste à la veille de mon départ en voyage. C'est assommant.

— Si vous avez besoin d'en parler, je me considère comme votre amie. C'est mon devoir de vous venir en aide. D'ailleurs, nous devrions laisser ces manières, vous ne trouvez pas? Ça me met mal à l'aise quand vous m'appelez madame Arsenault. Je me sens vieille. Et je compte reprendre mon nom de jeune fille, figurez-vous. Soyez gentil, appelez-moi Paulette. Entre gens comme nous, n'est-ce pas, pourquoi tant de manières? Depuis le temps que nous nous connaissons...

Dans le sac!

— Oui, si cela vous plaît… Je suis un peu timide pour des privautés, mais si cela vous plaît… C'est vrai que Paulette fait plus juvénile.

— Merci, dit-elle avec le sourire et en montrant la pointe de la langue avec coquetterie. Me donnez-vous aussi la permission de vous appeler Lukas ?

— Appelez-moi Luc, c'est plus à mon goût.

— Alors, Luc, reprit-elle en lui touchant le bras. Je serais heureuse de vous donner un coup de main, si c'est dans mes moyens. Les soucis empirent quand on les garde pour soi. Avez-vous un moment pour venir prendre un café chez moi ? Nous n'avons de comptes à rendre à personne, n'est-ce pas ? Justement, depuis le temps que je voulais vous inviter.

— Vous vouliez m'inviter ?

— Bien sûr, Luc, et depuis longtemps. C'est le courage qui me manquait. Je ne voulais pas m'imposer. Vous avez toujours l'air si affairé, j'avais peur de vous importuner. Mais si vous avez des soucis, c'est autre chose, et ce n'est pas indélicat de ma part d'insister. Après tout, entre amis… Venez, je vous en prie. Ça me fera plaisir. La solitude est un mal qu'on doit combattre, et nous sommes encore trop jeunes pour nous laisser abattre.

— Si vous insistez, Paulette… Et si c'est pour vous faire plaisir, j'accepte. Mais pas pour un café, cela me ferait faire de mauvais rêves. J'ai l'estomac sensible. Si vous êtes libre ce soir, je passerai chez vous après le souper pour prendre un verre en votre compagnie. J'ai vraiment besoin de conseil et vous êtes une femme d'expérience. Je sais que vous garderez cela entre nous.

— Bien sûr, Luc. Je serai comme un tombeau. J'espère seulement qu'il ne s'agit pas de quelque chose de trop grave.

— Peut-être pas, mais je préfère entendre votre opinion avant d'agir. Je me trouve devant une sorte de dilemme. Votre oreille attentive m'aidera sans doute à y voir clair.

— Que vous êtes gentil ! Venez, je vous attendrai vers vingt heures, après *Virginie*, le feuilleton télévisé. Je ne peux pas rater un seul épisode ; ça me passionne trop et c'est si profond... Mais je sais que vous aimez les boissons fortes, et je n'aurai peut-être rien à vous offrir. Feu mon mari ne buvait que de la bière.

— Comment savez-vous ce que j'aime, Paulette ? demanda-t-il, méfiant.

— Luc ! Vous oubliez que c'est moi qui contrôle les poubelles ici. Je vous trouve très distingué de boire des boissons importées, c'est tout. Une femme remarque ces petits détails...

— Ne vous inquiétez pas, Paulette ; j'apporterai quelque chose de bon. Je me sens déjà un peu mieux, rien qu'à l'idée de pouvoir discuter avec vous. Merci pour la lettre et à bientôt.

— À bientôt, Luc, répondit-elle avec un soupir. Je vous attends...

Virginie... C'est bien pour une connasse de son espèce, un feuilleton qui s'appelle Virginie. *Pourquoi pas Violaine ou Sodomie ? Ou l'étripée, tant qu'à y être ? Après tout, c'est ce qui risque de lui arriver si elle compte perdre sa virginité de veuve entre mes bras. La maudite fouineuse ! Mais du calme ! Il faut qu'elle gobe ma salade avant toute chose, en me croyant le dindon de la farce. Elle m'a tout l'air de la truie habillée en bonne sœur qui se jette sur l'écrivain dans le panneau droit du* Jardin des plaisirs. *Bosch ne l'a pas manquée, la Paulette Arsenault.*

Content de sa performance, Steiner s'enferma chez lui pour examiner l'enveloppe de sa lettre, à la recherche de signes de bris. Tout paraissait en ordre ; soit que la lettre n'avait pas été ouverte, soit qu'ils avaient d'excellents moyens pour recacheter les lettres violées. Ensuite, il mangea un souper léger et alluma sa pipe pour mieux fignoler en pensée la conversation qu'il aurait avec la concierge. Steiner comprit que madame Arsenault était un adversaire de taille, qu'elle jouait à merveille son rôle de veuve insatisfaite pour s'immiscer dans sa vie. Le fait de l'inviter chez elle plutôt que de s'inviter chez lui était un bon coup pour dissimuler l'envie qu'elle avait de fouiller son appartement.

Elle aura tout le loisir de venir fouiner dans peu de temps, et j'espère qu'elle ne se gênera pas pour le faire. Mes lettres anonymes et sa propre convoitise feront en sorte qu'elle orientera les recherches du côté de Toronto. En fait, tomber sur un mec fortuné est bien plus que ce qu'elle pouvait escompter, la Virginie lubrique. Ça va la confondre et la mettre dans tous ses états. Mais je serai déjà loin. Elle pourra toujours vendre mes meubles pour se faire rembourser les loyers qui restent jusqu'à la fin du bail. Je me demande encore si je dois la baiser ou si je m'expose trop en cédant à ses avances. Si je ne la baise pas, elle restera dans l'attente, sans savoir comment réagir, ce qui a ses bons côtés. Mais cela peut aussi la rendre méfiante. Si je la baise, au risque de me faire ensorceler, elle se sentira déjà propriétaire et me croira entièrement sous l'emprise de ses charmes. Sauf que je dois faire très attention pour ne pas la tuer, ce qui ne sera pas facile dans les circonstances. Par ailleurs, si j'arrive vraiment à jouer le timide, ça peut marcher rondement. Qui sait si, appâtée par mon héritage, elle ne trahira pas ses mandants ? Je pourrais en apprendre de bonnes.

À l'heure prévue, Steiner se présenta à l'appartement de la concierge en apportant une bouteille de rhum. Il s'étonna d'abord de la décoration, qui lui fit penser aux bordels dans les westerns, avec des dentelles partout, des murs aux couleurs chaudes et des lampes avec des ampoules de faible intensité. Les chaises et le sofa étaient recouverts de velours rose, et de petites broderies encadrées représentant des paysages complétaient l'ensemble. Tout paraissait très propre. Il trouvait que cet intérieur féminin contrastait extrêmement avec son appartement encombré de livres et de poussière, aux cendriers pleins, aux vêtements entassés et aux bouteilles éparpillées. Madame Arsenault était accoutrée comme pour aller avec le décor, en peignoir de soie turquoise imitant un kimono et en pantoufles à pompon couleur mauve. Mais elle sentait bon.

Si elle s'est baignée pour me recevoir, elle doit s'attendre à être sautée aujourd'hui. Je me demande si son lit est à baldaquin. Excellent camouflage, ma vieille. La pauvre Virginie, que tout cela est romantique ; une vraie souricière moelleuse pour attraper les vieux rats.

Cette constatation fit pencher la balance dans ses plans, mais il se promit d'être le plus timide et maladroit possible pour lui laisser tout le mérite de la conquête. Elle serait rassurée d'avoir le contrôle de la situation et il aurait alors du temps pour réagir en conséquence. Sans oublier le plaisir du spectacle qu'elle ne manquerait pas de déployer pour dissimuler sa lubricité.

À la vue de la bouteille, elle alla chercher deux petits verres à pied tarabiscotés, et ils trinquèrent à leurs solitudes respectives. Elle but, toussa, et se dit que c'était là une boisson d'homme, mais que cela ne la dérangeait pas, bien au contraire.

— J'adore les hommes sérieux comme vous, Luc, qui savent boire des boissons fortes sans devenir des ivrognes. Je me sens déjà presque pompette avec une seule goutte. Mais il ne faut pas. Je suis ici pour vous écouter, mon ami, tout entière à votre disposition.

— D'accord, dit Steiner. Je vous fais confiance, Paulette. Voici : la seule personne que j'ai aimée se meurt. Ma vieille tante Cindy.

— Non...

— Si. Elle s'éteint paisiblement après une longue vie. Je pars demain pour passer mes vacances à son chevet. Les médecins lui donnent un mois, tout au plus, et il faut que je sois auprès d'elle jusqu'à la fin. Je suis son seul parent.

— C'est triste...

— Oui, c'est triste. Elle a tout de même vécu une très belle vie. Et à son âge, on s'attend à ça. Elle se trouve dans un magnifique home à Toronto, où elle reçoit les meilleurs soins. Mais sa fin sera aussi un soulagement, après tant de souffrances. C'est dur, la vieillesse...

Virginie ne s'attendait pas à ce genre d'histoire et ne sait pas comment réagir. Attention à son théâtre, jouons serré.

— Voilà, reprit-il. Au moins, elle m'aura à ses côtés pour affronter l'inévitable. Un mois, tout au plus. Est-ce que je peux compter sur vous pour garder mon appartement ? Je vous laisserai la clé. Je ne sais pas si vous avez remarqué, mais j'ai changé la serrure. Avec tous les vols et les criminels qui rôdent, il faut penser à être prudent.

— Bien sûr, Luc. Je veillerai à tout et j'attendrai votre retour, mon cher.

Steiner se servit encore du rhum et, en feignant une grande souffrance, il ajouta :

— Je compte sur vous, Paulette. Ce qui m'attend là-bas est extrêmement douloureux.

— Je comprends. Pauvre Luc, je sais ce qui vous attend, croyez-moi. La fin des gens est si dure, mais ça ne finit pas là pour les vivants. Il y a la veillée funèbre, la messe, l'enterrement, tant de choses tristes…

— Rassurez-vous. Au moins, cela m'est épargné. Tante Cindy est juive, pas catholique comme nous. C'est ma tante par alliance. Je crois que son nom de fille était Rabinovitch. Les cérémonies funéraires des juifs sont moins sinistres, et comme il n'y a pas de famille proche, ce sera moins éprouvant.

— Dommage que je n'aie pas connu cette personne qui compte tant pour vous, Luc. Vous l'aimez beaucoup, je le sens…

— Oui, Paulette, beaucoup. Mais c'est ainsi, la vie. Elle venait souvent à Montréal pour me voir et visiter ses amies. Mais c'est une femme d'un autre milieu que nous, et je n'ai jamais cru convenable de l'inviter chez moi, bien sûr. C'est trop modeste… Elle avait toujours sa chambre dans les meilleurs hôtels, le Ritz-Carlton de préférence, à cause de son décor riche en velours et en dentelles, un peu classique. C'est aussi une femme d'un autre temps, et qui a un goût exquis.

— Je ne comprends pas, Luc. C'est pourtant votre tante…

— Oui… Mais d'un autre milieu que moi. Ce sont là des histoires de famille longues à raconter. Elle m'aime malgré tout, vous pouvez en être certaine. À sa façon un peu snob, c'est vrai, mais sincère et très généreuse. Et là aussi réside une grande partie de mes soucis. Tante Cindy s'éteint paisiblement, certes, et c'est bien triste. Mais que faire ensuite ? Son notaire vient de m'apprendre que j'hérite, figurez-vous. Je suis son seul parent et elle me laisse ses biens. Je ne sais pas quoi faire !

— Vous héritez ? Vraiment ?

— Sans l'ombre d'un doute. J'aurai les détails à l'ouverture de son testament, mais son notaire a jugé bon de m'avertir pour qu'il n'y ait pas de délai dans l'administration de ses biens. C'est le même notaire qui a rédigé le testament de mon père. C'est un ami de la famille, pour ainsi dire, et il m'aidera sans doute. Mais cela me dépasse, croyez-moi, je ne suis pas doué pour les choses pratiques. J'aime ma petite vie tranquille et je me sens mal en société.

— Hériter… C'est bien, Luc. Ça n'a rien d'une corvée. Vous ne trouvez pas ?

— Oui, c'est bien, sauf que je n'ai aucune expérience dans ce genre d'affaire. L'argent n'a jamais été mon fort, et je crains de voir ma vie bouleversée du jour au lendemain. L'idéal, je crois, ce serait de mettre le tout entre les mains d'un trust ou d'une banque. Mais peut-on leur faire confiance ? On entend tellement d'histoires fourbes, de capitalistes qui volent les gens naïfs, qu'on ne sait plus à qui se fier. Qu'en pensez-vous, Paulette ? Vous avez sans doute hérité lors du décès de votre mari ?

— Oui, j'ai hérité, mais pas beaucoup. J'ai placé l'argent de son assurance vie et j'en retire une petite rente, c'est tout. Si vous voulez, je peux vous mettre en contact avec le courtier qui s'occupe de mes placements. Je crois que c'est un homme fiable.

— Merci, Paulette, ça me rendra un grand service. Je ne me sens pas du tout préparé pour ce genre de responsabilités. Je suis un simple bibliothécaire, un vrai rat de bibliothèque habitué aux livres et aux documents anciens. Un homme de cabinet, sans trop de sens pratique. Ma tante m'a toujours reproché ma maladresse dans les choses de la vie de tous les jours, mon côté artiste, comme elle l'appelait. Et elle a raison. J'aurai besoin de votre aide dès mon retour de Toronto.

— Mon pauvre Luc ! s'exclama la concierge en lui caressant la main. C'est vrai que tu es un rêveur ; un adorable rêveur, si tu veux mon opinion la plus sincère. Ça ne te fait rien si je te tutoie ? C'est que je me sens très proche de toi. Par contre, dis-toi que l'argent arrange bien des choses dans la vie.

— Vous croyez ? Je ne sais que faire de l'argent…

— Tu t'inquiètes trop, Luc. Fais-moi confiance et pars en toute tranquillité au chevet de cette tante que tu aimes tant. Je m'occuperai de l'appartement en attendant ton retour. Ensuite, nous verrons.

— C'est possible... Je me soucie aussi de tout le chambardement que ces démarches vont inévitablement occasionner dans ma vie. Je me sens mal de devoir quitter mon emploi, où j'ai une excellente situation. Et ce, juste à la veille du déménagement de notre bibliothèque patrimoniale dans son nouvel immeuble, alors que ma présence serait indispensable.

— On s'adapte à tout, Luc, tu verras. Il ne faut jamais se faire du souci avant de se trouver devant les faits. Tout s'arrangera à merveille. N'oublie pas que je suis là pour t'aider.

— On dit aussi que l'immobilier est toujours un bon placement. Je pourrais acheter des immeubles de location comme celui-ci. Mais est-ce que je serai à la hauteur de la tâche pour les administrer ? Et l'idée de gaspiller cette fortune que je n'ai pas eu le mérite de gagner m'accable.

— Luc, Luc, voyons, mon cher ami ! Si ta tante te laisse ses biens, c'est parce que tu le mérites. Fais confiance à son jugement. Et tu peux compter sur moi. Moi aussi, je suis seule au monde. Mais j'ai assez d'expérience pour me mettre à l'abri, et te mettre aussi à l'abri. Allez, sers-nous encore à boire, veux-tu ? J'adore l'odeur de ton tabac. Je vais te chercher un cendrier. Sens-toi à l'aise.

Voilà qui est fait. Maintenant, regardons calmement comment cette truie habillée en religieuse s'y prendra pour finir son travail. Elle mettra d'autant plus d'ardeur qu'elle tient son pigeon pour un richard. Les nanas sont pleines d'artifices quand elles ont une fourberie à l'esprit. Si elle pouvait s'imaginer que je suis au courant de ses manigances, elle réagirait bien autrement... Voyons jusqu'où ira sa lubricité de veuve chaude. Encore une scène digne de Bosch... Je me demande seulement si elle rapportera l'épisode tel quel à ses mandants ou si elle omettra quelques bouts trop compromettants.

Steiner n'avait pas tort. Après quelques hésitations ponctuées de confidences très intimes, avec de plus en plus d'émotion dans sa voix soupirante, et après avoir appris qu'en dépit de son âge Steiner était pratiquement puceau, Paulette Arsenault passa à l'attaque de manière aussi avide que décidée. C'est qu'en plus de vouloir séduire son compagnon, elle avait un long carême à rattraper. De son côté, malgré les images infernales se déroulant dans son esprit, Steiner se laissa faire avec l'appétit maladroit d'un adolescent chez sa première pute. Il est vrai que les chairs de Paulette s'avéraient moins fermes au toucher que ce qu'il avait escompté, et que les scènes de supplices dans son imagination diluaient quelque peu son enthousiasme habituel en pareilles circonstances. Mais elle était plantureuse comme il les aimait, avec beaucoup de plis auxquels s'agripper, et se tortillant comme si elle était vraiment la proie de divers démons, de sorte que son théâtre aurait donné la fringale même au plus chaste des saints ermites. Qui plus est, Steiner se sentait fier d'affronter courageusement une pécheresse d'un tel acabit, une adversaire venue des profondeurs pour le tenter. Et cette certitude d'un combat métaphysique avec une femme plutôt qu'avec un ange contribuait à son désir de la malaxer virilement et de la faire gémir pour de vrai. Trempée de sueur et encore haletante, Paulette fut ravie de voir son compagnon se remettre à la besogne presque sans rengainer, après avoir tiré son premier coup. C'est que feu son mari n'avait jamais montré autant de vigueur, même pendant leur nuit de noces.

Ensuite, couchés côte à côte dans le lit, chacun plongé dans un monde distinct, tous les deux eurent l'impression d'avoir gagné la partie. Steiner sortait indemne du combat avec une sorcière redoutable, encore plus décidé à mener à bien sa quête après cette expérience infernale réussie. Paulette Arsenault se félicitait de sa trouvaille et se promettait de garder pour elle ce pauvre innocent à la verge miraculeuse.

Très amoureuse et avec des gestes de chatte, elle voulut l'inviter à dormir dans son lit sans baldaquin, sans doute pour tisser quelque maléfice lorsqu'il ne serait plus en état de se défendre. Mais Steiner refusa, prétextant à la fois le besoin de faire sa valise et le qu'en-dira-t-on des voisins.

— Grand timide, va, dit-elle en le voyant partir. Mais ils sauront tôt ou tard que vous m'avez séduite, Luc.

— Attendons mon retour, Paulette. C'est encore trop tôt, nous venons à peine de nous rencontrer comme amoureux. Il

faut faire les choses correctement si on veut que ça dure.
N'oubliez pas que je compte sur vous. Et prêtez attention à
ma correspondance; j'attends un pli avec des documents
notariés d'une grande importance. Je vous laisserai ma clé
demain matin en partant.

— Je t'en prie: viens prendre le café avec moi, avant ton
ton départ, mon chéri. Je suis toute bouleversée par ce qui
vient de se passer. C'est si nouveau... Je vais souffrir en ton
absence.

Une fois enfermé chez lui, Steiner soupira enfin de
soulagement. Il commença par prendre une longue douche
pour nettoyer son corps de ce contact physique qui lui répu-
gnait. Les images qui défilaient dans sa tête étaient aussi
écœurantes d'horreur, avec des corps se débattant parmi des
monstres, dans une saleté indescriptible. La concierge étripée
et au ventre grouillant de reptiles était d'un tel réalisme qu'il
se demanda s'il ne l'avait pas tuée et dépecée dans la fougue
de leurs ébats. L'exposition prolongée à l'eau froide l'aida
cependant à chasser à la fois l'impression de saleté qui lui
collait à la peau et les représentations démoniaques. Ensuite,
plus calme et très satisfait de ses démarches, Steiner s'assit
avec sa pipe et sa bouteille de vodka pour tenter de passer le
moins péniblement possible cette dernière nuit de cauchemars.

7

Le matin, après avoir passé toute la nuit à se battre avec les monstres et les images infernales, Steiner se sentit enfin prêt pour sa nouvelle existence de pur esprit, témoin de la déchéance humaine. Il pouvait désormais agir en simple spectateur et même en rire, puisqu'il était devenu radicalement étranger à tous ceux qui avaient autrefois été ses semblables. Il se sentait dans une autre dimension, entretenant des rapports purement tangentiels avec la réalité fade des choses concrètes et quotidiennes. Et cette sensation nouvelle le remplissait d'une joie véritable.

Il commença la journée par ses exercices de gymnastique, suivis d'une longue douche froide. L'eau ruisselant le long de son corps lui fit penser qu'il effectuait des ablutions rituelles avant d'endosser sa nouvelle identité. L'impression de se soumettre à une sorte de liturgie purificatrice augmenta sa satisfaction en ajoutant un élément magique à cette journée déjà exceptionnelle. Après s'être rasé, il mangea avec grand appétit et décida de faire sa valise. C'était une tâche importante, puisqu'il devait réfléchir à tout ce dont il aurait besoin en chemin et calculer soigneusement le poids de son sac à dos. La valise elle-même n'était que le déguisement provisoire de son bagage, et il l'abandonnerait dès qu'il serait enfin dans la totale sécurité de l'anonymat. À mesure qu'il choisissait les articles à emporter, Steiner les dépouillait de toutes étiquettes et autres signes distinctifs, rendant ainsi impossible l'identification de leur lieu d'origine. Il déposa d'abord dans la valise son sac à dos et son sac de couchage, plus une serviette et une taie d'oreiller. Il ajouta ensuite quelques grands sacs à poubelle en plastique, qui seraient pratiques en cas de pluie. Suivirent sa brosse à dents, un gros savon de Marseille, un canif à plusieurs lames et son rasoir. Il affûterait ce dernier en chemin sur le dos de sa large ceinture ; le cuir à rasoir resterait accroché dans la salle de bains comme signe de son intention de revenir. Quelques sous-vêtements, des chaussettes, un pantalon, deux chemises et un gros pull en guise de vêtements de rechange suffiraient pour les besoins des premiers jours, jusqu'à ce qu'il décidât du chemin à prendre. Le choix des pipes à emporter fut plus pénible, ce que seuls les fumeurs passionnés seront en mesure d'apprécier. Il devait abandonner là diverses fidèles compagnes de méditations et de moments difficiles, mais il ne pouvait pas toutes les emporter. Il se décida pour deux d'entre elles qui lui paraissaient les plus solides, capables d'endurer les pires épreuves, en plus d'être originaires de l'Irlande : des bouffardes courbes, du genre brûle-gueule, bonnes à mordre et au tirant parfait, qu'il savait culottées et tempérées par d'innombrables nuits d'angoisse. En abandonnant les autres sur le râtelier, dont les plus jolies, Steiner sentit enfin tout le poids de sa décision de non-retour. Mais il se félicita de ce renoncement encore plus intime que celui de ses livres et il leur dit adieu en les touchant une à une avec beaucoup de tendresse.

Il ajouta aussi son livre et ses photocopies sur Jérôme Bosch, un porte-mines pour gribouiller au besoin, sa plaquette d'identification et ses bottes de marche. Ensuite, il s'habilla comme pour un voyage ordinaire, en emportant son argent en grosses coupures, son passeport et sa carte de crédit.

La concierge dormait encore, et Steiner dut frapper à plusieurs reprises avant qu'elle ne vînt ouvrir. Pour le plus grand plaisir de Steiner, Paulette Arsenault sortie du lit et habillée à la hâte offrait malgré elle une figure réellement abjecte par la porte entrebâillée. Elle tenta maladroitement de s'en excuser, sans toutefois pouvoir effacer l'effet comique produit sur son interlocuteur.

— Je compte sur vous, Paulette chérie, dit Steiner en souriant et en lui remettant la clé. Rien qu'un mois et je serai de retour.

— As-tu besoin de quelque chose ? Je te fais un café ? Excuse-moi, Luc, je suis affreuse.

— Non, Paulette, tu es parfaite. J'adore ces jolis plis laissés par les draps sur ton visage. Avec ta chevelure défaite, ça fait très gamine, crois-moi.

— Luc ! Que tu es gentil... Entre un peu, s'il te plaît.

— Non, répondit-il en s'écartant pour éviter le baiser qu'elle souhaitait lui donner. Il faut que je m'en aille si je veux prendre l'autobus de neuf heures pour Toronto. Sinon, le suivant passe par Ottawa, et ça rallonge beaucoup le voyage. Ne fais pas cette figure triste. Je reviendrai vite, promis. J'ai besoin de tes conseils. Ce ne sera qu'un petit voyage de rien. Allez, retourne au dodo et pense à moi.

— Je prierai pour ta tante Cindy.

— Oui, fais ça, Paulette. La pauvre est juive et risque bien d'aller en enfer.

Il descendit les escaliers et tira ensuite sa valise à roulettes en direction du poste de taxis de la rue Saint-Denis. Il savait que la concierge le surveillait depuis sa fenêtre, mais évita de la regarder pour ne pas pouffer de rire. Il ne fallait pas tout gâcher à la dernière minute par des émotions trop fortes. Steiner se dit que peut-être d'autres yeux le suivaient aussi, car madame Arsenault avait eu le temps de faire son rapport sur le voyage de son locataire. Et il voulait donner l'impression d'un simple voyageur allant innocemment en taxi à la gare des autocars, pour se rendre auprès de sa tante mourante. Pour ce faire, au contraire de ses habitudes, il ne héla pas un véhicule de passage mais préféra un taxi en attente au poste, tout en sachant parfaitement que ce chauffeur-là pouvait être un espion. En effet, le seul taxi stationné était conduit par un type des plus louches, avec une étrange casquette sur la tête malgré la chaleur du matin. Une casquette qui pouvait très bien dissimuler des écouteurs ou des émetteurs pour ses conversations secrètes. Steiner lui donna sa destination d'un air distrait et s'abandonna ensuite au plaisir de la balade matinale, persuadé que ce chauffeur confirmerait à qui de droit qu'il était bel et bien allé prendre un car pour Toronto.

Chemin faisant, il eut tout le loisir de contempler la foule des gens allant au travail, soit en attendant l'autobus, soit en marchant d'un pas pressé, ou encore très tendus derrière le volant de leurs autos. Ce spectacle l'amusa beaucoup, car il savait que tous ces pauvres guignols se rendaient ainsi, avec empressement, au supplice de leurs existences fades. Même sans avoir besoin de les imaginer traqués par des démons ou des bestioles malignes, leur ronde infernale était déjà d'une laideur certaine et une réelle leçon morale. Il se souvint alors des deux tableaux représentant le chariot à foin, avec la même populace en folie courant à sa perte par appât du gain. Un peu plus loin, la vision de nombreux cyclistes dans un désordre révoltant faillit lui gâcher son plaisir, mais il s'en défendit en imaginant les étranges démons que ces misérables-là transportaient sans s'en apercevoir sur les porte-bagages, sur les cadres, enfilés parmi les rayons des roues et même sur leurs épaules courbées. Et il regretta un peu que l'invention de la bicyclette ait été trop tardive pour apparaître dans les œuvres du maître Bosch.

Quel dommage! J'arrive à peine à envisager ce que mon ami Jérôme aurait créé s'il avait connu cet engin maléfique. Toutes ces fesses en l'air, pétant sans doute des vapeurs méphitiques et prêtes à être enfourchées... Quel festin pour les démons! Les roues... Quelle variété de positions possibles pour des supplices inédits en travers de ces rayons, sans parler des chaînes, des engrenages et des freins capables de broyer des membres par milliers. Ces femmes lascives écrasant leur sexe contre des sièges phalliques en plein jour, ça dépasse en obscénité ce que le maître a jamais pu concevoir. Elles courent au vice avec une telle allégresse qu'on ne peut plus douter de la corruption universelle. Quel privilège que le mien... C'est tout de même un spectacle grandiose de laideur quand on peut l'observer avec les lunettes de Bosch.

Arrivé à la gare des autocars, il sourit en voyant le chauffeur arranger sa casquette comme pour cacher ses cheveux et il se jugea provisoirement hors de danger. Le taxi démarra aussitôt et s'éloigna, comme si de rien n'était. Steiner acheta un billet au comptoir des ventes, s'informa de l'heure des départs et s'approcha ensuite de la file des voyageurs attendant l'arrivée du car pour Toronto. Mais il attendit peu de temps. Soudain, il ressortit à l'extérieur, en faisant mine d'allumer une cigarette comme d'autres personnes désireuses de fumer une dernière fois avant de monter à bord pour le long voyage. Et là, très discrètement, il avança plutôt en direction de l'autocar desservant l'aéroport de Dorval, qui s'apprêtait à partir. Le chauffeur reçut sa valise et son billet, et Steiner monta à bord sans attirer l'attention de personne.

L'autocar vers l'aéroport était pratiquement vide à cette heure matinale. Steiner alla s'asseoir sur la banquette du fond, d'où il avait une vue plongeante sur les rares occupants. Rien ne lui parut suspect. Pour la première fois depuis le début de ses préparatifs de départ, Steiner se sentit vraiment à l'aise, d'un calme étonnant et immensément satisfait en voyant la ville défiler par la fenêtre. Curieusement, son seul regret était celui d'avoir jeté sa cigarette à peine allumée, sans l'avoir fumée. Il se promit quand même d'en fumer plusieurs autres durant sa longue attente jusqu'au départ des vols transatlantiques, en fin d'après-midi.

Ce fut une longue attente, en effet, qu'il occupa, confortablement assis sur un siège dans la section des arrivées, à regarder la foule. Tout au début, en se promenant dans l'aéroport à la recherche de visages suspects ou de comportements insolites, il pensa acheter un livre et passer le temps en lisant. Mais il abandonna vite cette idée imprudente, car ce serait trop risqué de se laisser distraire dans un moment aussi crucial et de rater ainsi des informations essentielles pour sa sécurité. Il fit plutôt divers tours des deux étages de l'aérogare, il prit des cafés et des bières, il ressortit fumer plusieurs cigarettes et même une fois sa pipe, et décida enfin de demeurer assis un peu à l'écart dans la section des arrivées. D'autres personnes y attendaient aussi, avec ou sans valises, et, dans l'ambiance confuse et souvent excitante des arrivées et des rencontres, il se fondait dans le décor. Qui plus est, il le comprit vite, les gens dans cette section ne restaient pas là trop longtemps ; ils attendaient leurs proches qui sortaient par la porte des douanes et repartaient aussitôt en leur compagnie. Le va-et-vient continuel de visages nouveaux lui faciliterait ainsi l'identification de tout type suspect qui s'attarderait dans les environs.

Ce ne fut cependant pas une attente pénible, justement à cause de la variété de la faune humaine attirée en ces lieux, sans compter la multitude bigarrée d'expressions émotives qu'il pouvait observer sur leurs visages et dans leurs gestes. Aussitôt qu'ils reconnaissaient leurs amis ou parents, ils se déchaînaient dans une telle effusion d'embrassades et de cris, de sautillements et d'éclats de rire ou de larmes, que Steiner n'avait pas besoin d'évoquer les scènes de Bosch pour se convaincre de toute la folie et de la bêtise de ces pauvres créatures. Et puis, l'été aidant, plusieurs d'entre eux défilaient sans aucune pudeur, accoutrés de manière on ne peut plus fantaisiste. Jeunes et vieux, gros et maigres, plongés dans une furie d'impudicité, exhibaient aux quatre vents qui leurs bedaines flasques aux nombrils caverneux, qui leurs seins flottant comme des outres, ou de vastes pans de slips, au risque de dévoiler des poils et la raie des fesses. Les vieilles folles qui arrivaient des destinations soleil, bronzées et en accoutrement de touristes, étaient particulièrement colorées et obscènes, avec des gestes lascifs et des pas de danse, comme si elles voulaient prolonger encore toute la débauche de leurs vacances tropicales. Même les enfants paraissaient gagnés par la démesure des adultes, et lorsqu'ils ne braillaient pas en trépignant sur place, ils se dissipaient en courses folles et en bousculades. Naturellement, comme c'était de mise, Steiner songea à des catastrophes aériennes pour épicer ses visions ; il se représenta aisément la même foule plongée dans le désespoir de la mort et du deuil, mais en restant tout aussi bigarrée et ridicule en dépit de sentiments affligeants.

Il profita aussi de cette attente pour réfléchir sur les mérites de telle ou telle destination, selon ce qu'il avait pu obtenir comme renseignements sur les départs de la journée. Lufthansa vers Francfort était ainsi comparée à KLM vers Amsterdam et à Air France vers Paris. Olympic Airways vers Athènes aurait l'avantage certain de brouiller radicalement ses pistes, en l'envoyant d'abord en Grèce, avec ensuite plusieurs possibilités exotiques au Moyen-Orient et dans les îles de la mer Égée. C'était une belle ruse, sans doute, mais il s'agissait d'un choix trop radical qui l'éloignerait ensuite de son but. Et il n'était pas certain de pouvoir se servir encore de sa carte Visa après le premier achat de billet. Steiner voulait par ailleurs éviter autant que possible de voyager par Air Canada, à cause de la plus grande probabilité d'être reconnu par l'un ou l'autre des voyageurs ; aussi, il désirait pouvoir se sentir déjà à l'étranger en plein vol. Il opterait pour Air Canada seulement comme dernière solution, s'il ne trouvait pas de siège libre ailleurs. Royal Air Maroc était aussi à éviter, à cause des vacanciers bruyants allant vers les plages qu'il préférait ne pas côtoyer en chemin. Swiss Air vers Zurich n'était pas du tout un mauvais choix, même si KLM et Lufthansa avaient l'attrait de leur rapport géographique avec le peintre Jérôme Bosch. Il déplorait le fait que ce n'était pas un jour de vol de la Czech Airlines vers Prague ; cela aurait fait une destination assez exotique sans être trop à l'écart de son véritable but.

Une fois de plus, comme un présage envoyé personnellement par le peintre à travers les siècles, la chance lui sourit d'une agréable façon. Quand l'heure des vols transatlantiques approcha, Steiner monta à l'étage des départs et tenta sa chance, d'abord chez KLM et chez Lufthansa. Mais les vols de ces deux compagnies étaient complets. Par contre, l'hôtesse au guichet des ventes de l'Austrian Airlines, une blonde mince comme Cindy, avec une pointe de tristesse dans le regard, lui répondit qu'il y avait en effet un désistement de dernière minute, mais que celui-ci était en classe affaires. Le reste du vol était plein. Elle était autorisée à lui accorder une réduction, mais ce serait tout de même plus de trois fois le prix d'un siège régulier.

— Je ne sais pas si j'ai assez d'argent pour payer un tel billet, répondit Steiner avec déception. C'est dommage parce qu'il me faut partir aujourd'hui même. Un parent malade…

— Je ne pourrai pas vous le garder longtemps, ce siège, monsieur, répondit-elle. C'est le retour des vacances, et tous nos vols sont pleins jusqu'en septembre.

— Essayons tout de même, mademoiselle. Voici ma carte de crédit. Tentez de la passer. On ne sait jamais.

Et le miracle eut lieu. La machine cracha l'approbation d'achat comme s'il s'agissait de la chose la plus naturelle du monde, comme s'il avait toujours voyagé en classe affaires parmi les grands de ce monde. L'hôtesse lui fit même un gracieux sourire en baissant les yeux sur son ordinateur pour enregistrer le billet. Steiner trouva qu'elle ressemblait vraiment à la pauvre sainte Julie crucifiée, dans le tableau du Palazzo Ducale, à Venise ; mais une sainte Julie souriante et assez appétissante. Il fut alors certain que tout était arrangé d'avance par Bosch, et ce, d'une manière distinguée, comme pour un invité de marque, car il allait voyager en grande pompe. Par ailleurs, Vienne était une destination de choix, meilleure encore que Prague ; c'était à la fois un peu exotique, avec des liaisons aériennes vers la Jordanie et l'Afrique, et pas éloigné de tout. Sans compter qu'il allait aussi pouvoir se recueillir devant *Le jugement dernier* à l'Akademie der bildenden Künste.

Après avoir enregistré sa valise, sa carte d'embarquement en poche, Steiner, ravi de la tournure des événements, eut une dernière pensée à l'intention de la compagnie Visa :

J'imagine comme ils doivent être heureux là-bas, au centre de contrôle des cartes de crédit. Depuis le temps que j'utilise leur carte sans payer d'intérêts... Ils doivent se dire : « Voilà enfin que ce pauvre type se met à dépenser la totalité de sa marge de crédit. Bientôt, il sera endetté jusqu'à la moelle et nous toucherons enfin des intérêts exorbitants. Allez, monsieur Steiner, très bien, continuez à vous faire plaisir. Vous faites rouler le monde de l'avarice et de la vanité. »

Satisfait et rassuré, il gratta soigneusement la bande magnétique de sa carte Visa avant de la jeter discrètement dans une des poubelles de l'aéroport. Il s'attabla ensuite au restaurant pour manger un plat de pâtes accompagné de quelques bières. Steiner se laissa alors emporter par des rêveries de voyages lointains, vers Hong-Kong, via Toronto par Cathay Pacific, ou Tōkyō, par Japan Airlines. Ces destinations étranges lui firent regretter un peu d'avoir choisi l'aéroport de Dorval. Il aurait pu mieux brouiller ses pistes depuis Toronto, à cause de la plus grande quantité de vols en partance vers le reste du monde. Et il s'étonna de s'être laissé enfermer si longtemps dans les caves de la bibliothèque et de ne jamais avoir pris l'avion de sa vie.

Rien à faire. C'était inévitable. C'était mon séjour dans le désert, comme Zarathoustra dans sa montagne et dans son lac. Les choses n'auraient pas pu se dérouler autrement. Je n'étais pas encore prêt, mon heure n'était pas venue. Mais c'est fou comme c'est facile de partir à l'aventure, de fuir à l'étranger. Les types qui se suicident à Montréal sont des frustes, des gens sans aucune imagination. Il suffit d'une carte de crédit, et au lieu de se jeter du pont Jacques-Cartier, on peut se lancer du haut du Tāj Mahal, de la tour Eiffel ou des montagnes du Tibet. Et c'est partout la même apathie, puisqu'on n'entend jamais parler de Japonais ou de Français qui seraient venus se jeter du pont Jacques-Cartier. Ou jeter leur femme, mine de rien...

Cette pensée le fit rire de bon gré. Il se souvint alors d'une phrase lue dans *Moby Dick* et qui l'avait hanté pendant longtemps: «Je suis tourmenté avec une éternelle nostalgie envers les choses lointaines.» Lui aussi avait de tout temps été tourmenté par la fascination du large, qu'il avait tenté en vain d'assouvir uniquement par la lecture. Cette constatation le laissa momentanément un peu perplexe, incapable de conclure sa réflexion, comme s'il était dérangé par un trou de mémoire soudain. Le fait de revenir sur le personnage de Melville ou sur l'histoire de Moby Dick ne fut d'aucun secours pour l'aider à reprendre le fil rompu de sa pensée. Une étrange inquiétude, plus proche de l'angoisse que de la méfiance, s'empara alors de sa personne. C'était comme s'il se rendait compte qu'il avait oublié un détail important dans ses démarches, sans arriver à se rappeler quoi; comme la solution d'un casse-tête se dérobant malicieusement à ses efforts. Steiner tenta de chasser cette impression, en se disant qu'il s'agissait uniquement de la fièvre du voyage, qu'il ne fallait pas s'inquiéter, puisque tout était réglé. Il palpa dans sa poche le passeport et la carte d'embarquement, et commanda une autre bière pour célébrer son départ.

Mais le roman *Moby Dick* resta accroché dans sa conscience, à la manière d'un curieux et pénible souvenir; Steiner alla en direction de la librairie dans l'intention d'en acheter un exemplaire pour se distraire durant le vol. La grande librairie de l'aéroport était très bien fournie en disques compacts, en livres policiers pour hommes veules, en romans rose-muqueuse pour les femmes et en best-sellers de toutes sortes, mais avec fort peu de titres pour des lecteurs sérieux. Pas de *Moby Dick*, naturellement, ni en anglais ni en français, et moins encore de *Ainsi parlait Zarathoustra*, son deuxième choix. Le commis de bibliothèque en lui eut beau être accablé de cette indigence intellectuelle, le vrai lecteur en lui se rappela que c'était là le même choix que celui des lecteurs de la bibliothèque municipale. Ce petit rappel d'un passé qui lui semblait déjà très lointain l'aida à chasser tous les soucis de son esprit. Il choisit plutôt un guide de la ville de Vienne et oublia *Moby Dick*, sans jamais s'être souvenu que l'inconfort venait plutôt de ce que le capitaine Achab l'avait toujours troublé. Au moment de payer, il remarqua une pile de bibles bon marché à côté de la caisse, et il en prit aussi une.

Je me divertirai en chemin avec toutes les atrocités nationalistes et xénophobes de ce livre répugnant, sans compter les bassesses et la débauche des créatures du peuple de Dieu. C'est tout de même absurde, la connerie humaine : d'un côté ce livre extravagant sur un dieu complètement imprévisible, et de l'autre cette masse de livres frivoles pour contrer l'ennui en attendant la mort. Qu'ils crèvent tous ! Dommage que Bosch n'ait pas écrit des romans.

Au passage du contrôle de sécurité, quand la machine se mit à sonner comme l'avait fait son avertisseur d'incendie, Steiner sursauta en pensant aux euros cachés dans ses chaussettes. Mais la faute revenait à la boucle de sa ceinture, et il fut libéré sans plus d'embêtements. Avec un drôle de froid au ventre et les genoux ramollis, il prit le chemin du magasin hors taxes pour s'approvisionner en tabac. Voulant se débarrasser de tous ses dollars, il acheta aussi une cartouche de cigarettes et une bouteille de vodka, et jeta ensuite discrètement ce qu'il lui restait de monnaie dans une poubelle.

Assis dans le hall d'embarquement, il s'amusa à imaginer la vie des autres passagers qui seraient dans le même avion que lui. Des vies ratées pour la plupart d'entre eux, naturellement, ponctuées de petits vices aussi sordides que timides, ou plongées soit dans la plus avide des gloutonneries, soit dans les affres de l'avarice. Quelques sodomites notoires, aux vêtements et aux gestes faits pour attirer l'attention, des vieilles maquillées comme pour un sabbat, un groupe de curés en soutane noire qui ressemblaient à des corneilles croassantes. Aussi, une famille de juifs orthodoxes dans leurs habits anachroniques, grouillante de morveux à bouclettes, qui changea ostensiblement de siège pour ne pas côtoyer des musulmanes voilées. Même les gens à l'allure neutre, ayant tout pour passer inaperçus, n'étaient pas épargnés par ses pensées, car Steiner n'était pas de ces natures futiles qui se tiennent à l'orée des apparences. Les enfants lui faisaient penser au massacre des innocents, forcément, surtout quand ils étaient jolis et bien élevés. Les couples de jeunes gens étaient projetés en imagination dans l'avenir, avec les disputes et les colères inexorables dans une longue vie commune, sans compter les images d'ébats et de luxure d'autant plus répugnantes qu'elles se passaient entre corps flasques et déformés par l'âge.

Étrangement, toutes ces images laides dans son esprit ne s'accompagnaient plus d'émotions fortes mais seulement d'une drôle de curiosité. Surpris, Steiner se rendit à l'évidence qu'il n'éprouvait aucune haine envers eux, qu'il ne les détestait pas et qu'il n'était même pas révolté par leur spectacle. S'en ficher ainsi était très nouveau pour lui. C'était bizarre, puisqu'il ne s'était jamais senti entièrement détaché, comme immunisé devant la déchéance des autres gens. Pourtant, son imagination continuait à fonctionner intensément, et les images dans sa tête n'avaient rien perdu de leur acidité corrosive. Même qu'avec la pratique il en était venu à exceller dans la conception de l'horreur, tant en matière de supplices qu'en matière de souffrances. Et là, en attendant de monter à bord de l'avion, il se dit qu'il venait enfin de comprendre et de vivre la mansuétude dans son sens le plus fondamental, comme seuls le Christ et Bosch l'avaient expérimentée. Oui, il se fichait pas mal du sort de ces gens, il ne se sentait pas

concerné par eux, même s'il continuait à s'amuser des
rêveries qu'ils provoquaient en lui. Il s'en moquait même, il
se divertissait comme devant un film comique, puisque la
haine s'était peu à peu convertie en mépris et ensuite en pure
jouissance du ridicule. C'est alors qu'il se rendit compte qu'il
n'avait plus peur. Comme s'il s'était soudain vidé d'un
poison étouffant, ou même qu'il avait vidé ses intestins d'une
masse oppressante qui l'écrasait depuis ses entrailles. La
phrase lue quelque part dans un de ses livres préférés lui vint
à l'esprit avec une étrange clarté : « Pisser, lorsqu'on a trop
envie, est une expérience proche de la béatitude. » Steiner fut
à ce moment précis envahi par la certitude d'avoir saisi le
sens profond de l'œuvre de Jérôme Bosch. Pas seulement le
sens de ses images en tant que telles, mais la signification
réelle de la création de ces images pour l'individu génial
qu'avait été ce peintre.

*Bosch vidait ses intestins et sa vessie, il crachait les catarrhes
qui l'empêchaient de respirer, il bannissait de son esprit toutes les
horreurs humaines qui le hantaient... Comme une éjaculation
mettant fin à la perte de soi dans le coït. Rien que ça, et c'est déjà
formidable. Voilà pourquoi on n'a rien su de lui après ses
tableaux : il était enfin libre après s'être vidé sur ses toiles, et se
fichait ensuite de tout. Sans doute est-il parti en voyage sans
laisser d'adresse, inconnu et solitaire, mais en rigolant. En fin de
compte, il s'est amusé du début à la fin comme seul un cynique
peut le faire, et la profusion de bestioles est là pour le prouver.
Quel type fabuleux...*

L'appel pour l'embarquement interrompit ses divagations. Le fait que les passagers de la classe affaires montaient
à bord avant les autres lui parut exquis, tout comme les
sourires des hôtesses et des stewards l'accueillant avec des
journaux et des magazines. Il s'installa confortablement sur
son siège, ferma les yeux et attendit le départ. Même l'odeur
de parfum qui régnait dans la cabine était à son goût. Tout
paraissait presque irréel. Seule restait la petite pointe
d'inquiétude, qui l'accompagna jusqu'au décollage, que tout
ne soit qu'un rêve et qu'il se réveille, trempé de sueur, dans
son lit.

Mais non. Le décollage eut lieu comme annoncé par le chef de cabine, et la sensation de s'arracher du sol pour s'envoler dans les airs lui parut des plus enivrantes.

Mort et transfiguration. C'est bien celui-ci, le sens de cette expression. Mort et transfiguration. C'est ainsi que les gens ont de tout temps pensé au dernier soupir des mourants, comme à un décollage. Et c'est tout à fait juste.

La vision de la ville par le hublot le fascina ; on aurait dit une vaste fourmilière humaine en train de grouiller et d'allumer les lumières, mais sans lui pour une fois. Steiner ressentait une paix infinie et un sentiment de plénitude qui le faisait toujours penser à la béatitude du pisseur heureux. Le siège contigu était occupé par un vieillard aux moustaches staliniennes ; celui-ci demanda un masque à l'hôtesse et s'endormit après quelques verres de scotch sans adresser la parole à son voisin. Steiner, au contraire, en acceptant verre sur verre, ne voulait rien perdre de l'expérience du voyage aérien. Il trouvait que c'était vraiment exceptionnel d'être ainsi continuellement servi par la jolie fille dès que son verre était à moitié vide. Le souper aussi lui plut beaucoup, tout comme les bonnes eaux-de-vie qui le suivirent. Naturellement, le tabac n'était pas au nombre des plaisirs à bord, et Steiner éprouva une pointe de haine envers tous les non-fumeurs du monde, en imaginant pour eux des maladies accablantes comme le cancer des intestins ou de l'anus, d'immenses tumeurs déformantes au visage pour les femmes et de la sénilité précoce avec de la bave pour les hommes.

Ça leur apprendra à être tolérants et à regretter le cancer des poumons, ces quérulents, ces pisse-vinaigre !

Au moment où les lumières baissèrent pour la projection du film, Steiner avait déjà trop bu pour suivre quoi que ce fût en dehors de ses propres pensées. Il décida de ne pas utiliser ses écouteurs ; le film muet aiderait son mantra à faire effet et la nuit passerait très vite.

Bien détendu dans son siège, avec le cœur en paix, profondément satisfait de la tournure des événements, il s'abandonna alors, sans s'en rendre compte, à des songeries particulièrement déplacées à ce moment de son escapade.

Tout commença par d'innocentes divagations sur la nature divine. Il venait juste d'abandonner l'idée de feuilleter sa Bible et s'était mis, par pure oisiveté, à repasser mentalement quelques épisodes épicés du texte sacré qui l'aidaient souvent à mieux mépriser ses semblables. C'est alors qu'il se rendit compte de l'impossibilité d'utiliser ce texte, si jamais il décidait, au contraire, d'aimer son prochain. Il pensa au tableau central du triptyque *Le jardin des plaisirs*. Même un maître comme Bosch avait été incapable de représenter le paradis autrement que par un carnaval de luxure et de débauche, y compris avec des suggestions sodomites évidentes.

Il est vrai que les personnages paraissent se consacrer à l'amour sous toutes ses formes, avec des attitudes dépourvues d'angoisse, à la manière de jeunes enfants dans un parc d'attractions. Sur le volet gauche du triptyque, qui représente le paradis terrestre avant la chute, c'est encore du plaisir charnel. Le Christ est justement en train d'offrir une Ève délicieuse à un Adam ravi. C'est certain qu'il va la sauter illico. Seul le volet droit, représentant l'enfer, a quelque chose d'humain en dehors de la sexualité. Voilà le problème : Dieu est vague et distant, complètement abstrait. Les êtres humains n'arrivent pas à concevoir l'éternité autrement que par le sexe ou par les souffrances infernales. Par leur corps uniquement. Il est impossible de penser le paradis, si ce n'est comme une place vide de désir humain, ennuyante à mourir. Même la bacchanale de Bosch n'est pas humaine, puisqu'il n'y a pas de désir ni de tension dans ces ébats infantiles. Cela vient sans doute du fait que Dieu se dérobe, qu'il ne sait pas quoi dire. Seul le démon a une existence palpable, forcément, et fraternelle. Le Christ lui-même se fait connaître plus par ses souffrances que par ses actes de bonté. D'ailleurs, comme son père, il n'aide que ses amis ; c'est du népotisme le plus vil. L'absence d'aspects positifs ou le manque d'imagination pour les plaisirs doit être un trait génétique dans cette famille divine. Et si le démon était le vrai camarade du genre humain ? Quelle merde un tel renversement provoquerait dans toute la culture humaine ! Il faudrait réviser pas mal de choses…

Il sourit à ces pensées, qui ne lui étaient d'ailleurs pas complètement étrangères. Elles ramenèrent le souvenir de quelques discussions théologiques assez cocasses, racontées justement dans le roman d'où venait la phrase reliant l'acte d'uriner à la béatitude. Ainsi, de fil en aiguille, ou plutôt du coq à l'âne, Steiner glissa vers des divagations sur la nature des paradoxes. Le roman en question jouait beaucoup avec la notion de paradoxe ; à l'époque, Steiner s'était informé passionnément sur ce genre de désordres logiques qu'il trouvait inquiétants. Et là, en plein vol, sans trop savoir pourquoi, il se mit à repasser mentalement divers types de paradoxes qui l'avaient particulièrement impressionné. Soudain, en se rappelant l'un d'entre eux, dit le paradoxe de la croyance ou paradoxe de Moore, il se sentit ébranlé par le doute. Ébranlé au point de retrouver sa lucidité en dépit de l'alcool ingéré et du confort de son siège. Il se mit à douter vraiment et non pas seulement à se méfier ou à hésiter, comme c'était son habitude. Et le doute était un sentiment très dérangeant pour un homme aux certitudes métaphysiques comme lui.

Le paradoxe de Moore est une des nombreuses curiosités logiques liées au fait que le langage dont se servent les hommes est un langage humain, trop humain. Il a trait au comportement des sujets face aux énoncés dits de croyance : toutes les propositions de type « x croit p », où x est un sujet et p une proposition, sont des propositions valables pour la logique, à une exception près. Ainsi, par exemple, la proposition « Ivan croit que Dieu existe, mais Dieu n'existe pas » est une proposition valable. Étrangement, lorsque x est à la première personne, ce genre de propositions peut donner lieu à des paradoxes. Par exemple, « Je crois que Dieu existe, mais Dieu n'existe pas » n'est pas une proposition logiquement acceptable, puisqu'elle implique nécessairement un dédoublement actuel et contradictoire du sujet x. C'est le paradoxe de Moore, où un problème sémantique complique des rapports généralement syntaxiques, c'est-à-dire où le simple bon sens vient déranger des vérités formelles d'habitude limpides.

Ce paradoxe avait autrefois beaucoup inquiété Steiner, puisqu'il était alors justement en trait de se débattre avec plusieurs croyances et suppositions encore vagues. Mais jamais il ne lui serait venu à l'idée de croire à une chose en sachant pertinemment qu'elle était fausse. Pourtant, à ce

moment-là du vol, peut-être parce qu'il était si heureux et
satisfait pour une fois dans sa vie, ou à cause du bout de
berceuse qui lui servait de mantra, ou encore parce que Bosch
n'avait pas été capable de concevoir un paradis original,
Steiner se souvint des deux chiens bavards du parc, le jour où
tout avait commencé. Il se souvint de la scène avec beaucoup
de clarté, comme si de tout temps cet événement insolite avait
été tapi quelque part dans son cerveau, prêt à refaire surface
pour ébranler l'édifice de ses certitudes. Il avait réellement cru
que les chiens parlaient de lui, tout en sachant que cela n'était
pas vrai, que c'était impossible parce que les chiens ne parlent
pas. Un cas classique du paradoxe de Moore, et donc une
brèche dans son monde, une faille porteuse d'un désordre
essentiel, contre lequel aucune certitude n'était plus possible.

Sa première réaction face à ce qui lui parut d'abord
comme un brin de folie fut celle d'un rire jaune accompagné
de la peur du ridicule. Et si tout cela n'était qu'un rêve
absurde et démesuré, exactement comme celui du capitaine
Achab dans *Moby Dick*? Si sa pensée avait alors toléré un
désordre de cette ampleur, peut-être que l'homme à la barbichette aussi n'avait été qu'une illusion. Une illusion ou un
complot d'une autre nature, puisque ce type suspect dans la
bibliothèque ne comportait apparemment pas de paradoxes.
Steiner pensa que si un homme plein de bon sens comme lui
avait été victime d'une illusion à la vue des chiens, pourquoi
pas… Était-il possible qu'il fût simplement fou? que tout cela
ne fût qu'une illusion, un rêve brisé?

L'espace d'un instant, il douta de tout et il eut peur. Une
drôle de peur mélangée à une profonde tristesse et à une
amère déception. Il fut alors la proie d'images de sa vie de rat
solitaire, de la pauvre putain maigre appelée Cindy, de son
enfance asilaire de bâtard et de criminel nostalgique d'un lui-
même toujours inatteignable. Envahi par les larmes et s'efforçant de ne pas sangloter, il s'accrocha au souvenir des Christ
de Bosch pour tenter de combattre la folie qui menaçait de
corrompre sa lucidité. Il regarda alentour et ne vit rien de
changé dans la cabine. Il tâta sa poche et y trouva son passeport et le coupon de la carte d'embarquement. Son voisin

moustachu dormait paisiblement et le film continuait à se dérouler, muet, sur le petit écran devant lui. À cet instant, l'hôtesse remarqua son agitation et vint lui offrir encore à boire. Son joli sourire était bien réel, aussi réel que le double scotch qu'elle lui apporta aussitôt, et le ronronnement paisible des moteurs indiquait sans l'ombre d'un doute qu'ils étaient à plus de trois mille mètres au-dessus de l'Atlantique, en direction de l'Europe. Tout cela ne pouvait pas être une illusion. C'était, au contraire, du réel sonnant, et il venait plutôt de se réveiller non pas d'un rêve mais d'un affreux cauchemar.

Steiner se calma enfin. Il songea alors qu'il allait bel et bien à un enterrement, aux funérailles du seul parent qu'il ait jamais eu, et qu'il était l'unique légataire d'un héritage étrange et tourmenté. Il réalisa aussi que si ce parent s'était tant et tant efforcé de rester en vie pour amasser sa fortune de rêves, et s'il l'avait choisi comme héritier, c'était d'abord parce qu'il croyait en ses mérites. Il ne fallait donc pas dilapider ces biens et cette sérénité nouvelle avec les doutes absurdes d'un passé de rat solitaire. Il s'agissait maintenant de tirer le meilleur parti possible de cette liberté qui s'ouvrait devant lui, tout en rendant les dignes hommages au défunt Lukas Steiner. Avec émotion, il lui fit encore ses adieux.

Nous nous retrouverons, mon cher Lukas, un jour, quelque part. Dors en paix pour le moment avec ta jolie berceuse. C'est bête de craindre la mort, mon vieux frère, puisque nous ne savons rien sur elle. Il se peut qu'elle soit un voyage, uniquement, un voyage sans fin et sans souvenirs amers. Comme ce voyage en avion que tu m'as si généreusement offert après ta vie triste et tes combats avec les paradoxes. Je te remercie de tout mon cœur et je ne t'oublierai pas. Mais de grâce, ne viens plus me hanter comme une âme en peine. Je te promets une sépulture digne de tes plus beaux rêves quand nous nous retrouverons. D'ici là, bénis ton copain Zvat et repose-toi en attendant. Compte sur moi, vieux, tu ne seras pas déçu.

Ces pensées eurent un effet très rassurant, même s'il savait que dorénavant d'autres sursauts de folie comme celui-ci risquaient de venir de temps à autre menacer sa lucidité. Lukas Steiner était un être complexe et tourmenté par le doute, et il serait donc un spectre lourd à porter, comme l'assassin porte en lui le souvenir de sa victime. Il était décidé à le porter fièrement et non pas avec honte, mais il ne lui laisserait d'aucune façon le droit de lui dicter sa conduite. Le cheminement nouveau était une tâche trop noble pour la gaspiller avec des soucis logiques ou des cohérences morales d'un temps révolu. Le pèlerinage aux sources ne faisait que commencer.

Il but encore d'autres scotchs et, lentement, il s'endormit sans rêves ni cauchemars pour le restant du voyage.

L'arrivée à Vienne se passa sans aucune difficulté. Steiner était radieux de se savoir un parfait inconnu dans la ville, ce qui lui donnait une sensation de légèreté et une envie de se promener comme un simple touriste. Il n'oubliait pas pour autant d'avoir une attitude prudente. Ainsi, après les deux premières nuits dans le petit hôtel conseillé par le chauffeur de taxi, il s'installa dans un autre hôtel plus modeste, très éloigné du premier, qu'il avait repéré par ses propres moyens. Sur la fiche de police qu'il remplit au deuxième hôtel, il indiqua qu'il était arrivé à Vienne la journée même, en provenance de Salzbourg, et s'identifia comme Zvat Steiner, citoyen irlandais domicilié à Dublin et voyageur de commerce pour la brasserie Guinness. Comme il paya comptant pour les trois nuits suivantes, en ajoutant un bon pourboire, le petit vieux au comptoir ne lui demanda aucune preuve d'identité.

Après quelques promenades d'investigation pour bien s'orienter au centre-ville, Steiner alla à l'Akademie der bildenden Künste se recueillir devant le triptyque *Le jugement dernier*. L'intense affluence de touristes au musée était rassurante, car elle lui permettait de se sentir anonymement noyé dans la foule des visiteurs. Il put ainsi passer de longs moments en contemplation devant l'œuvre. Pour ne pas trop attirer l'attention, il s'éloignait de temps en temps vers les autres salles, comme un simple badaud, et revenait ensuite pour reprendre l'étude minutieuse des images. Il était saisi par l'intensité de l'ensemble, par la vivacité des couleurs et par l'impression de mouvement qui se dégageait des personnages. Même sans pouvoir se rapprocher trop des panneaux,

Steiner arrivait à distinguer les moindres détails de cette peinture majeure qu'il connaissait par cœur à force de l'avoir frénétiquement fréquentée. Mais là, l'impact de l'œuvre devant lui était beaucoup plus fort que dans le livre. Dans une véritable symphonie d'horreurs aussi grotesques qu'absurdes, il retrouva Cindy courtisée par le dragon et le serpent, il se retrouva assis en train de méditer à côté des forgerons diaboliques, et s'imagina même en promenade parmi cette féerie de supplices et de démons. C'était un réel plaisir de se représenter ainsi, à l'intérieur des scènes, comme un témoin protégé par une autre dimension, et d'entendre alors le vacarme de cette agitation infernale tout en restant parmi les visiteurs du musée. Par chance, les deux représentations du Christ sur les panneaux étaient assez petites et discrètes, sinon Steiner aurait risqué de se faire reconnaître. Saint Jacques de Compostelle, sur le volet extérieur gauche du triptyque, était par contre bien défini, surtout que la peinture en grisaille accentuait le dessin et donc la ressemblance. Il évita de trop s'en approcher, à la fois par prudence mais aussi par modestie, car il avait la nette impression que sa condition actuelle de pèlerin pouvait être perçue malgré ses cheveux coupés en brosse et son visage glabre.

Cette longue présence devant le triptyque effaça définitivement ce qui lui restait d'hésitations ou de doutes quant au bien-fondé de sa nouvelle identité. Steiner ressortit du musée presque en transe, et consacra le reste de la journée et une bonne partie de la nuit à une très longue promenade loin du centre, au bord du Danube, avant de pouvoir reprendre ses esprits.

Le lendemain, il alla au Kunsthistorisches Museum pour contempler *Le chemin de croix* et le petit médaillon représentant l'enfant Jésus jouant avec une éolienne. Mais ce fut une visite beaucoup plus rapide, presque hâtive, tant la figure du Christ lui ressemblait. La peur d'être découvert par un groupe de religieuses qui se promenait dans le musée l'obligea à regarder le grand tableau furtivement et de très loin. L'enfant Jésus, par contre, le laissa attendri. Devant cet enfant qui lui ressemblait, Steiner eut des pensées mélancoliques au

souvenir des jeunes années de Lukas à l'orphelinat. À Mount
Cashel, il était impossible de jouer seul comme le faisait
l'enfant Jésus sur le médaillon ; ils étaient trop nombreux, les
uns sur les autres, et la cour de l'orphelinat ressemblait
davantage au *Jugement dernier* qu'il avait contemplé la veille.

Steiner quitta son hôtel au bout des trois jours prévus.
Dans un terrain vague qu'il avait découvert auparavant, bien
à l'abri de tous les regards, il remplit son sac à dos avec ses
choses et abandonna sa valise et ses souliers de ville. Chaussé
de ses bottes de marche, avec sa grosse veste imperméable et
son sac en bandoulière, il avait maintenant l'apparence d'un
vrai vacancier s'en allant en balade à la campagne. Il prit
ensuite le train pour Salzbourg, où il comptait traverser en
Allemagne à pied.

8

La traversée de l'Allemagne fut une longue promenade revigorante. Steiner se déplaçait de ville en ville par les trains régionaux et s'arrêtait souvent dans les villages situés en dehors des grands axes, où il passait pour l'un des nombreux estivants amateurs de marche à pied. Et il marchait aussi très souvent d'un endroit à l'autre pour profiter du bon temps, parfois sur de longues distances. Ces randonnées lui donnaient l'occasion de séjourner dans des auberges isolées, et quelquefois même de passer la nuit au grand air dans des terrains de camping ou en pleine nature. La confiance en son anonymat augmentait à mesure qu'il avançait, de pair avec le plaisir de marcher. Il se rendait bien compte que ses réponses, même très fantaisistes, aux rares questions qu'on lui posait étaient acceptées telles quelles, sans aucune méfiance, par les gens rencontrés en chemin. À deux reprises, il fut hébergé par des fermiers dans des dortoirs destinés aux travailleurs saisonniers, et il aurait pu facilement être engagé pour les travaux de l'automne s'il l'avait voulu. Une autre fois, simplement en se présentant comme un Irlandais de passage, il fut invité à manger au presbytère d'une église catholique par un curé assez sympathique. Steiner refusa cependant d'y passer la nuit comme le curé l'y invitait, car il le soupçonnait de vouloir lui faire des avances sexuelles. Dans les grandes villes, il trouva facilement de la place dans les auberges de jeunesse et surtout dans des foyers pour sans-abri. Ces derniers étaient ses préférés, puisqu'il pouvait passer pour un simple routard et qu'il pouvait garder le silence sur sa personne à l'exemple des autres itinérants, ivrognes et malades mentaux qui y séjournaient. Les drogués un peu hagards ne posaient jamais de questions, et ils se tenaient toujours à une distance respectueuse à cause de son physique imposant et de son regard souvent scrutateur.

À Munich, il profita de l'occasion pour se recueillir dans la Alte Pinakothek devant le petit fragment du *Jugement dernier*. Cette magnifique pièce, malheureusement détachée d'un ensemble perdu, contient une pléiade de démons très détaillés et particulièrement bizarres, aux corps hybrides d'oiseaux, d'insectes ailés et de bêtes marines. Ceux-ci diffèrent des autres créations de Bosch par leur précision, leurs formes osées et leurs couleurs. Le fond de bitumes presque noir intensifie leur relief, et c'est comme s'ils flottaient vraiment dans les ténèbres. Les morts sortant de leur sépulture pour être jugés et emportés par les monstres sont modelés par un clair-obscur très accentué, qui leur fait gagner une grande expression émotive et, curieusement, une sensualité particulièrement déplacée. Les femmes assaillies par les démons paraissent toutes prêtes pour de sinistres viols, pendant que les hommes sont simplement dévorés ou jetés dans les puits de flammes. Les âmes mâles en attente de jugement semblent torturées par l'angoisse ou par le regret, tandis que l'unique âme femme sort du tombeau déjà en s'exhibant et en attendant son violeur.

Ce panneau impressionna beaucoup Steiner et le bouleversa quelque peu. Le soir, en se promenant dans le quartier des putes pour tenter d'appliquer les visions de Bosch à la réalité contemporaine, il se laissa convaincre par une belle Noire et l'accompagna pour se délester de son désir. Il faut signaler cependant que la curiosité joua aussi un rôle dans cette rencontre, car c'était la première fois que Steiner couchait avec une femme noire, et cette fille possédait un corps sculptural. La présence des deux femmes noires coiffées d'une cerise dans le panneau central du *Jardin des plaisirs* l'avait toujours intrigué, car c'étaient les deux seules Noires dans toute l'œuvre du peintre. Steiner ne pouvait donc pas laisser passer cette opportunité d'approfondir ses connaissances, surtout que les cerises en question étaient considérées comme des symboles d'une grande sensualité par les spécialistes de l'œuvre du maître. Il put alors constater que ces exégètes n'avaient pas tort, car la fille le gratifia d'une séance d'amour vraiment exubérante et jubilatoire, avec des rires et des agrippements dignes d'une vraie diablesse. Ce fut par ailleurs une étreinte assez simple et naturelle, sans artifices pervers ni idées morbides, faite uniquement dans le but hygiénique de ne plus se sentir harcelé par des pensées libidinales. Il se réjouit ensuite d'être resté à la surface du corps de la prostituée, malgré la fougue de cette dernière, et s'en alla satisfait de sa sérénité nouvelle.

Steiner continua son voyage d'abord vers Nuremberg, où il visita la maison du peintre Albrecht Dürer pour tenter de se faire une idée de la vie à l'époque de Bosch. Ce fut décevant, cependant, car tout y était très astiqué et presque vide, sans aucun rapport avec ce qu'il s'était représenté comme étant la vie au XVe siècle. L'absence de tableaux et d'outils pour la peinture enlevait aussi toute identité à l'immeuble, et il devenait ainsi difficile de croire que l'artiste avait vraiment séjourné et peint en ces lieux toutes ses œuvres majeures. La présence bruyante d'un grand groupe de touristes sortis de divers cars stationnés le long des murailles de la ville complétait l'impression d'irréalité absurde qu'il ressentait en tentant de penser aux temps passés. Cette visite provoqua en lui des pensées mélancoliques sur la vanité de la vie et de l'effort. Et l'image des mouches de la place publique dont parlait Zarathoustra continua à le hanter durant plusieurs jours en dépit du plaisir de cheminer incognito.

À la Städtische Galerie de Francfort, Steiner passa peu de temps devant le génial *Ecce homo*, car la représentation du Christ était de toute évidence son propre portrait. Il retrouva sur l'image à la fois l'inconnu à la barbichette, Bilodeau et un Jacques Parizeau sans moustache cherchant à se dissimuler. Il se réjouit de se reconnaître aussi dans le petit personnage assis au fond de la scène, à l'entrée du pont, avec son habit de pèlerin pour témoigner en silence de la stupidité humaine. La foule des juifs conspuant le Christ lui fit alors penser aux visiteurs du musée commentant les œuvres accrochées aux murs ou aux lecteurs dans son ancienne bibliothèque. Il s'amusa alors à imaginer les gens dans la galerie habillés comme les personnages du tableau, avec les mêmes grimaces sarcastiques de haine et de mépris. Ces souvenirs d'un passé qui paraissait déjà lointain le firent sourire de satisfaction à la pensée que ses ennemis cherchaient sans doute encore le pauvre Lukas Steiner à Montréal, même si ce dernier était déjà mort. Il se demanda comment réagiraient sa concierge et ses anciens collègues de travail en constatant son absence prolongée.

Il remonta ensuite à Düsseldorf, d'où il continua à pied jusqu'aux Pays-Bas, sans être importuné à la frontière. La marche jusqu'à Bois-le-Duc — 's Hertogenbosch — fut une délicieuse flânerie à travers les champs et sur les petites routes de campagne. À son grand étonnement, Steiner constata que les nombreux cyclistes paraissaient être des gens très disciplinés et respectueux des piétons, et qu'ils roulaient tous à une vitesse raisonnable, comme de simples promeneurs. Cette observation l'amena à penser une fois encore qu'il avait très bien fait de quitter sa ville de perversions pour ne plus jamais y retourner. Cela ne veut pas dire qu'il faisait la paix avec les cyclistes, naturellement, car son aversion était trop ancrée et encore alimentée par des souvenirs précis. Mais il n'éprouvait plus une haine spécifique envers les gens se déplaçant sur deux roues, et il était même déjà capable d'admirer de nouveau les jolis culs de certaines femmes à bicyclette. D'ailleurs, un matin, à l'approche de Bois-le-Duc, l'une d'entre elles, se déplaçant seule sur un tandem, lui proposa de monter pour qu'ils fassent ensemble le reste du chemin. Steiner refusa l'offre, à la fois parce qu'il ne savait pas s'il était en mesure de se contrôler à une telle proximité de son plantureux derrière, et aussi parce qu'il craignait que ses sentiments envers les cyclistes ne lui jouassent un mauvais tour. Et ce n'était pas convenable d'assommer sans motif apparent une jeune fille qui devait sans doute habiter dans la ville natale du peintre.

Il avait plu durant la nuit et le soleil du matin rendait l'atmosphère très lumineuse, avec à peine un halo de brouillard bas sur les champs cultivés. La petite route de terre n'était qu'un simple chemin tout droit s'étendant à perte de vue. Steiner sourit en voyant comment la fille se retournait pour le regarder en s'en allant, comme si elle regrettait son refus de l'accompagner. Et elle leva alors bien haut son beau cul pour se donner la force de pédaler ou peut-être pour lui montrer ce qu'il venait de dédaigner. Cette rencontre avec la jeune femme sur son tandem raviva de vieux souvenirs de Terre-Neuve. Il pensa à Carole, la fille qu'il avait connue à la sortie de la prison pour mineurs. Elle aussi, elle avait voulu qu'il la suive, et elle était même prête à attendre qu'il se trouve un travail plus agréable et moins éreintant. Mais durant ses années au Whitbourne Youth Detention Center, le seul travail qu'on lui avait appris était celui de bûcheron ; un travail qu'il détestait d'ailleurs de tout son cœur. Les autorités de la Cour avaient jugé que cette activité rude et éloignée des gens était ce qu'il lui fallait pour dépenser son surplus d'énergie et pour lui apprendre à ne plus cogner sur les autres. Qui sait si le père Stephen ou l'aumônier Corrigham n'avaient pas comploté pour qu'on l'isole en pleine forêt ? C'était, en tout cas, la meilleure façon de s'assurer qu'il deviendrait un errant parcourant la terre. Et Carole était serveuse dans un pub à Corner Brooke, un lieu de passage, la seule grande ville sur la route allant à Saint John's. Évidemment, elle ne pouvait pas l'attendre longtemps. Il ne venait là que tous les deux ou trois mois, en congé du camp forestier, la mort dans l'âme et le corps peu enclin à la tendresse.

Une jolie fille comme elle, avec son accent français qui donnait envie de mordre ses lèvres... Et cette brute de Lukas, aux mains calleuses, sale comme un vaurien, toujours perdu dans ses pensées et qui parlait uniquement de s'en aller. Ça ne pouvait pas marcher. Une jolie fille, la vraie perle de ce pub toujours rempli de camionneurs. Les femmes veulent de la sécurité, forcément ; elles ont beau rêver un peu d'un jeune gars bourru et silencieux, elles retombent vite sur leurs pieds quand un meilleur parti s'annonce. Tant mieux pour elle. Lukas l'aurait rendue bien malheureuse, peut-être même acariâtre en peu de temps, et ç'aurait mal fini. S'il l'avait ensuite tuée, ce n'est pas la prison pour mineurs mais vingt-cinq

*ans de pénitencier qu'il aurait gagnés. Il serait plus vieux que moi
en sortant de là... C'est drôle... Il a tout de même purgé plus de
vingt ans dans la cave de la bibliothèque, et ça, sans avoir tué la jolie
Carole. Peut-être qu'il l'a tuée en pensée; ça compte aussi. À
Montréal, au moins, il a pu s'instruire parmi les livres. Et je fais les
voyages dont il avait rêvé. Pauvre Lukas...*

Ces curieuses divagations, loin de le remplir de tristesse,
eurent l'effet de le ragaillardir. Steiner regarda le matin et les
champs ensoleillés avec une joie renouvelée, et il força la
marche pour arriver à Bois-le-Duc à l'heure du déjeuner.
Depuis qu'il avait commencé son voyage, son appétit était
devenu vorace; il avait continuellement à l'esprit les bistrots
et les restaurants qui l'attendaient à la prochaine étape. Son
sommeil aussi était devenu plus lourd et réparateur, avec
moins de cauchemars à mesure que la marche le fatiguait.

Bois-le-Duc est aujourd'hui une ville assez grande, et sa
place du Marché encore jolie n'a sans doute rien à voir avec
celle du temps de Jérôme Bosch. N'empêche que Steiner
ressentait partout la présence du peintre. Il y avait sa statue et
la maison où il avait habité, et surtout la cathédrale Saint-
Jean, où il allait prier régulièrement. On ne trouve pas de ses
œuvres dans la vieille église gothique, mais Steiner n'était pas
homme à se décourager pour si peu. Il peupla en imagination
les fresques existantes, peintes par les parents de Bosch, avec
de nombreuses bestioles ressemblant aux sculptures diaboliques qui entourent l'extérieur de la cathédrale. Il se promena
ensuite de longues heures dans les étroites ruelles médiévales, touchant avec respect les vieilles pierres de l'ancienne
fortification, où sans doute le peintre s'était aussi promené
pour croquer sur le vif les visages de ses tableaux. À la
Zwanenbroederhuis, la maison de la fraternité dont Bosch
était membre, Steiner médita longuement sur l'un des seuls
documents qui restent concernant le maître, son certificat de
décès.

*Il a dû disparaître dans la nature, comme moi, ni vu ni connu.
Ce certificat est sans aucun doute apocryphe. Comment se fait-il
alors qu'il ne reste que ce bout de papier? Pas de sépulture... Sa
statue aussi est bidon, puisque c'est la représentation actuelle, plus*

*de cinq cents ans après, d'un homme dont on ne sait rien de précis.
Il y en a qui prétendent même qu'il était un adepte de l'adamisme,
ou le disciple de l'alchimiste Jakob van Almaegien, une sorte
d'hérétique et de maniaque sexuel. C'est drôle, encore un autre Jakob
qui se met sur mon chemin... Qui croire en fin de compte, si
certaines de ses images sont d'une sensualité capable de perturber
même un type sérieux comme moi? Ce mystère est aussi fascinant
que celui de la déchéance humaine. Il y a peut-être un rapport avec
le fait que même Bosch n'a pas pu concevoir le paradis autrement
que sous la forme d'une bacchanale. Nous sommes trop esclaves de
notre corps pour arriver à le dépasser. Les ascètes en savent quelque
chose...*

Le lendemain, parti avec l'intention de se promener sur
les berges des canaux qui entourent la ville, Steiner fit une
étrange découverte : un musée entièrement dédié au carnaval.
Le Oeteldonks Gemintemuzejum est en effet une curiosité
unique en son genre, puisqu'il est consacré au carnaval de
tous les peuples du monde, et sa collection de photographies
et d'artefacts consacrés à cette fête est hallucinante. Steiner
oublia les canaux et passa une bonne partie de la journée à
explorer le musée. Il le fit cependant non pas avec un intérêt
ethnologique mais en vrai disciple de Bosch, en cherchant à se
représenter les enfers du maître transposés aux quatre coins
du monde durant cette époque de l'année plongée dans la
débauche. Ce fut un exercice des plus excitants ; il lui permit
de se rendre compte que dans d'autres pays il y avait aussi
des individus comme lui, investis de la noble tâche de
témoigner de la folie des hommes. Mais c'étaient sans doute
des hommes sans instruction, qui n'avaient pas eu la chance
de prendre connaissance des peintures du maître, et qui
étaient condamnés à représenter les scènes de Bosch avec les
moyens culturels à leur disposition, par des masques, des
déguisements et la démesure carnavalesque. Il s'agissait
peut-être même d'une confrérie secrète, un peu comme celle
dont le peintre était membre, une sorte de fraternité d'êtres
lucides et critiques de la bêtise de leur temps.

*Je me demande si je rencontrerai jamais ce genre de confrères au
hasard du chemin. Peut-être pas. Nous ne sommes pas faits pour*

nous rencontrer, peut-être que nous devons nous contenter de nous reconnaître dans les œuvres sur la folie et la dépravation. Étrange destinée... Tout cela reste bien énigmatique, et c'est sans doute préférable que je ne me casse pas trop la tête pour chercher à deviner les détails du plan global. Une confrérie... Mon testament fait par maître Rabinovitch sera alors le pendant de l'acte de décès du grand peintre, un vague document apocryphe pour signaler mon passage et ma disparition.

L'existence de ce musée consacré au carnaval, justement dans la ville de Bosch, ne pouvait d'aucune manière être fortuite. Steiner se demanda si la confrérie ancienne existait encore et si elle était toujours active. Il sourit à la pensée que d'autres membres de la même association pouvaient se promener incognito dans les mêmes rues que lui, tous attirés là en pèlerinage pour rendre hommage à Jérôme Bosch. Steiner commença alors à regarder alentour dans l'espoir de les découvrir et de voir si eux aussi étaient au courant de sa présence en ville. Cette idée d'abord plaisante raviva au bout d'un moment son ancienne méfiance; des vestiges de son angoisse apparurent alors quand il songea qu'il pouvait être observé par des inconnus, peut-être même suivi. Membres de la même confrérie ou pas, Steiner ne se sentait pas à l'aise avec ce soupçon. Et si la fille sur le tandem avait cherché à l'attirer dans un piège? Est-ce que des ennemis de Lukas avaient cherché à l'attirer là, à Bois-le-Duc, en l'appâtant avec des images de Bosch? Naturellement, Steiner chassa aussitôt ces hypothèses inquiétantes, en les qualifiant de presque blasphématoires dans ces lieux sacrés. Mais cela s'ajouta malgré tout à sa crainte d'être identifié comme un des modèles de Bosch et gâcha passablement son plaisir de se promener dans cette ville. Le soir même, il prit le train pour Rotterdam. Par contre, l'association des images infernales et du carnaval continua d'alimenter son imagination à partir de ce jour. Et avec raison, puisque le carnaval — le carnaval humain dans tous ses aspects de fête et de vie quotidienne — devint à ses yeux la mise en scène par les humains des excès de l'enfer.

Il retrouva sa sérénité dès son arrivée à Rotterdam. L'agitation de la grande ville et de son port immense était le camouflage idéal pour un homme en errance. Il prit une chambre dans un vieux gîte misérable proche des docks, en se présentant comme Zvatopluk Steiner, et se sentit aussitôt chez lui. L'idée que le père de Lukas avait pu séjourner dans la même chambre lui plut comme une sorte de bon augure. Et dès le lendemain, il alla chercher l'aumônerie ou le foyer pour les marins catholiques de passage, avec la ferme intention de consulter les registres anciens pour retrouver une trace de cet hypothétique père. Malheureusement, la Maison des marins catholiques était une bâtisse déserte, presque délabrée, qui ne s'occupait plus des marins depuis déjà très longtemps. Le chapelain en charge, un vieillard aux allures d'ivrogne, lui répondit dans un bon anglais qu'ils ne tenaient plus d'archives et que les anciens documents avaient été transférés au Musée de la marine marchande.

Je suis désolé, mon cher Lukas. S'il y a une trace du passage de ton vieux ici, elle doit être en train de tomber en poussière au fond d'un trou à rats, comme les documents dans la cave de ta bibliothèque. Bizarre, tu ne trouves pas ? D'une certaine manière, vous vous êtes rejoints par le moyen de la poussière, de la moisissure et par la fréquentation des rats. Avoue que c'est trop parfait pour n'être qu'une simple coïncidence. Il est sans doute mort en mer, avalé par le gros poisson comme tu l'as vu dans plus d'une des images du maître. Un pauvre Jonas en fin de compte, un irresponsable. Ce type-là, ce Martin, était un sensuel, crois-moi, et il est mort comme il a vécu, trop vite, sans même s'en rendre compte. Oublie-le ; c'est mieux ainsi. Ta berceuse ne te sera d'aucun secours pour le faire revenir. C'en est un de plus qui est parti sans laisser de trace, comme Bosch, ni vu ni connu. Dis-toi pour te consoler qu'il fuyait peut-être des ennemis redoutables et qu'il n'a pas eu la chance de revenir pour te reprendre. C'est la faute au gros poisson qui l'a gobé ou aux rafiots déglingués des marins sans espoir. Les voyages ne sont pas sans danger. Il ne faut pas t'en faire, Lukas, la vie est une maladie mortelle.

Malgré cela, il fit semblant de prier à la chapelle de la Maison des marins et réussit à attirer l'attention du chapelain pour entamer une conversation. Steiner lui raconta qu'il était un voyageur irlandais de passage aux Pays-Bas, et qu'il s'informait au sujet d'un oncle, un marin au long cours, catholique pratiquant, qui avait peut-être visité ce foyer de Rotterdam à diverses reprises dans les années soixante.

— Je suis ici depuis la fin de la guerre, répondit le curé. J'ai vu passer des générations de marins. Beaucoup d'entre eux venaient ici, au foyer catholique, pour chercher de l'aide après une bagarre ou quand ils avaient tout dépensé avec les putes. Ils étaient rarement pratiquants, si vous voulez mon opinion. Même les bouddhistes et les musulmans se disaient catholiques quand ils étaient dans le pétrin. N'importe qui peut se dire catholique, il suffit de faire semblant de prier. Ça ne marche pas chez les protestants, parce qu'ils prient en chantant à haute voix ; il faut connaître leurs hymnes pour arriver à tricher. Alors, c'est bien difficile de se souvenir de tous les marins... Sans compter que Martin Steiner est un nom très courant en Allemagne. S'il s'appelait Martin, en plus, ce n'était pas un catholique, croyez-moi. Même en Irlande, je suppose que les catholiques n'appellent pas leurs garçons Martin, n'est-ce pas ? Il faudra plutôt chercher du côté des protestants. Ils ont plusieurs foyers pour marins, chacune de leurs sectes a pignon sur rue, ici, à Rotterdam, y compris l'Armée du Salut. Et ils ont bien plus de succès que moi, comme vous pouvez le constater par l'état des lieux.

Steiner le trouva drôle et invita ce père Jan à prendre un verre dans une taverne proche. Celui-ci accepta avec plaisir, et il se révéla en fait un ivrogne accompli, car il avalait bières et genièvres bien plus vite que Steiner ne le pouvait. Il était aussi très bavard, surtout après les quatre ou cinq premiers verres, lorsqu'il se mit soudain à vanter les putes de Rotterdam.

— Je vous assure, jeune homme, insista-t-il devant l'étonnement de Steiner. Les putes de Rotterdam n'ont d'égales dans aucun port du monde. Amsterdam a une belle réputation uniquement à cause des touristes ; ce sont là des filles pour touristes, des dilettantes. Celles de Rotterdam, au contraire, sont des putes pour marins, des spécialistes. Je vous les recommande. Il faut, ne fût-ce qu'une fois dans sa vie, baiser une des filles de ce port.

— Vous êtes chauvin, mon père.

— Ce n'est pas du chauvinisme, mon fils, mais la constatation d'un fait. Leur réputation est mondialement connue, et leur fréquentation est une excellente compensation des peines du célibat.

— Allez-vous encore souvent leur faire la catéchèse, aux putes ?

— Hélas ! non ! Je suis trop vieux maintenant pour ces choses. Le Seigneur a eu pitié de moi et Il a été assez charitable pour faire cesser mes érections. Quel soulagement de ne plus me sentir sous le joug de la testostérone, ce poison sournoisement instillé par les mères pour nous tenir captifs de la luxure féminine. Mais cela ne m'empêche pas de continuer à tout savoir sur les putes de ma ville. Allez goûter à leurs charmes et vous ne le regretterez pas.

— Je vous crois, mon père. Mais si l'on revenait à mon oncle, Martin Steiner. D'après vous, quelle serait la meilleure façon de retrouver sa trace ?

— Je ne sais pas. S'il a débarqué au Canada, peut-être même qu'il ne s'appelait pas du tout Martin Steiner. Un marin dans un port change de nom, forcément ; il en invente un plus facile, un nom passe-partout comme celui-là. Êtes-vous bien certain qu'il s'appelait ainsi ? Avez-vous jamais contrôlé sa carte de marin ?

— C'était mon oncle, après tout.

— Mais c'était un marin avant d'être votre oncle, n'est-ce pas ? répondit le prêtre avec un sourire sarcastique. Il pouvait être menteur aussi. Vous-même, par exemple, vous pouvez prétendre n'importe quoi, puisque vous êtes un étranger de passage. Vous n'avez peut-être de racines nulle part. Toute ma vie j'ai fréquenté des déracinés, et je sais les reconnaître à distance.

— Moi, déraciné ? Vous le croyez vraiment ?

— Mon fils, à mon âge, je ne crois qu'à la mort. Et à l'alcool, naturellement. Les hommes sont tous des menteurs et des assassins en puissance, comme les femmes sont toutes des putes qui s'ignorent.

— Vous êtes un drôle de prêtre, tout de même, pour dire des choses semblables de vos ouailles. Et la grâce, mon père ? demanda Steiner pour le relancer.

— Quelle grâce ? Regardez autour. Voyez-vous une grâce quelconque ici, dans cette taverne ? Ou ailleurs dans la ville ? Je n'en vois aucune. Il y a peut-être la grâce divine après la mort, mais celle-là ne dépend pas de nous. Dieu devra faire un très grand effort de générosité s'il compte gracier tous les gens qui viennent se confesser à l'église. Sans compter tous les autres. Il va avoir du boulot. Ça vous étonne ?

— Oui, c'est étonnant d'entendre des paroles aussi insolites de la part d'un prêtre.

— C'est l'expérience, jeune homme, une très longue expérience. Et je ne m'en fais plus comme autrefois, lorsque j'étais plus jeune. Je m'en fiche. Dieu doit savoir ce qu'il fait. Ce serait faire preuve d'une trop grande vanité que de vouloir tout savoir à Sa place.

— Vous priez encore ? demanda Steiner au bout d'un moment.

— Pour le salut de mon âme, uniquement. Prier pour les autres serait aussi de la vanité, ce serait tenter de convaincre Dieu de se plier à mes désirs. J'en suis venu à la conclusion qu'Il ne doit pas aimer être emmerdé. Quand on devient vieux, on comprend enfin que Dieu aussi est vieux, bien plus vieux que nous. Et on Le laisse tranquille dans son coin, à l'écart de nos bavardages inutiles. Alors, Lui, à son tour, Il est reconnaissant, et Il nous envoie des visiteurs comme vous, qui payent à boire en posant des questions ridicules. Si votre oncle a disparu, c'est qu'il avait ses propres raisons pour le faire. Vouloir le retrouver après plus de quarante ans, c'est comme vouloir emmerder le Seigneur avec des protestations sur l'état actuel du monde. Sans compter que votre oncle est sans doute mort ou trop vieux pour répondre à vos questions. Pourquoi vouloir demander des comptes à un mort ? Vous prenez-vous pour le bon Dieu ?

— Non, répondit Steiner avec le sourire. Je voulais seulement le connaître un peu, apprendre quelque chose sur lui pour arriver à mieux me le représenter.

— Ou à mieux le juger ? S'il ne s'est pas donné à connaître, c'est qu'il le voulait ainsi. Dieu non plus ne se donne pas à connaître, et il faut respecter Son désir de garder ses distances. Une vie entière n'est pas suffisante pour se connaître soi-même. Vouloir s'encombrer d'informations sur son prochain est de la vanité, en plus d'être une perte de temps. Et c'est par ailleurs un excellent artifice pour tenter de jeter la faute de nos actions sur les autres.

— Je voulais peut-être, au contraire, l'admirer.

— Admirez-le alors, en commençant par le respecter. Cet oncle, dont vous ne savez que le nom — un nom faux de toute évidence —, n'a peut-être pas voulu laisser de traces. Qui sait si son message n'était pas justement celui-là ?

— Oui... Mais encore...

— Il a peut-être voulu vous laisser libre de rêver de lui à votre guise. De rêver de ses aventures de marin, des merveilleuses femmes qu'il avait un peu partout dans le monde. Vous êtes alors en mesure de le récréer dans votre esprit selon vos propres besoins. Il devient ainsi beaucoup mieux, ou pire, selon vos désirs, sans que vous vous chargiez de la petitesse de sa personne, de ses défauts, de ses imperfections humaines. Ce n'est pas mieux ainsi ?

— Peut-être...

— À moins de vouloir vous venger sur lui de vos propres petitesses, de votre vie minable. Est-ce qu'il vous a blessé d'une manière quelconque ?

— À vrai dire, non, répondit Steiner après une longue réflexion. Il a seulement laissé un vide que je tente de remplir sans savoir par où commencer.

— Un vide en vous ? demanda le prêtre en indiquant au garçon de remplir de nouveau les verres. Le seul vide que je respecte est celui des verres et des bouteilles. C'est un vide affreux. Mais prétendre qu'il y a le vide en nous à cause d'autrui, c'est d'une énorme cruauté. Pensez-y. Quand le départ de quelqu'un laisse un vide en nous, une sorte de faim inassouvie, c'est qu'on désirait dévorer celui qui est parti. Votre oncle est reparti tout entier, et vous aussi, vous êtes resté entier, heureusement, sans aucun repas cannibale. À moins, bien sûr, qu'il vous ait volé quelque chose de palpable, de matériel. S'il était capable de remplir sa vie sans votre aide, vous êtes dans l'obligation d'en faire autant.

Personne n'est censé se laisser dévorer pour satisfaire les carences d'autrui.

— Que faites-vous alors de l'amitié, de l'amour ? Les gens disent pourtant que ces sentiments existent...

— Oui... fit le prêtre avec une moue de dédain. On dit en effet que ça existe. Mais il est extrêmement rare de trouver ce genre de communion dans la vie de tous les jours. Chacun mange un peu l'autre. Ils se mangent ainsi mutuellement parce qu'ils n'arrivent pas à se satisfaire seuls. Oui, cela arrive. Si l'on regarde de plus près, il y en a toujours un qui est plus vorace. C'est à ça qu'on doit faire attention, la voracité, l'unique source des péchés capitaux. Seule la fréquentation de sa propre solitude peut contrer la voracité, jeune homme. On peut, certes, être curieux au sujet de quelqu'un ; c'est très humain, même si la curiosité trouve aussi sa source dans la voracité. C'est une sorte de gourmandise envers autrui, pour se remplir la panse de ce qui ne nous appartient pas. Mais de là à voyager dans l'intention de fouiller le passé de quelqu'un d'autre... Et quarante ans après... À mon avis, le seul sentiment qui dure aussi longtemps est le désir de vengeance. Je n'en connais pas d'autre.

— Vous tordez un peu mes intentions, mon père.

— Je ne tords rien. Quand on boit, la tête se met malgré nous à philosopher. C'est ce qu'il y a de mieux dans la vie d'un buveur qui se respecte, la philosophie. On arrive alors à échafauder ou à détruire les meilleures argumentations. On refait le monde et soi-même pendant que le foie métabolise l'alcool et que les reins le transforment en pisse. L'alcool est le seul aliment qui libère l'esprit, qui permet de voyager dans des contrées qui nous font peur en état de sobriété. Toute autre nourriture alourdit la conscience et nous pousse à des pensées mesquines. Je constate d'ailleurs avec plaisir que je prêche un converti. Allez, commandez encore à boire, sinon il nous faudra tordre ces verres vides pour en extraire quelques gouttes.

Ils continuèrent ainsi à boire et à philosopher, le prêtre avec la discipline et le sérieux d'un alcoolique chronique, pendant que Steiner se laissait bercer nonchalamment par les paroles du vieux. Cette nouvelle sensation de légèreté lui était très agréable. Il avait l'impression d'arriver à mieux se connaître à travers ce dialogue, tout en gardant intacts son intimité et ses secrets. Le vieillard ne pouvait rien savoir sur lui et ne se souviendrait certainement de rien le lendemain. Mais il arrivait, avec sa curieuse façon de parler, à l'aider à penser comme s'il voyait le fond de son âme.

— Vous êtes un drôle de prêtre, dit Steiner au bout d'un moment.

— Un aumônier de marins se doit de penser comme un marin ou comme un vagabond s'il veut aider ses ouailles. Sinon, il ferait mieux de prêcher à la messe pour les bonnes femmes et les bourgeois. Rappelez-vous qu'il y a plusieurs demeures dans la maison du Seigneur.

— Vous n'avez jamais pensé naviguer pour de vrai? Comme marin, je veux dire.

— La mer ici est plus houleuse que là-bas, et je suis encore un bon capitaine, répondit le vieux. La preuve, vous n'avez pas encore sombré avec toutes vos hésitations. Et j'ose croire que cet oncle commence déjà à s'éloigner à l'horizon de vos pensées. Un bon pilote doit savoir éviter les récifs et les bancs de sable. C'est la même chose dans la vie : il faut éviter les emmerdements. Ensuite, le bateau navigue tout seul. De toute manière, nous naviguons tous vers le même port, la mort. À quoi bon s'ennuyer avec des passages difficiles ou des courants qui ne nous conviennent pas ? Partez en voyage, vous aussi, à l'exemple de cet oncle que vous voulez à tout prix emmerder avec votre présence. S'il y a un vide, votre oncle n'y est pour rien ; c'est seulement que vous ne savez pas encore le remplir tout seul. Allez donc en pèlerinage vers vous-même, et ne vous accrochez plus à des chimères qui appartiennent aux autres. Qui sait si vous ne trouverez pas alors une belle mort vous appartenant de plein droit ?

— Une mort ? demanda Steiner avec surprise.

— Une mort, une vie, c'est la même chose. Une belle vie se couronne d'une belle mort, naturellement. Une belle mort, à elle seule, peut parfois donner l'impression d'une belle vie à ceux qui sont désespérés d'eux-mêmes. On fait ce qu'on peut. Mais c'est mieux quand on le fait tout seul, par nos propres moyens. C'est comme dans les romans : parfois l'histoire est bonne, même si la fin est faible. D'autres fois, une belle fin peut racheter une trame médiocre.

— Et si tout est médiocre, mon père ?

— Si tout est médiocre, c'est que vous êtes un raté, comme l'immense majorité des êtres humains. Il n'y a rien là. De toute manière, raté ou pas, quelques années après votre passage, personne ne se souviendra plus de vos échecs ou de vos réussites. Mais il y a toujours moyen d'arranger autrement son histoire, c'est une question de courage et d'imagination. Si vous êtes un raté dans ces domaines aussi, mettez-vous alors à boire avec passion. Ça aide à voir la vie avec d'autres yeux. Ça anesthésie aussi agréablement nos envies de nous mêler de ce qui ne nous concerne pas. Allez ! Buvons à la mémoire de cet oncle inconnu et oublions le reste.

Cette conversation avec le père Jan fit beaucoup de bien à Steiner, et il regretta de ne pas l'avoir connu dans son adolescence. Les curés à Mount Cashel, soit ils ne buvaient pas, soit ils avaient le vin triste, et c'est pourquoi ils se vengeaient sur les enfants.

Le lendemain, malgré le mal de tête et l'ivresse pas encore dissipée, il alla se promener dans la ville avec le sentiment qu'il avait avancé dans sa quête, même s'il n'était pas arrivé à rendre service au pauvre Lukas.

Peine perdue, mon vieux. Ton père a disparu dans les brumes ou dans les eaux, et pour toujours. Il était peut-être marin, mais ne s'appelait pas Martin. C'est sans doute une mauvaise blague que ces curés irlandais ont voulu te faire, et peut-être même qu'ils te traitaient de sale protestant derrière ton dos. Ou encore d'hérétique, fils de Martin Luther. Ce n'est pas impossible. Tu te souviens comme ils pouvaient être méchants, ces sadiques-là ? Au moins, ils t'ont seulement détesté et châtié comme le Christ, au lieu de t'aimer comme ils aimaient leurs minets. Et tu n'as pas été enculé, ce qui n'est pas peu de chose à long terme. Ta rage au cœur les a fait hésiter à te demander de sucer leurs bites à l'eau bénite ; ils avaient trop peur de tes dents. Ça aussi, ç'a beaucoup de valeur. Ça ne remplace peut-être pas un vrai papa, mais ça aide à l'oublier. Imagine un

instant que tout aurait pu se passer autrement, et tu te sentiras déjà
soulagé. Allez, du cran, Lukas. Le musée d'ici a six tableaux de
Bosch. Nous allons nous en mettre plein la vue.

Avant d'arriver au musée Boymans-van Benningen
cependant, Steiner fut cloué sur place par une vision saisissante.
Au centre d'une large esplanade au bord de l'eau s'élevait une
gigantesque statue d'une beauté effrayante, comme un cri de
désespoir. Était-ce la représentation d'un homme ou celle d'une
femme? Aucune importance. C'était un être humain criant
d'horreur aux cieux, pendant que ses bras paraissaient chercher
à la fois à se défendre et à protester contre ce qui venait d'en
haut. Steiner s'approcha lentement de la sculpture, avec crainte
et respect devant cette figure d'une puissance expressive à
couper le souffle. La masse de bronze paraissait se hausser sur
son socle comme un corps réel secoué par une douleur infinie.
Le torse déchiré de la statue et sa bouche béante suggéraient de
vraies blessures, des douleurs actuelles. Impossible de rester
indifférent à l'impression à la fois de refus et d'impuissance qui
se dégageait de l'ensemble. Il éprouva alors, pour la première
fois depuis son enfance, quelque chose d'étrange, ce que
d'autres appellent la solidarité ou l'empathie, faute d'un
meilleur terme. C'était aussi une révolte sourde, provoquée par
l'impossibilité de faire cesser le tourment exprimé par la statue.
Steiner ressentait en lui-même ce que l'image en bronze
paraissait ressentir envers le ciel. Il s'approcha encore et vit qu'il
s'agissait d'une figure féminine, mais d'une puissance telle
qu'elle transcendait toute spécificité. Le bronze s'appelait *La*
ville détruite, et son auteur était Ossip Zadkine.

Bouleversé par la vision de cette sculpture et sans trop
savoir que faire de l'émotion insolite qui remuait le fond
mélancolique de ses remords, Steiner s'enfuit de là à grands
pas, en tentant de chasser ce qu'il venait de ressentir. Ce ne fut
pas facile. L'image resta très nette dans son esprit, au point
qu'il entendait même son cri de protestation désespérée,
comme une malédiction au ciel. Il n'arrivait pas à se défaire
de la curieuse impression de l'avoir déjà vue en chair et en os,
devant lui, à hurler pour de vrai. Et tout cela s'accompagnait
d'une grande confusion, d'une rage immense mélangée à des

larmes d'impuissance. Arrivé au bout de la longue allée, il se
retourna et regarda la statue une dernière fois, au loin, comme
une accusation. Une accusation doublée d'un appel à l'aide, et
l'horrible vision d'un événement très ancien revint du fond
de sa mémoire comme un douloureux furoncle qui se met
enfin à suppurer.

C'était en effet une scène double, contradictoire, d'autant
plus impossible à être conçue par la raison qu'elle se fondait
par moments en une seule image, comme lorsqu'on super-
pose deux objets transparents. Il y avait d'abord la scène du
petit garçon à genoux, demandant maladroitement grâce, et
de son agresseur le rouant de coups et d'insultes. La jeune
victime était abjecte de mollesse, avec le visage couvert de
morve et de sang, et elle gémissait d'une façon aiguë et
pleurarde, implorant son agresseur d'arrêter de la frapper et
promettant de céder à ses désirs sans plus opposer de résistance. Mais le grand, un rictus grotesque sur le visage, encouragé par les cris de haine et les sarcasmes des observateurs,
préférait continuer à l'humilier et à le frapper avant de le
violer et d'en faire son esclave. Celui qui observait la scène à
distance n'éprouvait pas de pitié pour la victime, mais
uniquement de la répugnance envers l'incident en tant que
tel, dans sa totalité, l'agresseur et sa victime confondus, ainsi
qu'envers les observateurs et envers ce qui se passerait ensuite. Et puis, il y avait la scène suivante, où l'agresseur levait
sa tête vers le ciel, la bouche ouverte dans un cri muet, les
yeux exorbités, avant de tomber mort, le crâne fracassé par un
formidable coup de poing. Aussi, la stupéfaction dans le
visage de tous les témoins et l'horreur exprimée dans le
regard de la victime à genoux. Cela s'accompagnait ensuite
de la douleur dans son bras tordu et de la sensation d'étouffe-
ment dans sa gorge lorsque les curés se jetaient sur lui pour le
maîtriser avant d'appeler la police. Steiner se souvint de tout
dans le plus grand désarroi, en regardant la statue au loin.

Tu seras un errant parcourant la terre, monstre assassin,
lui avait dit le père Stephen. Steiner ne chercha pas à se
défendre, puisqu'il ne savait pas quoi répondre. Il avait cogné
pour que cesse l'incident, pour effacer de la cour de récréation

cette chose dégoûtante, ces cris et ces gémissements qui l'empêchaient de rêver en paix. Seulement ça : pour regagner sa tranquillité de solitaire et non pas pour venir en aide au petit garçon. Que dire alors pour sa défense ? L'agresseur était mort, tant pis pour lui. Le petit serait violé par un autre ou par l'un des curés, car telle était sa destinée d'être faible. Mais l'assassin, qu'adviendrait-il de lui s'il n'osait pas mentir pour justifier son geste ? Le juge de la Cour des mineurs tenta pourtant de lui ouvrir la porte de cette excuse honorable, en évoquant la protection d'un enfant maltraité. Mais le jeune Lukas méprisait la victime autant que l'agresseur.

— Non, monsieur le juge, répondit-il lors de son procès. Je ne cherchais à défendre personne. Je me fichais qu'il se fasse battre ou enculer. Je me fichais aussi que l'autre le batte. Ce n'est pas de mes affaires.

— Mais vous l'avez frappé, jeune homme. Pourquoi ?

— Je l'ai frappé... Je ne sais pas. Je l'ai frappé pour avoir la paix, pour continuer à regarder les nuages dans le ciel sans être dérangé. Le désordre dans la cour était trop grand et m'empêchait de penser. J'aurais pu frapper le petit aussi, mais le grand était plus proche ; c'est lui qui a reçu le coup. Voilà.

— C'est tout ? demanda le juge, étonné.

— Oui, monsieur.

— Regrettez-vous au moins votre geste ?

— Non, monsieur. Il est mieux mort que vivant. Dommage que je n'aie pas tué tous les autres, et les curés aussi. Dommage...

— Ce n'est pas le moment ni le lieu pour crâner, jeune homme ! cria le juge. L'accusation qui pèse sur vous est trop grave, vous pourriez être déféré à une Cour pour adultes. Répondez : aviez-vous l'intention de tuer votre camarade ? Aviez-vous des motifs contre lui ?

— De le tuer ? J'avais seulement envie d'être laissé en paix. Je ne sais pas si j'avais une autre intention, monsieur. Et il n'était pas mon camarade. Je n'ai pas de camarade. Il m'a appelé bâtard, c'est vrai, mais nous sommes tous des bâtards... Non, j'ai cogné pour avoir la paix. Tant pis s'il est mort, ce n'est pas de mes affaires.

— Par ce geste, jeune homme, vous venez de gâcher passablement vos chances d'être reçu honorablement dans la société, pour ne pas dire que vous avez gâché votre vie. Avez-vous quelque chose d'autre à ajouter ?

— J'ai gâché ma vie… Quelle vie, monsieur ?

Il était difficile de mettre de l'ordre dans tant de souvenirs d'un seul coup. Steiner chercha un bar, il s'attabla et commanda une bière pour attendre la fin de la tourmente dans sa tête. Il revit alors la cour de récréation de l'orphelinat remplie d'enfants hagards, il sentit à nouveau l'odeur d'urine du dortoir des petits et la puanteur des toilettes rouillées. Les taches de moisissure sur les murs, qui tant de fois l'avaient absorbé comme les nuages, réapparurent avec netteté dans son esprit, telles qu'elles étaient autrefois, remplies de bêtes étranges, de forêts de lianes et de flocons de neige monstrueux. Il se souvint des épais brouillards qui remplissaient le monde d'une ouate grise, il se rappela comme ils frissonnaient tous dans les salles de classe lourdes d'ennui. Steiner détestait ces souvenirs. Mais que faire d'autre si c'étaient ses seuls vrais souvenirs ? Des souvenirs bien cachés, enfouis sous de nombreuses strates de fantaisies et de fabulations souvent tirées par les cheveux, et qui souvent ne suffisaient pas pour les écraser au fond de l'oubli. Il fallait subir de temps à autre ces souvenirs, passivement, avec la nausée qui les accompagnait, jusqu'à ce qu'ils cessent de s'agiter. Exactement comme la poussière des caves de la bibliothèque, qu'il subissait sans protester après chaque remous dans les couches supérieures des documents pourris. Et la vision de la sculpture de Zadkine avait été une formidable secousse qui l'avait pris entièrement au dépourvu.

Plus tard, au musée, devant *Les noces de Cana* et le tondo dit *Le voyageur*, Steiner avait encore à l'esprit le gigantesque bronze hurlant au ciel. Le Christ et Cindy à la table des noces n'étaient pas de taille à contrer l'impression laissée par la statue. Le tableau du voyageur cependant l'apaisa quelque peu, en lui rappelant qu'il avait bel et bien abandonné son passé derrière lui, une fois pour toutes, depuis la mort de Lukas. Il se réjouissait d'être devenu Zvatopluk, ce pèlerin solitaire du tableau qui regardait en arrière, sans regrets, à la fois les amoureux du bordel et l'homme urinant contre le mur, et qui avançait, confiant dans la force de son bâton pour se protéger contre les chiens hargneux. La chouette qui surveille le voyageur restait pour Steiner, certes, un signe funeste. Mais il savait aussi qu'il avait déjà fait la paix avec sa destination.

Devant le beau portrait de saint Christophe transportant l'enfant Jésus sur son dos, dans une pose très semblable à celle du voyageur de tantôt, Steiner songea que lui aussi voyageait en portant son copain Lukas. Et qu'ensemble ils traverseraient encore la mer.

Son étape suivante fut Gand, en Belgique. Au Musée des beaux-arts, Steiner se limita à regarder de loin le magistral *Chemin de croix,* tant sa ressemblance avec le Christ lui paraissait choquante. La présence de Jacques Parizeau dans ce tableau lui rappela aussi d'être très prudent devant cette œuvre, pour éviter d'être reconnu par de possibles touristes originaires de Montréal. Mais il ne put s'empêcher de penser que toute la scène, avec les visages de haine et de mépris, avait quelque chose à voir avec ce qu'il avait subi autrefois en entendant les témoignages des curés durant son procès. Comme le Christ, il avait gardé sa dignité et sa sérénité au milieu des accusations. Il resta ensuite longtemps en admiration devant le *Saint Jérôme en prière,* car il était persuadé qu'il s'agissait d'un autoportrait du peintre. La maigreur ascétique et la noblesse du visage du saint contrastaient de très belle façon avec les yeux méchants de la chouette et avec les ruines alentour, pour mettre en relief son état mystique de concentration. Steiner s'efforça alors de communiquer en pensée avec l'image, et adressa ses plus profonds remerciements à Jérôme Bosch pour cette vie nouvelle de voyages et de paix intérieure. Il lui dit aussi adieu chaleureusement, car il n'était pas certain de le rencontrer de nouveau, ni même de pouvoir se recueillir encore une fois devant un de ses tableaux. Il y avait, bien sûr, Lisbonne, avec son magistral *Saint Antoine* et l'autre autoportrait du peintre aidant à transporter le saint blessé. Il y avait aussi toutes les belles images du Prado à Madrid. Mais la suite de ce voyage lui paraissait de plus en plus incertaine et pleine d'embûches, et il valait mieux se dire adieu, quitte à se réjouir si une nouvelle rencontre avait lieu.

Steiner s'était promis de ne pas s'arrêter à Arras pour voir ce qu'on disait être un portrait dessiné de Bosch à la bibliothèque municipale. D'abord, parce qu'il s'agissait d'un dessin reconnu apocryphe, ou du moins une simple copie tardive exécutée après la disparition du peintre. C'était peut-être même un dessin commandé par ses ennemis dans le but de l'identifier pour mieux le rechercher, et qui ne ressemblait aucunement aux beaux visages de ses saint Jérôme. Mais aussi parce que l'idée d'aller dans une bibliothèque municipale lui paraissait trop désagréable, repoussante même ; sans compter la petite impression superstitieuse qui lui disait de ne pas s'y risquer pour ne pas être reconnu comme le commis Lukas Steiner, de la Bibliothèque centrale de Montréal.

Un matin du milieu de septembre, venant depuis la Belgique par le train, Steiner gagna Paris. Il ne savait pas trop ce qu'il faisait là. Son intention première était de partir le plus vite possible vers l'Espagne. Mais la traversée des banlieues décaties avant d'entrer en gare du Nord attisa sa curiosité, tant ces endroits lui parurent laids et vétustes, à l'opposé de l'idée qu'il s'était faite de la ville. C'est ainsi qu'il décida de faire un court arrêt à Paris pour tenter d'enrichir encore ses visions abyssales de l'humanité. Il ne se trompait pas. Ses contrariétés commencèrent dès la sortie de la gare, où il fit face à une foule bigarrée, nerveuse et agressive. Les gens se hâtaient dans toutes les directions sans la moindre civilité, comme s'ils couraient tous autour du chariot à foin de Jérôme Bosch. Steiner, qui était trop absorbé par la nouveauté de cette faune excitée, se laissa d'abord bousculer à deux ou trois reprises sans réagir, simplement surpris par ces manières brusques et en cherchant à se faire une idée d'ensemble de la situation. Lorsqu'il fut poussé dans le dos par un voyageur en costume-cravate, qui cherchait effrontément à prendre sa place dans la file d'attente pour les taxis, il jeta le malotru par terre d'un simple coup d'épaule et lui fit face, décidé à lui casser la figure. L'individu en question se contenta de marmonner des invectives en prenant à témoin les gens autour. Cela aurait pu tourner à la bagarre, car les autres voyageurs se mirent aussi à râler et à gesticuler comme des poulets excités dans une basse-cour. Personne n'osait cependant soutenir son regard. Le cercle autour de lui s'élargit sans d'autres réactions, et Steiner put alors atteindre le prochain taxi sans avoir eu la chance de se servir de ses poings. Ce ne fut pas tout cependant. Le chauffeur du taxi commença par rouspéter, car Steiner, qui n'avait qu'un sac à dos, était décidé à le garder avec lui sur la banquette. Cela paraissait être une absurdité aux yeux du chauffeur, qui se voyait ainsi privé du supplément de prix pour les bagages. Mais ce drôle de client habillé comme un vagabond n'était pas prêt à se laisser convaincre, et le chauffeur se résigna à obéir tout en marmonnant comme les observateurs de la scène. Ensuite, quand il fut question de la destination, le chauffeur maugréa de plus belle, car Steiner commençait à perdre patience :

— Cherchez un hôtel, le plus moche possible, commanda-t-il au chauffeur. Du genre hôtel à putes et dans un quartier plein de Nègres et d'Arabes. Mais pas trop loin d'ici. Attention ! Si je vous soupçonne de tourner en rond pour faire durer la course, je vous assomme comme un chien galeux. Allez-y, conduisez !

C'était risqué, puisque le chauffeur aurait pu faire un scandale ou sortir en courant pour appeler la police. Mais Steiner avait été trop énervé par l'accueil agressif et n'était plus en mesure de se perdre en politesses. Il se cala dans la banquette et alluma sa pipe pour retrouver son calme, même si l'intérieur du véhicule était placardé d'affiches interdisant de fumer. Le chauffeur ne réagit pas, mais se contenta de grommeler et de freiner brusquement à la moindre occasion pour exprimer son mécontentement.

Ils sont nerveux parce qu'ils sont trop veules, ces pauvres types. Quelle ville de merde ! Je dois rester calme à l'avenir, ne pas risquer de me faire repérer si proche du but.

Le taxi ne tourna pas beaucoup et le laissa devant le petit Hôtel de Cadiz, affichant une seule étoile, rue d'Orsel, proche de la station de métro Anvers. Steiner inscrivit sur la fiche de police le nom de Jérôme Aken, citoyen belge originaire de Bruxelles. La vieille femme à la réception, maquillée comme une sorcière, se contenta de ranger la fiche sans même la regarder et lui demanda de payer comptant, avant onze heures, pour chaque nuit qu'il désirait passer à l'hôtel. S'il faisait monter des putes, il lui faudrait payer un supplément horaire pour le temps de séjour de la fille dans sa chambre.

Steiner s'orienta à l'aide d'un petit dépliant publicitaire sur la ville et s'en alla se promener en direction de la Seine dans l'intention de voir la cathédrale Notre-Dame. L'impression de nervosité agressive flottant dans l'air s'accentua à mesure qu'il avançait dans Paris. Aussi, le fait d'entendre parler français lui rappelait trop Montréal et réveillait son état d'alerte et sa méfiance. Il allait d'un pas ferme mais en scrutant sans cesse les environs, comme s'il s'attendait à être découvert et pris en chasse. L'angoisse ancienne, qu'il croyait définitivement surmontée, revenait par bouffées à chaque coin de rue, aggravée par la confusion apparente du trafic routier et de la foule des piétons. Décidément, il y avait trop de gens dans les rues ; au lieu de le rassurer et de lui permettre de passer incognito, la multitude augmentait son agitation intérieure et lui donnait envie de courir pour se cacher. Mais où se cacher, s'il ne connaissait pas la ville ? Il tentait en vain de se raisonner, de respirer profondément ; l'impression d'être épié de partout ne cédait pas. Les gens baissaient craintivement les yeux quand il les fixait et paraissaient effrayés lorsqu'il les bousculait, mais ces réactions ne faisaient qu'augmenter son sentiment de haine et de mépris.

Soudain, Steiner s'arrêta net devant une réelle vision d'horreur. Un affreux clochard qui trifouillait dans une poubelle de la rue, éparpillant sur le trottoir ce qui paraissait être des feuilles gribouillées comme les siennes, se tourna dans sa direction. Croisant alors son regard, le vieillard éclata d'un sinistre rire édenté. Steiner fut assailli par l'idée que ce vieillard immonde de saleté, aux longs cheveux collés sur le crâne en une masse graisseuse, pouvait être le père de Lukas qu'il avait cherché à Rotterdam. C'était absurde, il le savait bien, mais pris de panique et d'une nausée proche du vertige, il s'enfuit en courant et s'enfonça dans la première bouche de métro sur son chemin. Il se mit ensuite à arpenter les couloirs sales qui partaient dans toutes les directions, toujours en regardant en arrière de peur d'être poursuivi par le clochard. Désorienté dans ce labyrinthe et se laissant emporter par le flot des gens, il s'en alla à la dérive dans l'espoir d'aboutir quelque part. Aux tourniquets d'accès aux rames, il eut la bonne idée de se retourner et de suivre ceux qui en ressortaient. Après encore d'autres couloirs et d'autres escaliers, il regagna enfin la rue, mais une autre rue que celle qu'il avait empruntée plus tôt. L'air frais du dehors l'aida à mieux respirer, sans toutefois chasser complètement de ses narines le miasme souterrain qu'il venait d'inhaler dans le métro, une sorte de puanteur de corps mal lavés, d'urine et d'enfermement. Toujours désorienté, il entra dans un bar. Après avoir avalé deux bières et deux cognacs, il se sentit un peu plus calme, mais sans avoir recouvré le courage de consulter ouvertement le plan de la ville pour tenter de retrouver son chemin. Un troisième cognac et une cigarette fumée lentement, à longues bouffées, l'aidèrent davantage, et il ressortit enfin dans la rue. Le souvenir lointain de ses premières journées à Montréal lui vint à l'esprit. Il avait vécu ce genre de crises autrefois, lesquelles s'étaient espacées à mesure qu'il s'adaptait à son nouvel environnement et qu'il arrivait à mieux s'orienter sans trop y prêter attention. Mais Paris gardait un curieux aspect d'étrangeté que Steiner ne parvenait pas à définir, si ce n'est par son sentiment de haine et de mépris depuis son arrivée à la gare.

Apaisé par l'alcool et par ses souvenirs, Steiner déambula longtemps au hasard, se laissant presque conduire par le flot des passants dans les grandes avenues. Enfin, au boulevard Montmartre, il trouva le musée Grévin. Dans le hall, caché parmi les nombreux touristes, il put consulter son plan sans se faire remarquer et retrouva la direction de la Seine. Il hésita, se demandant s'il ne ferait pas mieux de retourner aussitôt à l'hôtel et de reprendre son sac à dos pour regagner la gare. Mais Notre-Dame de Paris l'attirait beaucoup à cause de lectures anciennes ; il ne voulait pas s'en aller sans avoir été dans l'église de Quasimodo, l'un de ses héros de jeunesse. Il s'en irait ensuite, quitte à prendre un train de nuit, mais satisfait au moins d'avoir été dans la cathédrale.

Tout en repassant mentalement le roman de Hugo, il réussit à trouver Notre-Dame sans difficulté et sourit même à la pensée qu'il avait agi plus tôt en vrai imbécile. L'intérieur de l'église et son ascension de la tour finirent par le calmer. Depuis là-haut, il étudia la ville de Paris sous la lumière du soleil déclinant à l'horizon, comme le bossu l'avait sans doute fait maintes fois. Il songea à Carole. Avec ses cheveux noirs et sa peau un peu basanée, elle l'avait fait penser autrefois à l'Esmeralda du roman, et il se rappela aussi s'être comparé à Quasimodo lorsqu'il ne l'avait plus trouvée au bistrot de Corner Brooke. Steiner décida alors que Paris était une ville laide, et qu'il était tout à fait justifié de haïr tous ses habitants. À la vue des touristes penchés sur le parapet de la tour, il se divertit durant un long moment à s'imaginer en train de les faire tous basculer dans le vide.

Quel spectacle digne de Victor Hugo, tous ces gens tombant sur le parvis devant les passants terrorisés… Cette ville est moche, Lukas, et ces gens sont tous des minables. Pense à la façon dont ils ont traité Quasimodo. Tu vois ? Me voici en haut de Notre-Dame, comme ce bon bossu, et j'ai une envie folle de leur jeter du plomb fondu. On ne peut pas tout faire dans la vie. Dommage… Le monde tourne vraiment d'une drôle de manière. Pendant ce temps, quelque part dans une bibliothèque lointaine, d'autres pauvres types entament leur journée de travail en pensant déjà à leur pause de midi. Une concierge un peu lubrique doit se demander ce qu'elle dira ou pas à la police au sujet de ta disparition. Cocasse, n'est-ce pas ? Et c'est pourtant vrai, Lukas. Ils nagent en pleine confusion. Je crois qu'il vaut mieux oublier La nef des fous *au musée du Louvre et nous en aller d'ici au plus vite. Qui sait s'ils ne te cherchent pas à Paris ? Tu as raison, pourquoi Paris plutôt que Moscou ? Mais je n'aime pas l'idée qu'ils nous cherchent et je n'aime pas les habitants de cette ville. Il vaut mieux nous éloigner vers un endroit où ils ne penseront jamais à nous chercher. Sans compter que tu as envoyé des paquets de tes dessins à deux adresses ici… Ce serait bête de tout risquer, si proche du but, tu ne trouves pas ?*

Steiner se rendit ensuite en taxi à l'hôtel, y récupéra son sac à dos et se fit conduire aussitôt à la gare Montparnasse, dans l'espoir de prendre un train pour Bordeaux. De toute évidence, il valait mieux attendre à la gare ou même prendre un train pour quelque destination intermédiaire, plutôt que de passer la nuit dans cette ville menaçante.

9

Depuis Bordeaux, toujours par le train, Steiner gagna Bayonne le matin suivant. Confortablement attablé devant une bière au buffet de la gare, il attendit alors quelques heures le train qui l'emmènerait à Saint-Jean-Pied-de-Port. Parmi les autres marcheurs accoutrés comme lui, qui allaient aussi entreprendre le chemin de Compostelle, sa présence passait inaperçue. Il se sentait de nouveau très calme et rassuré. La crise d'angoisse qu'il venait de vivre à Paris restait mystérieuse, mais il avait réussi à la reléguer au fond de sa mémoire comme un simple sursaut indésirable de ses existences passées. Maintenant qu'il approchait de son but, la confiance d'avoir effacé ses traces redevenait entière et s'accompagnait d'un enthousiasme juvénile face à l'aventure qui l'attendait.

Le petit train d'un seul wagon entra en gare, les quelques marcheurs munis de sacs à dos y prirent place, et il repartit presque vide. Steiner soupira de soulagement et s'abandonna au plaisir du voyage. C'était un court trajet dans une région très peu peuplée, parmi les belles forêts du Pays basque et les falaises des contreforts des Pyrénées orientales. Cela lui rappela le temps où il avait été bûcheron à l'ouest de Terre-Neuve, et il tenta en vain d'imaginer ce que serait devenue sa vie s'il y était resté au lieu de partir pour Montréal. La seule hypothèse qu'il avait alors envisagée était le métier de camionneur, justement pour fuir de là et voyager incognito. La carrière de marin lui était fermée à cause de son procès. Il aurait pu, certes, se faire embaucher comme simple homme de pont par un bateau de passage et se perdre ensuite dans le monde sans jamais devenir un vrai marin. Mais cette voie était impossible, car elle aurait signifié un échec, une plaie toujours vivante avec laquelle il n'aurait pas pu survivre. À l'orphelinat, depuis sa tendre enfance, comme beaucoup d'autres enfants de l'île, il avait rêvé d'un poste d'officier dans la marine canadienne, ou même dans la marine marchande. Et ce rêve-là ne tolérait pas de piètres succédanés. La vie à bord d'un bateau comme simple manœuvre aurait été une constante humiliation, et mieux valait abandonner ce rêve intact, sans y toucher.

Qui sait si, avec le temps, je n'aurais pas pu aimer le travail de bûcheron? Mais ce n'était pas un travail, c'était une partie essentielle de ma sentence. Et il m'éloignait pour toujours de la mer. Sale orphelinat... Comme j'ai jubilé en lisant sur le scandale dans les journaux, sur l'hypocrisie de ces ordures de l'Église. Seulement quelques cas isolés, qu'ils disaient à l'époque... Ils niaient tout et continuaient à pavoiser dans les messes, y compris en présence de ce fils de chienne de Jean-Paul II venu à leur rescousse. Jusqu'à ce que les Christian Brothers of Ireland se fassent démasquer comme sadiques et pédérastes partout en Amérique du Nord... Dommage que Mount Cashel ait été démoli en 92. J'aurais voulu y retourner pour y mettre le feu de mes propres mains, pour brûler tous les curés comme dans un incendie de Bosch. N'empêche que je rêve encore de retrouver un de ces curés-là pour lui broyer les os. Les plus jeunes dans mon temps doivent être aujourd'hui des évêques quelque part dans le monde, les salauds, ou simplement morts de leur belle mort... C'est agaçant, tout de même, de ne pas pouvoir se venger. La haine insatisfaite devient un vrai poison.

À l'arrivée à Saint-Jean-Pied-de-Port, Steiner suivit les autres marcheurs jusqu'à l'intérieur de la citadelle, où il trouva l'Accueil Pèlerin. Il attendit pour voir comment les autres procédaient pour s'identifier et pour obtenir la *credencial del peregrino*, le carnet officiel tenant lieu de passeport et ouvrant l'accès à tous les gîtes du chemin de Compostelle. Ce n'était pas difficile : il s'agissait seulement de remplir soi-même le document, en y inscrivant son nom, sa nationalité, sa date de naissance et le numéro de son passeport. Les gens sur place ne semblaient pas désireux de contrôler quoi que ce fût, et leur accueil était des plus chaleureux. Quand vint son tour, Steiner commença par poser plusieurs questions au sujet du pèlerinage, en forçant le plus possible son accent irlandais. La dame qui s'occupait de lui ne parlait pas très bien l'anglais, mais elle était très patiente et désireuse de l'informer. Pendant ce temps, il remplissait discrètement son carnet : Zvatopluk Steiner, né le 17 mars 1963 à Limerick, citoyen irlandais, avec un numéro de passeport inventé sur le moment. C'était tout. Comme motif du pèlerinage, il pouvait choisir entre « religieux », « spirituel », « sportif » ou « culturel ». Il trouva que « religieux » sonnait le mieux pour un catholique irlandais, et le sourire admiratif de la dame confirma le bien-fondé de ce choix.

— C'est un prénom rare, le vôtre, monsieur Steiner, remarqua la dame. Est-ce un prénom typiquement irlandais ?

— Non, madame, c'est un prénom typique d'une petite région peu connue entre la République tchèque et l'Autriche. Mon père, feu Martin Steiner, que Dieu ait son âme, était autrichien. Il avait immigré en Irlande après la guerre, où je suis né. Zvatopluk était aussi le prénom de mon grand-père paternel, mort durant la Première Guerre. Mon père voulait m'honorer du souvenir de son propre père.

La dame consigna les données dans le registre et lui signala qu'il était le quatre cent cinquante-sixième Irlandais en partance cette année-là de Saint-Jean-Pied-de-Port. Et ce fut tout. Steiner eut la chance qu'il y ait un lit libre au refuge ; il s'y installa avec son sac et la grosse canne ferrée qu'il venait de se procurer, comme un véritable pèlerin certifié.

Après la douche, en cherchant un restaurant et une épicerie pour acheter des vivres pour le lendemain, Steiner eut encore une pensée pour son cher Lukas :

Tu vois, Lukas, il ne faut plus t'en faire. Tu es officiellement mort. Cela veut dire que tu t'en es tiré à bon compte, sans qu'ils te retrouvent, ces salauds. Une bonne chose de faite, ce pied de nez à tous ces fils de pute. Personne d'autre que toi n'aurait pu penser au chemin de Compostelle, la voie de saint Jacques. Même la barbichette de la bibliothèque n'aura aucun moyen de trouver notre trace. Si je garde encore ton passeport, c'est par mesure de prudence.

Après le passage de la frontière espagnole, je le brûle, et c'en sera vraiment fini de toi dans ce monde-ci. Et tu as sans doute remarqué la canne ferrée qui fait partie de l'équipement des pèlerins, n'est-ce pas ? C'est une arme redoutable entre mes mains, si jamais quelqu'un me cherche en plein chemin. Buvons à cette réussite, mon vieux, car demain nous serons loin d'ici, introuvables.

Il but en effet pour célébrer la réussite de sa fuite et pour vider rituellement sa tête des mauvaises pensées. Il rentra au refuge d'un pas hésitant, presque au moment de la fermeture ; les autres marcheurs dormaient depuis longtemps.

La nuit fut très courte. Dès cinq heures du matin, en pleine noirceur, des marcheurs s'apprêtaient déjà à partir, et vers six heures Steiner était le dernier à se préparer encore. L'alcool de la veille ne s'était toujours pas dissipé ; sa tête était très légère, comme si elle flottait sur son cou, et ses gestes étaient lents. Même si on l'avait prévenu des difficultés de cette première étape, il n'était pas mécontent de partir plus tard. Les autres auraient le temps de le distancer, et il serait certain de cheminer seul. L'ambiance fraternelle qui régnait entre les pèlerins était trop neuve et un peu difficile à supporter pour un homme comme lui, peu habitué aux échanges sociaux. Il ne se dépêcha donc pas pour ranger ses affaires. Le pain, le fromage et le saucisson achetés la veille lui suffiraient pour la journée, tout comme la bouteille d'un litre d'eau. De toute manière, il avait tellement mangé le soir précédent qu'il n'aurait presque pas faim en chemin.

Steiner sortit de l'auberge un peu avant huit heures, alors que le ciel étoilé commençait à peine à pâlir. Les ruelles du village étaient encore désertes et plongées dans un calme infini. Il faisait assez frais, mais Steiner savait que la journée pouvait être chaude en cette fin de septembre. Pipe au bec, il attaqua d'un pas décidé le chemin traversant la Porte d'Espagne, que d'innombrables pèlerins avaient emprunté avant lui, depuis plus de mille ans. Chacun de ces voyageurs était motivé par le même désir formel de fuir pour trouver une cohérence personnelle, et cela n'avait aucune importance si cette forme renfermait les contenus les plus absurdes et les plus contradictoires.

À la sortie du village, une première pente abrupte annonça ce que serait la journée : une montée vertigineuse jusqu'aux hauteurs des Pyrénées au loin, et ensuite une balade parmi les cimes. Steiner rangea la pipe dans sa poche et décida de grimper au pas de course pour transpirer les relents d'alcool avant l'arrivée du soleil. Malgré la difficulté du chemin, le silence, l'air frais et les jolis bancs de brouillard au fond des vallées lui faisaient oublier la tension dans les muscles et le poids du sac à dos. Tout était si beau et paisible, comme s'il était le dernier homme sur la terre. Avec le lever du jour, il pouvait distinguer au loin quelques marcheurs déjà bien avancés, seuls ou en petits groupes, comme des taches colorées sur le fond vert des alpages. Et le chemin montait sans cesse, impitoyablement, dans un paysage féerique de moins en moins peuplé d'arbres, avec un ciel énorme englobant le monde devenu petit des vallées et des montagnes au loin. Même s'il avançait à grandes foulées, le temps paraissait étrangement ralenti par contraste avec sa progression dans l'espace. Steiner se souvint alors d'une impression analogue qu'il avait ressentie à plusieurs reprises durant ses années de prison. C'était comme si la durée normale des événements s'étendait de façon exagérée, en dépit du fait que le temps ne passait pas plus vite. Ou comme si le monde avait cessé d'exister à sa vitesse habituelle, pour s'écouler visqueux et ainsi confondre la perception que le jeune Lukas Steiner avait de lui. Couché dans son lit pendant que les autres prisonniers dormaient, il pouvait entendre le réservoir de la chasse d'eau des toilettes se remplir durant une éternité, même si ce dernier n'était pas défectueux. Sa cigarette aussi pouvait lui donner l'impression de ne jamais brûler, et les volutes de fumée stagnaient en l'air comme figées à jamais. Le temps ne s'écoulait pas et l'ennui des nuits sans sommeil n'avait pas de limites. Quelques-uns des autres garçons lui avaient dit éprouver des sensations semblables après avoir fumé de la marijuana, mais Steiner les avait sans drogue, seulement à l'aide du silence et de la solitude. Durant ces instants de ralentissement du devenir, sa tête n'était pas vide pour autant ; au contraire, des pensées se bousculaient d'elles-mêmes en forme de pures images mentales souvent apeurantes qu'il devait subir sans pouvoir se défendre. Pourtant, en grimpant les Pyrénées ce jour-là, seuls quelques vagues souvenirs ou des impressions peu précises occupaient son esprit. C'était comme si son corps pouvait enfin bouger tout seul, tranquille et automatique, sans être encombré de son angoisse ou de son mantra. Le plaisir d'avancer ainsi, sans même l'urgence d'arriver quelque part, la tête dégagée de tout souci et de toute obsession, était presque plus enivrant que l'alcool. Les quelques chevaux sauvages et les troupeaux de moutons alentour, sans aucune présence humaine, accentuaient l'aura magique de l'endroit.

Steiner atteignit le col de Bentarte, le sommet de cette première étape, après plus de quatre heures de marche. Le soleil était déjà haut dans le ciel. Il était trempé de sueur malgré les vents et la fraîcheur ambiante. Les muscles de ses jambes étaient endoloris et très raides, mais il ne ressentait pas de fatigue à proprement parler, seulement une certaine sensation semblable à l'indolence de la paresse. Il décida de faire une halte pour manger une bouchée et pour fumer, avant d'entamer le passage du col et la descente vers l'Espagne. La petite croix signalant la direction à suivre avait été décorée de fleurs, de rubans et de drapeaux de divers pays, et elle donnait une saveur de fête mélancolique à cette cime déserte. Il songea alors que mourir là, dans cet espace rendu immense par la proximité du ciel, ne devait pas être déplaisant, et il regretta presque de devoir continuer la marche pour retrouver la compagnie des autres gens. Ce sentiment de bonheur serein s'estomperait sans aucun doute, et peut-être qu'il ne le retrouverait jamais. Mais que faire d'autre s'il était à peine au début du chemin, si loin encore de l'objet de sa quête?

Steiner franchit le col et entreprit la descente à pic sur un chemin rocailleux. Au bout d'à peine un quart d'heure de marche, il trouva une fontaine, dite la fontaine de Roland, avec des inscriptions en espagnol et des indications du chemin en forme de coquilles et de flèches jaunes. Il comprit qu'il était déjà en Espagne et sourit de contentement à l'idée d'avoir traversé sans s'en rendre compte une frontière invisible, non gardée, dans un sentier de montagne désert. Voilà, il était devenu enfin introuvable, pratiquement un pur esprit ou une abstraction, un réel pèlerin à la recherche de son unité absente. Il but avec plaisir l'eau de la fontaine et remplit sa bouteille, émerveillé de ce qu'il venait d'accomplir. La très longue descente à travers bois, en pentes et collines abruptes, fut une véritable promenade à grandes foulées. Steiner avait l'impression de danser, et il sautilla en effet au bout de deux heures de course, à la vue des bâtiments de la Collégiale de Roncevaux au loin, tout au fond de la vallée. Le jour commençait à peine à décliner quand il arriva enfin pour s'inscrire à l'auberge des pèlerins.

Il fut accueilli par le couple d'hospitaliers qui assurait la permanence ce jour-là. Il leur adressa la parole en anglais, mais à la vue de sa *credencial* ils s'étonnèrent.

— Nous sommes autrichiens, dit le vieil homme. Votre nom nous rappelle quelque chose de pas trop irlandais.

— Je ne comprends pas, répondit Steiner, visiblement confus.

— Zvatopluk est un nom d'origine ruthénienne, comme le mien, Botuslav. Curieux, n'est-ce pas ?

— Je m'appelle Mila, dit sa femme. Ça fait moins ruthénien que Botuslav, mais c'est aussi un nom commun dans la même région.

— Ah bon ! fit Steiner en se ressaisissant. Mon père aussi était autrichien, Martin Steiner. Mais je ne parle pas l'allemand. Je suis né en Irlande. Zvatopluk était le prénom de mon grand-père.

— Cela ne fait rien, jeune homme. Ici, on peut se comprendre en n'importe quelle langue. Mais votre grand-père était sans doute de Ruthénie, des Carpates ou des monts Tatra, au temps de l'empire. Mes parents aussi venaient de là, d'où mon Botuslav, un prénom aussi courant que Zvatopluk. C'est une belle coïncidence. Soyez le bienvenu à Roncevaux. Choisissez-vous un lit et déposez-y votre sac pour le retenir avant d'aller au restaurant. Les douches sont en bas, au sous-sol.

Tu vois, Lukas, le petit vieux ne blaguait pas. Zvatopluk, Botuslav ou Martin, cela n'a plus aucune importance. La même chose pour les langues. Tous ces gens se fichent du monde pourri qu'ils ont laissé derrière, et ils se dotent de l'identité qu'ils veulent en devenant des pèlerins. Le passé lui-même n'a plus d'importance. Si ça te fait plaisir, je peux dire en ton nom que j'étais officier de marine marchande ; du coup, cela devient vrai. C'est remarquable, n'est-ce pas ? Comment se fait-il que tu aies pris autant de temps pour nous trouver une planque pareille ? De grâce, ne me parle pas de ton amour des livres. Je crois plutôt que tu aimais trop souffrir à la bibliothèque municipale et que tu t'attachais trop aux petites choses sans importance de la vie. Pourtant, on le voit bien, c'est si facile... C'est le plus parfait des exils. Ni vus ni connus, mais entièrement là, en chair et en os. Les gens se fichent de l'endroit d'où tu viens ou de la langue que tu parles ; tu es libre et tu n'as de comptes à rendre à aucun pays de merde, puisqu'ici c'est la norme d'être étranger. Si les gens de Montréal savaient comment leur nationalisme peut être mesquin et anachronique...

Rafraîchi par la douche et après avoir lavé ses sous-vêtements, Steiner alla se promener dans l'enceinte de la Collégiale pour attendre l'heure du souper. Il n'était pas très friand d'églises ni d'antiquités, mais il regardait tout comme les autres marcheurs pour tenter de s'habituer à sa nouvelle vie. Il assista à la messe dite en espagnol et la trouva bien plus mélodieuse que celles en anglais ou en français. Des souvenirs d'enfance l'assaillirent une fois de plus en pleine célébration. Malgré sa répugnance envers la religion, il savait toujours par cœur les paroles et les gestes du curé. Il se souvenait aussi de quelques bribes de paroles obscènes, inventées par les enfants pour tel ou tel moment de la liturgie, dans le but de rendre drôle et vivante cette cérémonie absurde à laquelle ils étaient contraints d'assister sans trop savoir pourquoi.

Ensuite, au restaurant, il mangea de bon appétit le succulent repas des pèlerins, et ne fut pas trop agacé de partager la grande table avec d'autres marcheurs. C'étaient pour la plupart des jeunes gens venant de divers coins du monde et qui ne s'encombraient pas de questions de langue. Ils pouvaient sauter du français à l'anglais, pour continuer ensuite en espagnol, en passant par des paroles en allemand ou en portugais, toujours à l'aide des mains et des mimiques faciales pour ne pas rompre la communication. Ils commentaient avec fierté les difficultés et la beauté de cette première étape, considérée comme la plus spectaculaire de tout le chemin. Un couple de Français s'étonna de la qualité du français de Steiner, dans lequel ils croyaient déceler des éléments d'accent québécois.

— Vous vous trompez, répondit-il en se souvenant de formuler sa réponse avec un accent anglais. C'est peut-être l'accent des Terre-Neuviens. Mon bateau de pêche faisait souvent escale à Terre-Neuve, et j'ai sans doute attrapé un peu de leurs façons. En fait, j'ai appris le français durant mon enfance en Martinique, où mon père était consul, et ensuite à La Nouvelle-Orléans. Malheureusement, je n'ai jamais visité Montréal. On dit que c'est une belle ville, mais très froide...

Les Français ne connaissaient pas non plus Montréal, uniquement l'accent québécois, et ils en restèrent là. Steiner était ravi de cette identité malléable, qui ne dépendait que de sa fantaisie du moment. Et il se divertissait beaucoup d'être parmi ces gens, de partager leur table et leur conversation, tout en étant un simple spectre que rien ne pouvait toucher. Il trouvait même plusieurs d'entre eux assez sympathiques, surtout que les gens étaient très discrets, ne posaient pas trop de questions personnelles, comme si chacun cherchait à garder précieusement cette intimité avec soi-même que le chemin de Compostelle allait renforcer.

Lorsqu'il fut de retour au refuge sans avoir eu besoin de s'enivrer pour retrouver son calme, Steiner pensa que le rat était très loin, presque perdu au fond de sa mémoire, et il se félicita encore de cette nouvelle existence devenue plus réelle et palpable que tout ce dont il pouvait se souvenir.

La nuit, couché dans l'immense dortoir aux lits superposés comme à l'orphelinat, il rêvassa longtemps avant de s'endormir. La fatigue physique était là, indéniablement, de pair avec les muscles endoloris, mais elle paraissait servir seulement à l'ancrer dans la réalité plaisante et sereine qu'il venait de s'inventer. Sa tête était en paix et il se laissait bercer par les souvenirs que les bruits des autres dormeurs éveillaient en lui. Il y en avait qui ronflaient, d'autres qui se parlaient en chuchotant, ou qui se retournaient dans leur sommeil et faisaient grincer les sommiers trop usés. C'était tout à fait comme autrefois, à l'orphelinat, sans cependant les gémissements de terreur des petits réagissant soit à des cauchemars, soit à des assauts réels. La foule des pèlerins dormait fatiguée et heureuse, sans la ronde nocturne des curés lubriques ni la mort dans l'âme qui suivrait le réveil. Steiner pensa aussi comme c'était insolite d'être là, paisiblement emmitouflé dans son sac de couchage parmi tant et tant de femmes et de jolies filles, et ce, sans éprouver le moindre désir de les assaillir ou d'aller les rejoindre. Cela était vraiment nouveau, tout comme l'étrange tendresse qu'il ressentait en les imaginant couchées dans les lits attenants, la plupart d'entre elles sans doute bien plus fatiguées que lui, et qu'il croiserait peut-être le lendemain en toute innocence. Elles le salueraient avec le sourire et lui souhaiteraient le *buen camino* d'usage, tandis qu'il continuerait à n'être qu'un spectre de passage, une pure abstraction. Les larmes aux yeux, Steiner fut alors envahi par une tristesse molle, indolente, accompagnée du regret d'avoir découvert cette nouvelle vie quand c'était déjà trop tard pour recommencer du bon pied. Et il s'endormit ainsi, avec le souvenir d'une tristesse semblable éprouvée quand il était très jeune, et qu'il n'arrivait jamais à relier à une cause précise.

Le lendemain, calme et reposé, il fit comme la veille et laissa les autres marcheurs le distancer pour être certain de cheminer seul. Steiner n'était pas encore à l'aise avec la saveur amère de ses accès de tristesse, ceux qui s'accompagnaient de son image de petit enfant, du temps où il n'avait pas encore appris à se protéger avec la haine. Cette mélancolie douce était traître, elle était séductrice et agissait à la façon d'un narcotique. Après son passage, le monde et les gens semblaient moins stables, avec des contours dilués et flous en quelque sorte, et il se sentait seul et effrayé, comme au bord d'un gouffre inquiétant. Sa perception du temps aussi se faisait moins précise, elle devenait visqueuse comme il l'avait ressentie en haut des Pyrénées, même si cette deuxième étape était plus riche en forêts, en champs cultivés et en villages. Steiner se rendait ainsi peu à peu à l'évidence que ce détachement de la vie ne lui venait pas du dehors ; il s'agissait d'un mal lui appartenant en propre, et qu'il transporterait partout et pour toujours.

Le plaisir de la marche était cependant réel, et il attaqua cette deuxième journée plein d'espoir, avec un enthousiasme renouvelé. Il faisait plus chaud qu'en haut des montagnes ; malgré le terrain moins en pente, bientôt il avançait avec la chemise grande ouverte et en transpirant abondamment. Le chemin, plus varié, serpentait parmi les collines abruptes qu'il fallait grimper ou descendre par d'étroits lits de torrents. Les arrêts dans les villages pour manger des sandwiches et pour se désaltérer avec de la bière faisaient partie intégrante du charme de la promenade, surtout que l'exercice déclenchait en lui un appétit vorace et une soif terrible. Steiner allait ainsi, la tête vide, fasciné par ces journées de liberté comme un enfant faisant l'école buissonnière. Le soir, à l'auberge de Larrasoaña, des jeunes gens jouaient de la guitare et chantaient des chansons nostalgiques qui allaient bien avec son esprit vagabond. Les quelques verres pris dans le bar du village et la fatigue de la longue étape aidant, il s'endormit un peu plus vite que la nuit précédente.

Puente la Reina, Luquin, Viana, Navarrete, Najera, des villes et des routes à n'en plus finir. Steiner continua de cheminer les jours suivants avec plaisir et insouciance, au point d'oublier complètement le motif de ce voyage. Il faisait beau, l'automne n'avait pas encore perdu ses couleurs, et les étapes signalées sur la carte étaient assez faciles pour un homme avec sa forme physique. Ses contacts personnels avec les autres marcheurs restaient très limités, pour ne pas dire inexistants. Il se contentait de les regarder de loin ou d'entendre leurs conversations dans les bars et les refuges, et il forçait toujours le pas pour éviter d'échanger autre chose qu'une simple salutation quand il les croisait. Il aurait voulu se rapprocher quelquefois de certains d'entre eux ou se montrer moins bourru, à l'occasion. Mais il en était incapable, même s'il se le reprochait ensuite de manière un peu confuse. Ces bribes de malaise et sa propre solitude étaient des sentiments trop nouveaux, un peu déconcertants, dont il ne savait encore que faire. Il restait ensuite avec la nette sensation que tous ces gens étaient différents de lui, qu'ils appartenaient à un monde plus clair et mieux défini, dont il avait été exclu depuis l'enfance. Et qu'il était peut-être trop tard pour tenter de changer. Ces pensées gâchaient un peu sa joie de marcher, et les belles choses vues dans la journée devaient rester en travers de sa gorge comme des émotions libres qu'il n'arrivait pas à exprimer par la parole. Mais à qui les dire s'il ne parlait à personne ?

Une fois, cependant, Steiner fit la rencontre bouleversante d'un curieux personnage. Cela se passa à Santo Domingo de la Calzada, un joli village aux allures médiévales atteint au cours de la neuvième journée de marche depuis la France. Il était arrivé de bonne heure à l'auberge tenue par les sœurs Bernardas, à l'Abadia Cirtercience, un bâtiment très ancien, aux dortoirs vétustes mais d'un charme certain. Comme d'habitude, il prit sa douche, se rasa et lava ses vêtements avant d'aller se promener. Au moment de sortir de l'abbaye, pendant qu'il enfilait de nouveau ses bottes dans le vestibule, un homme barbu, habillé comme le saint Jacques peint par Bosch, lui adressa la parole en anglais. Sur le coup, Steiner crut que l'individu ainsi déguisé faisait partie d'une quelconque promotion touristique de la ville, et il l'écouta sans aucune méfiance. Surpris, il comprit cependant que l'homme était en fait un marcheur comme lui, un pèlerin allant à Compostelle, mais tout à fait délirant. C'était un individu petit et très maigre, l'air maladif, avec une barbe noire mal taillée et passablement sale de sa personne. Ses habits étaient en effet une réplique en tous points semblable à ceux que porte le saint dans les représentations, y compris les sandales de cuir. Steiner n'aimait les fous d'aucune sorte, qu'il tenait tous pour des déficients mentaux, des paresseux morbides ou des drogués, et il n'aimait pas non plus entendre des théories médicales sur la folie. Pourtant, l'accoutrement du personnage l'intéressa comme une curiosité lui rappelant le panneau de Bosch, et il le questionna là-dessus.

— Non, lui répondit l'individu, je ne l'ai copié d'aucun tableau. C'est mon habit de tous les jours. Je le porte aussi continuellement chez moi, en Californie, et d'autres membres de ma communauté le portent aussi. Nous sommes les pèlerins du Seigneur et nous prêchons la bonne parole. Nous guérissons aussi un peu, lorsque l'occasion se présente, en posant nos mains sur les infirmes et sur les scélérats possédés par le démon.

— Ah… Je pensais à un tableau que j'ai vu dans un livre, représentant saint Jacques en pèlerin.

— Peut-être, répondit-il. Saint Jacques, le frère du Christ, était d'ailleurs membre de notre communauté. C'est pourquoi je suis ici en pèlerinage. Êtes-vous un frère laïque ?

— Non, répondit Steiner, mal à l'aise. Je marche pour le plaisir de marcher.

— Tous les chemins mènent à Jérusalem, mon frère, répondit le fou avec un grand sourire. La révélation et la grâce ne se cachent pas seulement dans les églises, Dieu soit loué. Le Seigneur est partout. Le plaisir de marcher est déjà un premier pas vers lui, et je vous félicite de votre attitude pieuse. À propos, avez-vous mal quelque part ? Voulez-vous que je vous guérisse en touchant le lieu de votre souffrance ?

— Non, merci, répondit Steiner en le repoussant. Je me porte à merveille.

— *Deo gracias* ! Le chemin de Compostelle est un miracle quotidien. Nous rencontrons tant et tant de reliques en chemin, et l'air est inondé de parfums sacrés. Il suffit de humer et notre poitrine est remplie d'indulgence et de sérénité. À propos de reliques, l'une de ces gentilles bernardas m'a parlé du tombeau de saint Dominique, à la cathédrale, où sont aussi les coqs de son miracle. Voulez-vous venir voir ? Saint Dominique était un ermite d'une grande force spirituelle. Venez, ça nous fera du bien en attendant l'heure du souper. La proximité d'une dépouille aussi mystique nous remplira de bonheur et guérira nos plaies intérieures.

Steiner était très confondu par l'étrange personnage, et aussi tiraillé entre le désir de l'assommer sur place et l'envie de l'entendre encore déblatérer. En fait, il était fasciné et dérangé à la fois sans trop savoir pourquoi. L'homme en question était fou, il n'y avait aucun doute là-dessus, et les commentaires qu'il fit ensuite sur ses conversations avec Dieu relevaient du plus grotesque des délires. Malgré cela, ce cinglé était en train de marcher vers Saint-Jacques-de-Compostelle comme lui et tant d'autres personnes saines d'esprit. Il y avait là un étrange paradoxe, qui dérangeait beaucoup le système de cohérences que Steiner avait minutieusement construit pour son usage personnel. Il surmonta alors son aversion envers le type et accepta de l'accompagner, dans l'unique intention de tirer au clair les doutes qui commençaient à l'agacer.

Frère Mathews, comme il se faisait appeler, était prodigue de commentaires, et il expliqua en détail à Steiner ce qu'il savait sur saint Dominique et sur ses miracles, peut-être même en y ajoutant des créations de son cru. Dans sa confusion, il parla aussi de la fin du monde et des comètes punitives, de l'antéchrist et de la bête de l'Apocalypse, qu'il reliait aisément au besoin d'entreprendre des pèlerinages. Steiner eut la désagréable impression d'entendre, par la bouche du fou, des choses qui lui rappelaient les tableaux de Bosch. À l'église, le cinglé se prosterna par terre, les bras ouverts en croix, pour saluer le tombeau du saint, et alors Steiner s'éloigna pour l'observer à distance. Après des salamalecs aux quatre coins du temple, frère Mathews trouva facilement quelques marcheuses sur qui poser sa main. C'étaient des filles qui boitaient, parce qu'elles souffraient d'ampoules aux pieds, et le fou leur offrit immédiatement ses services de guérisseur. Elles acceptèrent en pouffant de rire. Steiner les laissa assis sur le parvis de la cathédrale et s'en alla, très dérangé par cette rencontre bizarre.

Il se souvint de l'épisode des chiens tout au début de la transformation de sa vie. La rencontre avec le fou n'était certes pas un cas typique du paradoxe de Moore, ni même un paradoxe en soi. Pourtant, Steiner se sentait confondu sans savoir pourquoi. Il est vrai que le fou avait le droit, en tant que fou, d'appliquer ses folies sur tout ce qui lui semblait bon ; c'était propre aux fous d'agir ainsi. Cela ne voulait aucunement dire que le pèlerinage à Compostelle était aussi une folie. Pourtant... Par ailleurs, si le fou croyait en sa folie, il n'y avait là rien de paradoxal ; il se trompait à cause de sa folie, c'était tout. Le paradoxe de Moore ne s'appliquait qu'à la première personne.

Mais moi, si je crois aux mêmes folies et si je sais que ce n'est pas vrai, tout devient absurde. Rien ne tient plus, c'est le désordre total.

Pris d'un accès d'angoisse, Steiner se contrôla pour ne pas revenir en arrière et tuer l'étrange personnage qui dérangeait ses projets. Il s'éloigna plutôt avec effroi et chercha un bar pour noyer dans l'alcool ces doutes corrosifs qui n'étaient plus de mise depuis la mort de Lukas. Au lieu de souper, il se soûla ce soir-là pour effacer les traces de cette rencontre néfaste. En rentrant à l'auberge juste avant l'heure de la fermeture, il fut accueilli par le sourire bienveillant d'une des sœurs bernardas. Elle le croyait non pas ivre mais chancelant de fatigue. Steiner lui sourit à son tour et lui souhaita de rêver avec les anges. Même abruti par l'alcool, il ne put s'empêcher de penser qu'il y avait là aussi une sorte de paradoxe.

Le lendemain, durant la marche, Steiner se débattait encore avec ses doutes et ses questionnements. La rencontre avec le fou avait ouvert une sorte de brèche dans son bien-être, et il se devait de ressasser tout son système depuis le début pour retrouver la sérénité. Malheureusement, dans ces moments d'introspection et d'hésitations, qu'il appelait sa folie — il trouvait que c'était en effet fou de questionner ainsi des choses évidentes —, il prêtait le flanc malgré lui aux vagues de tristesse et se laissait envahir par une sorte de spleen qui englobait tout le monde extérieur. Ces curieuses sautes d'humeur paraissaient d'ailleurs revenir plus souvent à mesure qu'il progressait et qu'il se réjouissait de cette liberté nouvelle. C'était curieux, puisqu'il ne regrettait en rien sa décision d'être là, loin de tout et entièrement incognito. Mais les notions de folie et de désordre s'étaient mises de la partie pour aggraver ses moments de tristesse, et il n'arrivait plus à les chasser de son esprit. Il tolérait en silence ces périodes sombres, sans plus chercher à les comprendre. Les quelques tentatives pour retrouver son monde antérieur, en évoquant la rage et le mépris, furent vaines et de courte durée. Les images de Bosch elles-mêmes, qui l'avaient tant aidé, commençaient à perdre de leur force et de leur importance à mesure qu'il avançait. Steiner s'abandonnait alors à la marche pure comme à une punition, comme il s'était autrefois abandonné à son mantra et à ses gribouillages.

La présence d'un fou dans le même pèlerinage que lui ne cessa plus de le déranger. Steiner devint méfiant de nouveau, et il ne regarda plus les autres marcheurs avec la même innocence qu'au début. Il les scrutait plutôt, à la recherche de caractéristiques suspectes ou insolites, se demandant s'il n'y avait pas d'autres fous parmi eux. Et, en effet, il ne manquait pas de trouver chaque jour des comportements étranges. Il y avait les filles qui touchaient les grosses pierres au bord du chemin et qui priaient ensuite comme si elles étaient devant des divinités totémiques ou des menhirs sacrés. D'autres marcheurs dessinaient des croix au milieu des sentiers à l'aide de pierres, ou ils empilaient des cailloux pour former d'étranges amoncellements aux allures de sépultures primitives ou de monuments astrologiques. Tout cela gâchait son insouciance de marcheur, car ces bizarreries introduisaient partout une sorte de désordre irrationnel qu'il avait de la difficulté à supporter.

Ainsi, peu à peu et de manière insidieuse, un nouveau malaise minait son esprit ; et d'étape en étape, il avait de la peine à retrouver la joie limpide des premiers jours de marche. Steiner s'était rendu compte que la fatigue était une sorte de baume pour apaiser ces agaçants accès de tristesse qui l'assaillaient la nuit, et parfois même le jour. En outre, la raideur musculaire à la fin de chaque journée de marche lui rappelait qu'il était toujours vivant. L'abstraction inerte qu'il avait l'impression de devenir lorsqu'il suivait de loin de jeunes couples de marcheurs, main dans la main, n'était donc qu'une illusion momentanée causée par l'envie et le dépit. Il pouvait encore sentir la douleur physique et même l'accentuer en se dépêchant pour dépasser ces gens heureux qu'il n'arrivait plus à détester. C'était de la vie malgré tout, même s'il s'agissait d'une vie un peu fade et dévitalisée. Les soirs, l'*orujo*, le bon alcool de marc de la région, contribuait aussi, sinon à effacer, du moins à dissimuler les blessures sentimentales de la journée.

Steiner passait ainsi les jours, en avançant à grande vitesse et en tentant de s'encourager avec la promesse que tout irait mieux le lendemain. Et il réussissait à ajourner le désespoir, tant l'activité de marcher l'absorbait comme une sorte de jeu, fascinante et gratuite. Pourtant, quelque part dans son âme, l'équilibre durement acquis s'effritait, peut-être justement à cause de cette difficulté à éprouver encore de la haine. Mais comment haïr s'il se sentait si bien dans sa peau du simple fait de marcher? Qui haïr, si personne ne faisait obstacle sur son chemin? Bien au contraire, les gens se montraient gentils et serviables, et même des inconnus croisés au hasard le saluaient et lui offraient leur aide. Il y avait certes les pèlerins à bicyclette qui passaient au loin, mais qui n'oubliaient jamais de saluer et d'encourager les marcheurs avec sympathie. Impossible de les haïr, du moins de les haïr assez pour faire disparaître la mélancolie. Paradoxalement, la joie de cheminer en pleine liberté et sa nouvelle identité à l'épreuve de tout apportaient avec elles quelque chose de corrosif et d'inquiétant. Et Steiner se sentait de plus en plus fragile face aux bouffées d'attendrissement et de tristesse venant de nulle part. Tout au début, il les avait chassées avec mépris, en les qualifiant de folles sensibleries infantiles. Mais ils revenaient et gagnaient du terrain, ces enfantillages, pour le hanter comme un arrière-goût d'échec ou comme une sentence. Il songeait alors au temps de l'orphelinat et de ses jeux avec les autres enfants; là aussi, le plaisir momentané de se dépenser en courses ou en parties de foot avait un arrière-goût amer. Même le plaisir de se battre, de cogner dur et de se faire cogner ne durait qu'un court instant. La grisaille enveloppante de la tristesse sans cause était toujours tapie partout, attendant seulement le repos et la garde baissée pour couvrir d'un nuage opaque les moments heureux. La moindre joie avait ainsi, de tout temps, son côté cruel, que seules la rage et la révolte pouvaient contrer. Et voilà qu'il était de nouveau vulnérable. Ce chemin de Compostelle était aussi un jeu, de même nature que les uniques joies qu'il avait connues. Il se retrouvait ainsi face à face avec son enfance, et devait encaisser ce vide terrible qu'il avait appris à vomir et à cracher. Mais, cette fois, sans les ennemis sur qui déverser sa peine. Le rat était en effet très loin, et Steiner restait en arrière comme un enfant sans défense.

Des phrases étranges venues du passé l'assaillaient aux moments les plus inattendus, quand il se désaltérait d'une bière bien froide ou quand une fleur solitaire trouvée au bord du sentier attirait son attention. Mais aussi, le plus souvent, quand on le saluait au passage, ou quand une jolie marcheuse se retournait pour le regarder passer et qu'il rêvait d'elle comme compagne de route. Des phrases qui valaient des gifles et qui polluaient tout alentour. « La déréliction est l'état naturel du bâtard et de toute autre créature abandonnée par le secours de Dieu. » « On savait, monsieur le juge, qu'il allait tuer ; on se demandait seulement quand. » « *Relinquaere noces* signifie abandonner les billes, c'est-à-dire grandir, ne pas rester un idiot perdu dans les nuages la vie entière. » « Si tu ne sais pas pourquoi tu te sens mal, Dieu le sait. » « Tu seras un errant parcourant la terre. » « Ne pleurniche pas, prie plutôt ; vous êtes ici pour la rémission des péchés de vos parents. »

Sans moyen d'extirper la tristesse de son âme, Steiner la subissait en silence, avec pour seul secours la rage contre son corps et la révolte contre toute velléité de s'attendrir. Jour après jour, le chemin perdait son sens initial de lieu de fuite devant ses ennemis pour devenir un combat personnel contre la noirceur qui remontait du fond de son passé. Il passait, sans même s'apercevoir, à une autre sorte de chemin, purement tangentiel à ce chemin réel balisé par des coquilles et des flèches jaunes. Mais dans son cas, pas question d'illumination ; son monde s'enveloppait de plus en plus dans la mélancolie et son pèlerinage s'avérait être un piège.

Belorado, San Juan de Ortega, Burgos, Hornillos del Camino, de longues étapes éreintantes que Steiner atteignait et dépassait, chaque fois plus indifférent et sans en garder de souvenirs. En arrivant dans les refuges, automatiquement, il se douchait, il lavait ses vêtements et allait ensuite faire la tournée des bars. Sans l'alcool, cela devenait trop difficile de tolérer les moments de cafard. Mais il évitait aussi tout contact humain pour ne pas aggraver sa souffrance. Steiner avait développé la nette impression que les gens pouvaient percevoir sa peine, et qu'ils le jugeaient parfois avec malveillance ou qu'ils se demandaient quel crime il avait commis pour être dans un tel état. Croyaient-ils qu'il était fou comme les autres illuminés qui rôdaient, barbus et en haillons ? Comment juger qui était fou et qui ne l'était pas dans cet étrange parcours semé de mysticisme ?

Il avançait le jour suivant, obéissant à l'impulsion de ses jambes sans trop réfléchir, par habitude comme cela arrive aux coureurs de fond. Castrojeriz, Fromista, San Nicolas del Real Camino, El Burgo Ranero, de simples noms qu'il retenait l'espace d'un instant, uniquement pour les retrouver sur le plan et ne pas s'égarer. Il évitait cependant de séjourner dans les grandes villes, de peur de voir resurgir ses anciennes obsessions ou même ses ennemis. Les villages minuscules, aux maisons délabrées longeant une seule et longue chaussée déserte, lui semblaient plus accueillants. Dans ces endroits isolés, il se sentait capable d'adresser des questions aux gens simples, à travers des signes et des bribes d'espagnol glanées ici et là. Et il repartait à la hâte dès qu'il voyait s'approcher les groupes de marcheurs. La peur de révéler ses sentiments ou même d'éclater en sanglots devant les inconnus ne l'abandonnait plus, et il se cachait par crainte aussi de ses propres réactions si jamais il était surpris.

Quelquefois, dans son envie extravagante d'avancer à toute vitesse et de fuir les gens, il calculait mal son étape du jour et ses forces, et ne trouvait aucun village ou refuge à la tombée de la nuit. À deux reprises, il dut se contenter de passer la nuit dehors, en plein champ, seul dans son sac de couchage, sans nourriture et sans alcool, à compter les étoiles et à maudire sa distraction. Une autre nuit, un berger lui donna la permission de dormir dans une étable pleine de moutons, surchauffée et puante, en l'avertissant de ne pas fumer à cause du risque d'incendie que présentait la paille sèche. Steiner fut alors à deux doigts de le maudire, en se disant que le berger aurait pu l'héberger chez lui, comme un être humain et non pas comme une bête. Même ses chiens dormaient dans la maison. Pas de chance, cependant, pour les sentiments agressifs qui l'auraient aidé à chasser la mélancolie. Il avait à peine étendu son sac de couchage sur la paille que le berger revint avec une grosse miche de pain, un quartier de fromage et une bouteille de vin. Ému, Steiner offrit de le payer. Mais l'homme n'accepta pas et s'en alla avec le sourire, en lui souhaitant *buenas noches, peregrino*. Après avoir réussi tant bien que mal à contrôler son émotion, Steiner mangea et but, sans savoir que faire de sa gratitude envers le berger ni d'une drôle d'envie de mourir là, une fois pour toutes, et de ne plus rien ressentir.

Il continuait cependant son chemin chaque matin, en forçant toujours plus la cadence et en réussissant à contrer la progression de son angoisse. C'était une lutte inégale cependant. Au fur et à mesure qu'il avançait, sa formidable constitution physique du début faiblissait aussi, ce qui le rendait encore plus vulnérable aux assauts de la tristesse sans cause. L'excès d'alcool ne faisait pas bon ménage avec un exercice corporel aussi intense, et parfois il avançait furieusement, presque à tâtons sur un sentier qu'il percevait plongé dans une épaisse couche de vapeurs. Tant pis, l'important était d'avancer sans s'abandonner à la lassitude avant d'avoir atteint son but.

Je ne peux pas faiblir maintenant, après tant d'efforts. Je te dois d'arriver, Lukas, pour te venger. J'ai une mission, et tous ces enfantillages sont sans doute des malédictions de nos ennemis pour me faire abandonner avant la fin. Ils veulent ma peau, il n'y a aucun doute ; mais ma peau avant la fin, pour m'empêcher d'arriver. Il ne faut pas que je succombe si proche du but. Sinon, c'est la victoire des concierges, des chefs de section et de tous les père Stephen de ce monde... Je dois marcher plus vite pour abattre cette tension dans

*ma tête, je dois marcher pour ne pas crever, crever en marchant pour
qu'ils ne gagnent pas, ces salauds. De la haine ! De la haine même
envers mon corps, mais de la haine… Continuer à avancer… Le rat,
le rat ! À l'aide, le rat ! Nous arrivons ! Jérôme Bosch, ne m'abandonne pas maintenant, pense au rat ! Lukas, le rat, aide-moi…*

10

Malgré les difficultés et son esprit troublé, Steiner continua sa marche sans faiblir. Après trois semaines ininterrompues sur le chemin, il savait qu'il allait réussir ; il s'approchait de Saint-Jacques-de-Compostelle et de son but. Il allait enfin mettre un terme une fois pour toutes à ses tristesses, à ses questions et même à sa peur. Le miracle aurait bientôt lieu et ses ennemis seraient définitivement confondus. Cette certitude lui redonnait un peu d'enthousiasme, et c'est avec un cœur moins troublé qu'il fit l'ascension du Cebreiro, la montagne légendaire des Templiers, de mille trois cents mètres d'altitude. Durant cette montée abrupte et solitaire, il retrouva un peu de la joie de marcher qu'il avait ressentie en traversant les Pyrénées. Le lendemain, au col de San Roque, le magnifique bronze représentant un pèlerin en lutte contre les vents lui parut de bon augure, comme une invitation à continuer de se battre malgré la furie de ses ennemis. Durant la descente à pic, déjà en Galice, il se sentit encouragé aussi par les nouvelles bornes marquant à tous les cinq cents mètres la distance à parcourir jusqu'à Saint-Jacques. La forte pluie qui tombait alors ne semblait pas le déranger, puisqu'il s'était mis à compter les bornes, en accélérant les foulées pour les dépasser le plus vite possible. Chacune d'entre elles était une victoire contre la fatalité qui l'avait poussé jusque-là, une sorte de pied de nez à tout ce qu'il avait laissé derrière. Le souvenir de ses représentations en tant que pèlerin et témoin de la bêtise humaine dans les tableaux de Bosch lui vint en aide, sans doute associé à la statue du col de San Roque. La fatigue, la faiblesse dans les jambes et les moments d'indifférence presque crépusculaires cédèrent ainsi la place à un dernier regain d'énergie euphorique. Il s'arrêtait quelques instants dans les bars au long du chemin pour s'abreuver de vin et d'*orujo*, et continuait de plus belle la marche au pas de course.

Les gens, étonnés, saluaient au passage ce pèlerin maigre, osseux, dépenaillé, échevelé et barbu, qui leur répondait de son rire chevalin, avec les yeux grands ouverts et injectés de sang. La nuit, dans les auberges, après avoir mangé un peu et bu encore beaucoup pour se donner des forces, il se jetait épuisé dans le lit et dormait d'un sommeil profond jusqu'au matin.

Triacastela, Sarria, d'autres simples lieux de passage qu'il abandonnait au plus vite et sans regrets. Par contre, sur le haut pont enjambant le Minho à l'entrée de Portomarin, l'alcool ingurgité pendant la journée de marche faillit lui jouer un très mauvais tour. Steiner jeta un coup d'œil sur le fleuve et fut envahi d'un vertige effroyable. Accroché à la balustrade en acier, il resta là, paralysé un très long moment, incapable d'avancer ou de reculer, et se débattant avec l'impression absurde qu'il désirait se lancer dans le vide. Son sac à dos bringuebalant accentuait sa sensation de déséquilibre à chaque tentative de faire un pas. Il regretta alors sa canne ferrée, oubliée quelque part les jours précédents, qui l'aurait aidé à retrouver sa stabilité. Et sa tête se mit à tourner, avec un début de nausée et la nette impression que le tablier du pont bougeait sous ses pieds au passage des véhicules. Heureusement, une vieille femme qui le suivait vint à son aide. En le regardant, elle comprit sa terreur. Sans un mot, elle le toucha à l'épaule pour le rassurer ; elle le dépassa alors sur la minuscule passerelle du pont et tendit ses mains en arrière pour l'inviter à les serrer. Steiner obéit, un peu honteux mais content du contact rêche des mains calleuses de la paysanne. Et ils avancèrent ainsi, elle en avant, petite et courbée par l'âge, et lui en arrière, penché, serrant fort ses mains et fixant son regard sur le fichu de la vieille. À la sortie du pont, elle sourit et lui indiqua la direction de l'auberge des pèlerins, avec un simple *buen camino* en guise d'adieu. Steiner, trempé de sueurs froides et très pâle, s'assit au bord du chemin et la regarda disparaître au loin : tache noire et ronde, avec de petites jambes dépassant à peine de sous sa robe, elle ressemblait beaucoup à l'une des bestioles monstrueuses de Bosch.

Ce soir-là, fumant sa pipe assis sur le parvis de l'église de San Nicolas, Steiner pensa à cette femme inconnue avec une grande tendresse. Il se dit qu'elle l'avait conduit un peu à la façon dont les grylles et les démons de Bosch emportaient les condamnés au supplice. Mais dans son cas, elle l'avait sorti d'une impasse provoquée par une faiblesse momentanée pour qu'il continuât d'avancer vers son but. Ce ne pouvait être qu'un messager du peintre, envoyé expressément pour l'aider à poursuivre sa quête. Et il sourit à l'idée qu'une « balustrade » est aussi un « garde-fou ». La vieille l'avait donc protégé de sa folie, et l'avait porté comme lui-même portait sur le dos le corps inerte de Lukas, sans ressentir son poids ni les dangers alentour. C'était un exemple à suivre, un rappel à l'ordre et à la rigueur pour le peu qu'il lui restait à cheminer. Il songea à tout son parcours jusque-là, à toutes les embûches qu'il avait réussi à déjouer, et à quel point ses sensibleries enfantines pouvaient être néfastes à ce moment critique de sa quête.

Je dois me battre contre ces maudits souvenirs. Sinon, c'est ce salaud de père Stephen qui aura raison. Garde-fou, justement ! Le chemin traverse le pont, seuls les fous s'arrêtent au milieu pour regarder en bas. On me menace donc avec les artifices de la folie, puisqu'ils ne peuvent rien contre ma force physique. Voilà le noyau de la question. Il faut que je retrouve le rat en moi pour mieux me protéger. Les ordures ! Sales curés mystiques ! La vieille venait d'ailleurs, il n'y a pas de doute. Sinon, pourquoi était-elle là, au bon endroit et au bon moment ? Ce serait naïf de croire à une coïncidence dans des circonstances pareilles. Moi, je n'aurais même pas remarqué que le type sur le pont était en danger. Ou l'idée me serait venue de l'aider à sauter dans le vide, de le pousser un peu. Elle, au contraire, a tout vu immédiatement. C'est qu'elle savait... Merci, la vieille diablesse, j'ai compris. On ne me retrouvera plus avec la garde baissée. Ne t'en fais pas, Lukas, Zvat ne te laissera pas tomber.

Cet incident sur le pont fut réellement providentiel, puisqu'il l'aida à reprendre ses esprits malgré l'état d'épuisement et d'épouvante. Steiner repassa alors mentalement plusieurs des tableaux de Bosch à la recherche d'autres signes indicatifs pour cette dernière partie du chemin. Si ses ennemis le cherchaient en Espagne, sans doute qu'ils tenteraient de le piéger à Saint-Jacques, car ils n'avaient pas réussi à l'avoir au long du chemin. Il faudrait donc redoubler de prudence. Le souvenir du dessin à la plume *Le champ a des yeux, la forêt des oreilles*, au cabinet des estampes de Berlin, lui revint alors comme un avertissement personnel du peintre. Il fallait qu'il se méfie, il était guetté de partout, même en pleine campagne.

Après avoir ainsi fait le point sur sa situation, et à nouveau encouragé par la présence rassurante du rat dans son esprit, Steiner alla au restaurant pour boire cette fois à la mémoire de cette sainte femme, envoyée par Bosch depuis le fond des siècles, et qu'il ne reverrait sans doute jamais.

Steiner repartit le lendemain, sensiblement plus calme et plus attentif au paysage et aux autres marcheurs. Le souvenir de son vertige sur le pont était continuellement présent comme un signe de danger. Il se promit aussi de boire un peu moins durant la journée et de mieux manger pour éviter d'autres épisodes disgracieux.

Palas de Rei, Ribadiso, des étapes sans incident. Il attaqua ensuite la dernière journée jusqu'au Monte do Gozo. C'était une portion très facile, presque droite et à peine vallonnée, qui lui laissa amplement le loisir de préparer minutieusement son plan d'action une fois arrivé à Saint-Jacques-de-Compostelle.

Monte do Gozo, avec son Centro Europeo de Peregrinación et son auberge de huit cents lits à l'orée de la ville de Saint-Jacques, était l'endroit idéal pour se dissimuler. Steiner se perdit parmi la foule de pèlerins venus de toutes parts, à pied, à bicyclette ou à cheval ; sans compter les nombreux touristes venus par car et qui profitaient de la basse saison pour jouer au pèlerin, en s'offrant une nuitée d'auberge avant de franchir les quatre kilomètres jusqu'au parvis de la cathédrale de Santiago. C'était le mois d'octobre, mais l'affluence était toujours intense, dans une sorte de kermesse de la foi et de la randonnée, que la vue de la ville en bas de la colline excitait énormément. Steiner n'eut aucune difficulté à se faufiler parmi ces gens, évitant ceux qu'il reconnaissait pour les avoir croisés en chemin, et cherchant plutôt la compagnie des cyclistes et des touristes. Mais de plus en plus aux aguets pour parer à n'importe quel assaut.

Cette nuit-là, dans l'immense refuge, même isolé dans un coin sombre, il dormit mal, par intermittence seulement, allant de cauchemar en cauchemar jusqu'aux petites heures du matin. Avant cinq heures, il se leva, fit son sac et partit. Plutôt que de suivre le chemin classique à l'intérieur de la ville, indiqué sur le plan, il décida de passer par les faubourgs extérieurs et de gagner la Plaza del Obradoiro par l'avant de la cathédrale. Il aurait ainsi la possibilité de voir arriver les pèlerins pour la messe solennelle de midi durant toute la matinée et de surveiller ses poursuivants le cas échéant.

Les ruelles de la ville étaient vides à cette heure matinale, ce qui lui facilita le repérage des lieux et la recherche de points d'observation discrets. Tout se déroula très bien, cependant. À part la présence disgracieuse de quelques fous habillés comme le saint et de jeunes filles s'agenouillant souvent pour prier ostensiblement, la foule paraissait bien anodine. Les divers groupes guidés de touristes finirent par remplir la grande place, dans une atmosphère de fête. Durant la messe, il trouva aussi une bonne place à l'écart des fidèles, et sortit de là rassuré de n'avoir rien perçu de suspect.

À l'Oficina del Peregrino, il s'informa sur les moyens de transport pour aller au Portugal ; il déclara à la bonne sœur qui tamponnait sa *credencial* qu'il désirait descendre jusqu'à Fatima, pour prier et finir là son pèlerinage. Elle fut ravie de cette intention pieuse et lui suggéra d'aller au Seminario Menor de Belvis, où il pourrait se reposer quelques jours avant d'entreprendre le voyage au Portugal. Steiner la remercia avec un regard plein de mansuétude et alla s'installer au séminaire.

Après les avoir toisés d'un œil de connaisseur, Steiner confia aux curés de Belvis son intention de prendre le car pour le Portugal dès le lendemain à la première heure, afin de prier d'abord à Fatima et de se recueillir ensuite devant le tableau *Les tentations de saint Antoine*, à Lisbonne. De là, il repartirait heureux à Dublin pour reprendre son poste de libraire à l'université. Afin d'être certain que les prêtres n'oublieraient pas le passage de cet Irlandais pieux, au nom si insolite, il fit une donation de cent euros pour les œuvres du séminaire et demanda leur bénédiction en vue de cette deuxième tranche de son pèlerinage. Il se promena ensuite en ville, surveillant une fois de plus les rues et les cafés, et rentra de bonne heure sans avoir trop bu.

Il n'avait cependant aucune intention d'aller au Portugal. En effet, le lendemain matin, il prit le bus de la ville comme on le lui avait indiqué pour se rendre à la station des autocars, mais descendit quelques arrêts plus loin et se dirigea plutôt vers la banlieue de San Lorenzo. De là, il gagna les villages de Vidan et de Roxos par la route 453, et commença alors les trois jours de marche vers le cap Fisterra, à l'extrême ouest de l'Espagne.

Steiner se sentit enfin libre de ses persécuteurs. Il pouvait ralentir et marcher comme dans une simple promenade. La route était vide la plupart du temps, et il pouvait aussi avancer par les sentiers serpentant dans les forêts d'eucalyptus sans rencontrer personne de la journée. La nuit, il évitait les quelques auberges de ce chemin de randonnée et se couchait n'importe où, se nourrissant de sandwiches et des provisions achetées dans les rares villages. Surtout, il n'avait plus besoin de se taire et pouvait s'entretenir de vive voix avec Lukas. Ensemble, ils se souvenaient de choses très anciennes et refaisaient la vie comme elle aurait pu ou aurait dû être, mais sans rancune maintenant, en constatant de manière purement objective les possibilités que la fatalité avait cru bon d'effacer sur leurs pas. Il fut souvent question de Martin, ce père si vague qu'il se laissait remplir avec n'importe quel contenu venant de la fantaisie du moment. Il est vrai qu'il était probablement, avant tout, le fruit de la fantaisie du père Stephen, avec ou sans l'assentiment tacite des autres curés de l'orphelinat. Cependant, dans la mesure où ce personnage avait été mis dans la tête du petit Lukas, il était devenu très réel, au point de lui rendre visite dans ses rêves. Et faute d'un meilleur soutien, ou d'une mère comme c'était le cas pour la grande majorité des enfants, Lukas s'était attaché à lui, pour le détester avant tout, avec une telle fureur et une telle constance qu'il devint son seul compagnon. Zvatopluk savait tout cela, et c'est pourquoi il laissait le plus souvent la parole à Lukas, le principal intéressé, histoire de ne pas le froisser ni le décevoir si proche du but. Ils discutèrent aussi de Carole et de Cindy, et s'amusèrent même à imaginer leur vie commune avec ces deux seules femmes ayant compté sur leur chemin. Il est vrai que c'étaient des situations difficiles à imaginer en détail, car ils étaient deux célibataires endurcis qui ne voyaient rien d'autre dans la vie conjugale que le fait d'avoir une femme toujours à leur disposition pour faire l'amour. C'est dire qu'ils ignoraient vraiment tout d'une vie en commun. Par ailleurs, en simples curieux, ils tentèrent de se faire une idée des enquêtes en cours à Montréal et à Toronto sur la disparition mystérieuse du commis Lukas Steiner. Est-ce que la compagnie Visa avait déjà éventé l'achat du billet d'avion ? Et qu'avaient alors donné les recherches du côté de Vienne ? Impossible de le savoir, et ce vide même d'information permettant les hypothèses les plus absurdes les divertissait et faisait passer les jours. La plupart du temps, ils avançaient en silence, la tête vide, avec une étrange sérénité à mesure qu'ils s'approchaient de la mer.

Ils arrivèrent au village de Fisterra en fin de journée, après cette longue promenade durant laquelle ils firent la paix avec la mort en vie qu'avait été leur existence. C'était juste à temps pour manger quelque chose et pour acheter un litre d'*orujo* et un bidon de gazoline. À la tombée de la nuit, ils gravirent le promontoire du phare, à la pointe du cap Fisterra. Pas âme qui vive alentour, juste le bruit de la mer étonnamment calme sur les rochers en bas de la falaise. Pour faire honneur à une tradition ancestrale des pèlerins, Zvatopluk commença par asperger de gazoline son sac à dos, et le brûla avec tout son contenu, y compris son passeport, sa *credencial* et l'argent qui lui restait. Il resta ensuite assis, à boire, à fumer et à contempler la mer en compagnie de Lukas.

Tu te rappelles, Lukas ? Ton papa Martin a été bouffé, avalé par le gros poisson. C'est dans le tableau de Bosch, tu t'en souviens ? C'est toi-même qui l'as dit. Voilà, c'est le temps d'aller le délivrer. Tu feras comme Pinocchio allant sauver Gepetto dans le ventre de la baleine. Lui aussi avait seulement un père, sans trace de la mère. Comme toi, un simple pantin sans aucun avenir. Il n'y a pas de miracle dans la vie, mon vieux, pas de fée pour venir tout changer. Nous sommes bien placés pour le savoir. Regarde dans cette direction, là, de biais avec le nord. C'est Terre-Neuve. Avec des yeux perçants, on pourrait voir l'entrée du fjord Narrows qui va vers Saint-Jean. Tu rentreras enfin chez toi, pas comme un orphelin, naturellement, mais avec ton papa Martin sauvé des eaux. Buvons ce qui reste de cette bouteille et je t'accompagne jusqu'au bord de l'eau. Allez, c'est rien qu'une balade, tu nageras jusque-là réchauffé par ce bon alcool. Encore un coup et tu peux pleurer tant que tu en as envie, ta tristesse va disparaître, lavée par l'eau salée comme si tu étais dans un océan de larmes. Ce sera un tombeau digne de tes tristesses et de tes remords.

Ils descendirent lentement les rochers avant de finir la bouteille sur les pierres en bas de la falaise. Lukas ne sentait plus aucune tristesse, aucun ressentiment ni aucune rage.

Merci, Zvat, de m'avoir accompagné jusqu'ici. Merci d'avoir porté mon cadavre en plus de ton sac à dos. Ils pèsent lourd, les cadavres... Tout seul, je ne sais pas si j'aurais été capable. Sans ton imagination et sans ce brave Jérôme Bosch, je crois que je me serais pendu en chemin. Ou j'aurais encore tué pour que les policiers m'abattent, ni vu ni connu. J'ai failli te jeter en bas du pont, te rappelles-tu ? C'est la vieille qui t'a sauvé. Au lieu d'une fée, je n'avais qu'une vieille paysanne à offrir. Tant pis. Hé ! le rat ! Abandonne le bateau des morts avec moi. Plongeons, vieux rat, mon bon compagnon. Je m'en vais maintenant, Zvat. Donne-moi la pipe allumée et laisse-moi finir la bouteille. L'eau doit être froide. Adieu, mon vieux Zvat, et merci encore une fois pour tout.

L'eau était froide, en effet, glaciale, mais il avançait avec le sourire aux lèvres et les larmes aux yeux, la pipe bien serrée entre les dents pour qu'elles ne claquent pas. Il regarda en arrière ; Zvatopluk, sa partie bonne, avait disparu. C'était la fin. Rien qu'un brin de courage et tout allait cesser pour de bon. Il allait rejoindre Martin dans le ventre du gros poisson.

Aidé de son mantra, cette berceuse adaptée à son usage personnel qu'il répétait depuis son enfance, Lukas Steiner avança sur les rochers et plongea dans les eaux de l'Atlantique. Dans sa tête, le refrain porteur d'espoir :

My daddy lies over the ocean,
My daddy lies over the sea...
Bring back,
Bring back,
Bring back my daddy to me...

Dans la même collection

Donald Alarie, *Tu crois que ça va durer ?*
Émilie Andrewes, *Eldon d'or.*
Émilie Andrewes, *Les mouches pauvres d'Ésope.*
Aude, *L'homme au complet.*
Aude, *Quelqu'un.*
Noël Audet, *Les bonheurs d'un héros incertain.*
Noël Audet, *Le roi des planeurs.*
Marie Auger, *L'excision.*
Marie Auger, *J'ai froid aux yeux.*
Marie Auger, *Tombeau.*
Marie Auger, *Le ventre en tête.*
Robert Baillie, *Boulevard Raspail.*
André Berthiaume, *Les petits caractères.*
André Brochu, *Les Épervières.*
André Brochu, *Le maître rêveur.*
André Brochu, *La vie aux trousses.*
Serge Bruneau, *L'enterrement de Lénine.*
Serge Bruneau, *Hot Blues.*
Serge Bruneau, *Rosa-Lux et la baie des Anges.*
Roch Carrier, *Les moines dans la tour.*
Daniel Castillo Durante, *La passion des nomades.*
Normand Cazelais, *Ring.*
Denys Chabot, *La tête des eaux.*
Anne Élaine Cliche, *Rien et autres souvenirs.*
Hugues Corriveau, *La maison rouge du bord de mer.*
Hugues Corriveau, *Parc univers.*
Esther Croft, *De belles paroles.*
Claire Dé, *Sourdes amours.*
Guy Demers, *L'intime.*
Guy Demers, *Sabines.*
Jean Désy, *Le coureur de froid.*
Jean Désy, *L'île de Tayara.*
Danielle Dubé, *Le carnet de Léo.*
Danielle Dubé et Yvon Paré, *Un été en Provence.*
Louise Dupré, *La Voie lactée.*
Sophie Frisson, *Le vieux fantôme qui dansait sous la lune.*
Jacques Garneau, *Lettres de Russie.*
Bertrand Gervais, *Gazole.*
Bertrand Gervais, *Oslo.*
Bertrand Gervais, *Tessons.*
Mario Girard, *L'abîmetière.*
Sylvie Grégoire, *Gare Belle-Étoile.*
Hélène Guy, *Amours au noir.*
Louis Hamelin, *Betsi Larousse.*
Julie Hivon, *Ce qu'il en reste.*
Sergio Kokis, *Les amants de l'Alfama.*

Sergio Kokis, *L'amour du lointain.*
Sergio Kokis, *L'art du maquillage.*
Sergio Kokis, *Errances.*
Sergio Kokis, *La gare.*
Sergio Kokis, *Kaléidoscope brisé.*
Sergio Kokis, *Le magicien.*
Sergio Kokis, *Le maître de jeu.*
Sergio Kokis, *Negão et Doralice.*
Sergio Kokis, *Saltimbanques.*
Sergio Kokis, *Un sourire blindé.*
Andrée Laberge, *La rivière du loup.*
Micheline La France, *Le don d'Auguste.*
Andrée Laurier, *Horizons navigables.*
Andrée Laurier, *Le jardin d'attente.*
Andrée Laurier, *Mer intérieure.*
Claude Marceau, *Le viol de Marie-France O'Connor.*
Véronique Marcotte, *Les revolvers sont des choses qui arrivent.*
Felicia Mihali, *Luc, le Chinois et moi.*
Felicia Mihali, *Le pays du fromage.*
Marcel Moussette, *L'hiver du Chinois.*
Clara Ness, *Ainsi font-elles toutes.*
Clara Ness, *Genèse de l'oubli.*
Paule Noyart, *Vigie.*
Madeleine Ouellette-Michalska, *L'apprentissage.*
Yvon Paré, *Les plus belles années.*
Jean Pelchat, *La survie de Vincent Van Gogh.*
Jean Pelchat, *Un cheval métaphysique.*
Michèle Péloquin, *Les yeux des autres.*
Daniel Pigeon, *Ceux qui partent.*
Daniel Pigeon, *Dépossession.*
Daniel Pigeon, *La proie des autres.*
Hélène Rioux, *Le cimetière des éléphants.*
Hélène Rioux, *Traductrice de sentiments.*
Martyne Rondeau, *Ultimes battements d'eau.*
Jocelyne Saucier, *Les héritiers de la mine.*
Jocelyne Saucier, *Jeanne sur les routes.*
Jocelyne Saucier, *La vie comme une image.*
Denis Thériault, *Le facteur émotif.*
Denis Thériault, *L'iguane.*
Adrien Thério, *Ceux du Chemin-Taché.*
Adrien Thério, *Mes beaux meurtres.*
Gérald Tougas, *La clef de sol et autres récits.*
Pierre Tourangeau, *La dot de la Mère Missel.*
Pierre Tourangeau, *Le retour d'Ariane.*
André Vanasse, *Avenue De Lorimier.*
France Vézina, *Léonie Imbeault.*

*Cet ouvrage
composé en Palatino corps 11,5 sur 14,5
a été achevé d'imprimer
en août deux mille six
sur les presses de*

MARQUIS

MEMBRE DU GROUPE SCABRINI

Québec, Canada